徳 間 文 庫

死の湖畔 Murder by The Lake 三部作 #2

告発(accusation)

十和田湖・夏の日の悲劇

中町　信

徳 間 書 店

死の湖畔 *Murder by The Lake* 三部作 #2

告発 *accusation* 十和田湖・夏の日の悲劇

目次 *contents*

プロローグ 7
第一章 夏の日の悲劇 24
第二章 死者からの手紙 69
第三章 湖畔に立つ影 96
第四章 最初の容疑者 134
第五章 大空の記憶 155
第六章 空白の近景 191
第七章 盗作の殺意 223

第八章　書斎の死体　263
第九章　死者の告発　291
第十章　最後の容疑者　318
第十一章　もう一通の脅迫状　332
第十二章　偽りの構図　354
エピローグ　382
解説　辻　真先　390

デザイン　鈴木大輔（ソウルデザイン）

●主な登場人物

鹿角《かづの》圀唯《くにただ》　上野署の刑事
鹿角容子《ようこ》　圀唯の妻。湖畔の達磨岩から落ちて死亡
蒲生《がもう》晃也《てるや》　桜書房の編集者
蒲生貞子《さだこ》　晃也の妻。飛行機事故に遭う
葛西《かさい》清吉《せいきち》　文林書房の編集者
葛西幸子《さちこ》　清吉の妻。飛行機事故に遭う
小田切《おだぎり》孝《たかし》　中堅の推理作家
小田切雪枝《ゆきえ》　孝の妻。飛行機事故に遭う
天神《てんじん》岳久《たけひさ》　流行作家
天神三津子《みつこ》　岳久の妻。後妻。飛行機事故に遭う
浅見《あさみ》和歌子《わかこ》　三津子の姉
真弓《まゆみ》五郎《ごろう》　十和田署の刑事
松口《まつぐち》秀明《ひであき》　十和田湖で溺死
松口由美《ゆみ》　秀明の妻
柏木《かしわぎ》里江《さとえ》　容子の高校時代の同級生

プロローグ

その一　大和航空機134便の機内

十月二十日。

大和航空機134便は、定刻を五分過ぎた十四時五分に、北海道の釧路《くしろ》空港を離陸した。

朝のうちは薄曇りの肌寒い気候だったが、釧路空港に着いたときには、雲ひとつない秋晴れの空に変わっていた。

思ったより搭乗客は少なく、一二八席の機内は淋しいほどに空席が目立った。

私たち四人の女性グループは、別れ別れに窓際の座席に坐《すわ》っていた。

私は右主翼をすぐ目の前にした座席に坐り、眼下の風景をぼんやりと眺めていた。

神経が疲れきり、口をきくのが億劫《おっくう》だったので、一人になれるほどに機内が空《す》いていたことは私には好都合だった。

今回の北海道行は、ただ疲れ、神経をすり減らすだけの実につまらない旅行だった、と私は改めて思った。

私は、斜めうしろの座席にいる蒲生貞子《がもうさだこ》の細い顔を目の前に浮かべた。

この旅行中、私の神経を疲れさせていた原因は、すべてこの蒲生貞子にあったのだ。

貞子はグループ四人で作った二泊三日の洞爺湖《とうやこ》、摩周湖《ましゅうこ》めぐりのプランを二日前に突如変更し、自分だけ一人で、しかも一日先に大阪のアパートを出発していたのである。

貞子が洞爺湖畔のホテルに姿を見せたのは、十八日の夕刻だった。

貞子はそのとき、十和田湖に一泊してきたとみんなに告げていたが、その用向きについては語らなかった。

蒲生貞子がみんなと別行動をとり、わざわざ十和田湖に立ち寄ってきた理由を、私はそのときおぼろげに理解していた。

二か月前、八月中旬の十和田湖の事件をなにか調べてきたのではないか、と私は思ったのだ。

蒲生貞子は聡明《そうめい》で、詮索《せんさく》好きな女だった。

私は十和田湖の事件のことで、なにか貞子に嗅《か》ぎつかれたのではないか、と急に怯《おび》えはじめた。

貞子はまるで人が変わったかのように、洞爺湖畔のホテルでも、翌日の摩周湖畔のホテルでも私に意地悪くした。

私の言葉尻《じり》を捕《とら》えてはたちの悪い冗談やあてこすりを言い、わざと私を仲間はずれにしたりしていたのだ。

貞子は元来が勝気で、底意地の悪い一面があったが、あのときの仕打ちは度が過ぎ、まるで子供じみていた。

私は貞子のそんな意識的な態度から、貞子が十和田湖のあの事件のことでなにか確証を摑《つか》んでいたのではないか、とたまらなく不安になった。

——私がそんなことを回想している間、貞子は自分の座席を立ち、二人の仲間の隣りの座席にかわるがわる坐って、なにか声高に喋《しゃべ》っていた。

貞子はここでも、わざと私を仲間はずれにしていたが、貞子と二人きりで話すのが恐《こわ》かったので、貞子のそんないやがらせは、私には願ってもないことだった。

「隣りに坐ってもいいかしら」

頭の上で、いきなり蒲生貞子の声が聞こえ、私は思わずぎくっとして背後を振り返った。

貞子は、その細い顔に笑いとも怒りともつかない複雑な表情を刻んでいた。

「二人きりで話したかったのよ。東京まで、あと一時間ちょっとね。それだけの時間があれば、話はすむわ」

私の隣りの座席に坐ると、貞子はそう言ってタバコをくわえた。

「私に話って、なにかしら？」

「二か月前の十和田湖の事件のことよ」

貞子は煙を吐き出すと、そっけない口調で言った。

「十和田湖の事件……」

「忘れたわけじゃないでしょう？　松口秀明《まつぐちひであき》さんが湖で溺《おぼ》れ死に、鹿角容子《かづのようこ》さんが湖畔の達磨岩《だるまいわ》から落ちて死んだ事件のこと」

「ええ。二か月前のことですもの、よく憶《おぼ》えているわ」

私は胸元で騒いでいる不安な気持ちと戦いながら、つとめて冷静に答えた。

「あなた、あの事件のこと、どう思う？」

「……二つとも事故によるものだと思うわ」

「松口秀明さんは事故による溺死《できし》だとしても、鹿角容子さんの場合は違うわ」

「あなたは二か月前の十和田湖でも、そう言っていたわね」

「そうよ。あのときは単なる推察でしかなかったわ。でも、今度は違うわ。ちゃんとした確証を摑んだのよ」

「確証を？」

「あまり驚かないのね、あなた。私が冗談好きで、人をかつぐ名人だと思って信用していないのかしら？」

「別に、そうじゃないわ……」

「鹿角容子さんは、やはり殺されたのよ。十和田湖畔の達磨岩から突き落とされたのよ」

貞子はタバコの煙を私の横顔にわざと吹きかけるようにして、そう言った。

「で、その確証というのは？」

「まだ、時間はたっぷりあるわ。いきなり結論をさらけ出したんじゃ面白味がないわよ」

貞子は、楽しむような目つきで私を見た。

「松口秀明さんはお酒に酔った勢いで、湖畔に留めてあったボートに無断で乗り込み、沖へ漕ぎ出して行ったわ。風の強い日で、ボートは高波を受けて転覆してしまった。松口さんは酔っていたので、手足の自由が利《き》かず、溺れ死んでしまった。でも、救助されるのがもう少し早かったら、一命は取り止めていたはずなのよ。そのとき、転覆現場のすぐ近くの湖畔にいた一組の夫婦づれが、その事故をいち早く誰《だれ》かに知らせていれば、松口さんは溺れ死なずにすんでいたのよ。その夫婦づれは転覆事故を目の前に見ながら、助けを呼ぼうとはしないで、松口さんが溺れ死ぬのを見ていたのよ。そして、その現場に、偶然、鹿角容子さんが通りかかったの」

「鹿角容子さんが……」

私は貞子が次にどんなことを言い出すのかと思い、貞子の横顔を見守った。

そのときだった。

いきなり私の耳に、ばああん、という高い音が響いたのである。

機内の最後尾あたりでなにかが破損したような、激しい金属音だった。

私は驚き、思わず腰を上げて背後を振り返った。

後方の座席の搭乗客の何人かも、私と同じように立ち上がって最後尾の方を見つめていた。

「落ち着きなさいよ、あなたらしくもない。なんでもないわよ」

貞子は冷静に言って、私の体を座席に引きもどすようにした。

金属音はそれっきり聞こえてこなかったが、機内はにわかに騒然としはじめた。

貞子はそんな周囲にはまったく気にかけず、話を続けた。

「なにかあったのかしら?」

私は貞子の話がひとくぎりついたとき、思わずそう口に出した。

機体が小さく左右に揺れ始めるのを感じ取っていたからだった。

「落ち着きなさいって。私の話は、これからなのよ。いままでのは、単なるプロローグよ。これからの話を聞けば、あなたの顔はもっともっと蒼《あお》くなるはずよ」

と、貞子は言った。

貞子は、今度は少し改まった口調で話し始めた。

スチュワーデスが通路をよろけるように走って行き、正面の操縦室の中に消えた。

機体の揺れは先刻よりも激しくなり、私の上半身は不安定に左右に揺れ動いた。

スチュワーデスの声が、機内に流れてきた。

最後尾の機器に軽い損傷が生じたが、飛行にはまったく支障はない。シートベルトをしっかりと着用するように――とアナウンスしていた。

「あなたたちは、そんな現場を目撃されてしまったために、鹿角容子さんを殺してしまったのよ」

その間も、蒲生貞子は憑《つ》かれたような口調で休みなく喋っていた。

目前の突発事にすっかり気を奪われ、おののいていた私には、貞子の言葉は半分も耳に達していなかった。

いや、全部を耳に入れなくても、貞子の言わんとしていることは話の最初からわかっていたのだ。

蒲生貞子は八月の十和田湖事件の真相を、あざやかに解明していたのだった。

機内のあちこちに、女性や子供たちの泣き声が起こっていた。

座席でしっかりと体を抱き合っている老夫婦。幼児を抱きかかえて通路をあてもなく走っている主婦の姿が私の目にはいった。

機体の揺れは激しさを増し、加えて体が急速に下降して行くのがわかった。

正規な空路を飛行していないことは、窓の下に展《ひろ》がった紅葉の山野を見ても明らかだった。

　私は死の恐怖と貞子の話から受けた衝撃で、気が狂いそうな思いだった。

「鹿角容子さんを殺したのは、あなたよ。あなたたちだったのよ。人でなしよ。死刑になるといいんだわ」

　と貞子は言い捨てて、シートベルトをはずして立ち上がった。

　私の胸の中で、一瞬感情が爆発した。

「貞子さん。あなたの言ったとおりよ。よくそこまで真相を突き止めたわね。でもね、貞子さん。あまりえらそうな顔はしないことね。あなたも私も、もうすぐ死ぬのよ。あなたの折角の推理も、これまでなのよ」

　私は叫ぶように言い、そして笑った。

　グループの二人が、そんな私を茫然《ぼうぜん》とした顔で見つめていた。

　機体はさらに激しく揺れ、下降し続けていた。

　泣き声や叫び声、助けを求める声が機内をおおっていた。

　私は事実、もう助からないと思った。

　飛行機が確実に墜落し、この身がこなごなにされる運命からは、どうもがいても逃《のが》れられないと観念した。

　遺書を書こう、と私はその瞬間に思った。

私はハンドバッグの中からボールペンを取り出し、適当な紙片を捜した。

そして床に両膝《りょうひざ》をつき、座席を机にしてペンを動かした。

激しい揺れに襲われ、私の体は通路にはじき出されていた。

体を起こしたとき、私の視界に、窓際の座席に坐っていたグループの一人の女性の姿が映った。

彼女は私と同じように床に両膝をつき、紙片にボールペンを走らせていた。

泣きながら、遺書を書いていたのだ。

私が再びボールペンを握りなおしたとき、私のすぐ頭の上で蒲生貞子のかん高く叫ぶような声がした。

「事件のことを知らせるつもりね。そんな遺書なんか書いても、手遅れよ。ちゃんと手を打っておいたわ。もう、手紙が着いているころよ」

「手紙？」

「それを読んでもらえば、あなたたちの罪は明るみに出るわ」

私は思わず、声を出して笑った。

死に臨んで、こんな笑いが口を衝《つ》いて出たことを、私自身不思議にさえ思った。

「なにが、おかしいの？」

私は、そんな貞子にかかわっている余裕はなかった。

機体はさらに下降を続け、死はもうすぐそこまできていたからだった。

私は必死にボールペンを動かし続け、短い遺書を書き終えた。

私が足許《あしもと》に転がっていた茶色のボストンバッグの外ポケットに、遺書をしまい込んだ直後だった。

機体は垂直に近い角度で、頭から急降下して行った。

「あなた――」

私は何度も叫び続け、その途中で意識が遠のいた。

その二　天神岳久の書斎

天神岳久《てんじんたけひさ》のマンションの客間には、私を含めた六人の男女がテレビの画面に見入っていた。

大和航空機134便が離陸後五十分ほどで消息を絶ったというニュースが報じられてから、すでに二十分の時間が経過していた。

私は汗ばんだ手を強く握りしめ、雑誌社の社員の頭越しにテレビの画面に視線を当てていた。

臨時ニュースが続けられていたが、134便のその後の消息は報じられていなかった。

「大丈夫ですよ。かりに墜《お》ちたとしても、海に漂流している可能性もありますからね。悲観的に考えることはありませんよ」

　雑誌社の年配の編集部員が、誰にともなくそう言った。

「それに、四人の奥さまたちが134便に乗っていたとはかぎりませんわ。前もってその便の搭乗券を買っていたとしても、なにかの都合でキャンセルしていたってことも考えられますもの」

と私に言葉をかけたのは、若い女性のカメラマンだった。

　私は黙ってうなずき返し、その場を離れた。

　極度の緊張感から、尿意をもよおしたからである。

　トイレへの廊下を歩いていたとき、左手の書斎から天神岳久の太い声が私の耳を打った。

「貞子さんからの手紙？　旅行先で書いていたんだね」

　天神岳久は、そう言った。

　天神の相手は蒲生晃也《がもうてるや》で、五、六分前に彼が慌てて書斎に駆け込んできたのを私は知っていた。

「蒲生君。さっそく読んでみたまえ。三津子《みつこ》たちが急に予定を変更し、帰りの日を延ばしていたのかもしれないからね」

　そんな天神の声が、私の耳にはいった。

淡い希望に過ぎない、と私は思った。旅行の予定を変更したのだったら、手紙などではなく電話で知らせてきたはずだと思ったからだ。

私がトイレを出て再び天神の書斎の前を通りかかったとき、

「貞子さんは、なんて書いて寄こしたんだね？」

と天神が、蒲生に手紙の内容を訊《たず》ねている声が聞こえた。

私は蒲生貞子の手紙の内容が気になり、その場に足を止めていた。

「先生。貞子は、みんなと一緒にではなく、一日早く一人だけで出かけていたんですね。知りませんでした」

蒲生晃也は、なぜか上《うわ》ずったような声で言った。

貞子は仕事の都合上、二年ほど前から大阪市内のアパートに住み、蒲生とは別居生活をしていたため、貞子がみんなと別行動をとっていたことを蒲生は知らなかったのだ、と私は思った。

「そのことは、三津子から聞いていたよ。で、内容は？」

「旅行に関することではありません。まだ、途中までしか読んでませんが、八月の十和田湖の事件のことが書いてあるんです」

「十和田湖の？」

「貞子はあの達磨岩の事件を調べるために、みんなより先に出発し、十和田湖の西湖館《さいこかん》に泊っていたんですよ」

「あの事件は、事故死として処理されていたんじゃなかったのかね?」

「貞子は、鹿角容子さんの達磨岩からの転落死は事故ではなく、他殺だと書いています」

「他殺……」

私は思わず自分の耳を疑った。

蒲生貞子の旅先からの手紙は、私が想像もしていなかった内容だったからだ。

「貞子は、あの事件の真相を解明したとも書いています。犯人を突き止めた、とも」

蒲生は急に声を落とし、囁《ささや》くように言った。

一瞬、私の背中を冷たいものが走り抜けて行った。

「蒲生君。手紙の続きを読んでみたまえ」

「はい……」

「いや、蒲生君。読んで聞かせてくれないか。その方が手っとりばやい」

と、天神が性急な口調で言った。

私がその場を離れ、慌てて書斎の隣りの和室に身を隠したのは、台所の方に誰かの足音を聞いたからだった。

「……鹿角容子さんの事件は、松口秀明さんの不慮の溺死事故に端を発したものです。松口秀明さんは、十和田湖畔の西湖館で偶然にある一組の夫婦づれと出会ったのですが……その夫婦づれは理由は判然としませんが、松口秀明さんとの出会いを快くは思っていなかったのです……」

蒲生晃也は途切れがちに、ゆっくりと読み出した。

蒲生晃也が続けてどんな言葉を発するのだろうか。

また犯人として誰の名前を口にするのだろうか。

私は、全神経を書斎の蒲生に集中した。

「……松口秀明さんは酒に酔った勢いで、湖畔に留めてあったボートに乗り込み、沖へ漕ぎ出して行きました……それを、夫婦づれは湖畔の物陰から見守っていたのです……ボートは折からの高波を受けて転覆しました……しかし、夫婦づれは松口さんが溺れかけているのを目撃しながら、助けを呼ぼうとはしないで、そのまま見殺しにしてしまったのです……そんな現場に、鹿角容子さんが通りかかったのです……鹿角容子さんは、夫婦づれの行為を目撃していたのです……夫婦づれは鹿角容子さんの口から事実が洩《も》れるのを恐れ、友人の家に向かおうとして西湖館を出た彼女を尾行し、達磨岩から突き落として殺してしまったのです……」

蒲生晃也はそこで言葉を切り、少し経《た》ってから再び読みはじめた。

「鹿角容子さんを殺した犯人は、あの夜、私たちと一緒に西湖館にいた夫婦づれです。その夫婦づれが誰なのか、私にはよくわかっています……詳しいことは、帰ってからゆっくりお話しします……」

蒲生の声は、そこで途絶えた。

「それだけかね？」

と、天神が訊ねた。

「ええ。ここで終わっています」

「犯人の名前は？」

「書いてありません」

「しかし……」

「どうぞ、ご自分でもお読みになってください」

「うん。失礼して読ませてもらうよ。すまんが、机の上にある眼鏡を取ってくれないか……しかし、それにしても、前置ばかり長くて肝心なところをぼかしているんだね。そんなところは、いかにもあの貞子さんらしいがね。あの人は相手をからかったり、気を持たせたりするのが得意だったからね」

天神岳久の便箋《びんせん》を繰《く》っている、かすかな紙の音が私の耳にはいった。

「なんだい、これ？」

そんな天神の声がした。

「女の裸の絵だね。しかし、実にリアルにうまく描けているじゃないか」

「貞子が自分で描いたものでしょう。貞子は絵が好きで、特に似顔絵を得意にしていました。便箋の裏にそんな絵を描いていたのは、犯人を暗示しようとしたからではないでしょうか」

「うん。しかし、これじゃ誰のことを描いたのかまるで見当もつかないね。肝心な顔の部分が、麦わら帽子ですっぽり隠されているんだから」

「ええ。そんな思わせぶりなところも、貞子らしいと思います」

「とにかく、三津子や貞子さんたちが無事に帰ってきさえすれば、すべてがはっきりするわけだ」

天神岳久が、溜息《ためいき》まじりにそう言った。

そのとき、廊下に慌ただしい足音が聞こえた。

「天神先生――」

書斎の前で、かん高く声をかけたのは、女性のカメラマンだった。

「飛行機が、134便が墜落しました。湯西川《ゆにしがわ》温泉の山の中に。いま、テレビで――」

天神岳久と蒲生晃也は、同時に書斎を飛び出して行った。

――134便が山中に墜落した。

私の祈りは神に通じず、最悪の事態が現実のものとなっていたのだ。

私は涙を流しながら、ふらつく足どりで天神岳久の書斎にはいった。

蒲生貞子の手紙は、蒲生晃也が脱いだ上衣《うわぎ》の傍《そば》に、封筒に入れられて置かれてあった。

私は中身を抜き出し、その三枚の便箋に急いで視線を走らせた。

十和田湖事件のことは、最後の三枚目の便箋に書かれてあった。

読み終わった私は、額から落ちる大粒の汗を涙と一緒に拭《ぬぐ》った。

信じられなかった。

その便箋の裏には、天神と蒲生が言っていたように、女の裸体が描かれてあった。

横向きに臥《ふせ》った全裸の女性が、鉛筆書きで実に克明に描写されていた。

下顎《したあご》の一部分がはみ出して見えているだけで、顔は麦わら帽子でおおい隠されてあった。

その便箋を持つ私の両手が、小さく震えた。

蒲生貞子が誰の全身を描いたのかを、私はその瞬間に理解していたからだった。

墜落した134便の機内で、蒲生貞子が確実に息絶えていることを私は心に祈り続けた。

第一章　夏の日の悲劇

1

十月二十日。

鹿角圀唯《かづのくにただ》は自宅の洋間のソファに坐り、ぼんやりとした視線をテレビの画面に当てていた。

画面には、独走態勢にはいった東ドイツの大柄な女子選手の姿が、クローズアップで映し出されていた。

白いすんなりとした脚が路面を軽やかに蹴《け》り、鮮やかな金髪を向かい風になびかせていた。

東京国際女子マラソン大会は、正午にスタートしてから、すでに二時間近くの時間が経過していた。

鹿角はその二時間近くの間、ずっと映像に目を向けていたが、とりたててマラソン競技に興味を持っていたからではなかった。

鹿角は映像を追いながら、妻の容子《ようこ》のことに思いをはせていたのである。

容子はマラソン競技がことのほか好きで、テレビの実況放送はこれまで一度も欠かさずに観ていたし、沿道の観客にまじって声援を送っていたことも二度ほどあった。

テレビの画面を食い入るように見つめていた容子の紅潮した横顔が目の前をよぎり、新たな悲しみがまた鹿角の胸に展《ひろ》がっていった。

妻の容子は、いま鹿角の傍にはいない。二か月ほど前に、この世を去っていたのだ。

あんな場所で、あんな死に方をした容子のことは、鹿角にはいまだに現実のものとは思えなかった。

「決して無理はしないでね。私の留守の間に、急に痛み出して入院なんてことになったら大変ですもの」

鹿角に言い残して、容子が東京の自宅を出たのは、八月十日の朝だった。

容子の言っていた入院というのは、鹿角の慢性化した胆管結石《たんかんけっせき》のことである。その当時から痛みの発作の回数が多くなり、医師からも手術をすすめられていた矢先だったのである。

容子は古い友人の妹の結婚式に出席するために、郷里である秋田県横手《よこて》市の実家に帰ったのだが、八月十四日の夜に帰宅する予定になっていた。

その容子から上野署の捜査室にいる鹿角に電話がはいったのは、八月十二日の朝だった。帰りの列車の時刻を知らせる電話かと思ったが、容子は予定を一日延長して、十五日の夕方に帰ると鹿角に告げたのである。

「また十和田湖に行ってみたいのよ。ちょうどいい機会だから」

「十和田湖？　柏木《かしわぎ》さんの家だね」

容子の高校時代の同級生の柏木里江《さとえ》という未亡人が十和田湖畔の宇樽部《うたるべ》に住んでいる。容子はこれまでに三、四度彼女を訪ねていたのである。

「きのう電話したら、ぜひ帰りに寄ってくれって言うもんだから。ごめんなさいね、勝手を言って」

「いや、いいさ。湖でのんびりしてくるといいよ」

「お腹《なか》の具合はどう？」

「大丈夫だよ。なんとかもちこたえてるよ」

「来週にでも思い切って手術することね。入院生活は、あなたにとっていい休養になるわ」

容子は持前の明るい声で言って、電話を切った。

それが、鹿角が聞いた容子の最後の言葉だった。

鹿角はテレビの画面から目をはずし、あの日のことに思いを移した。

あの日の出来事の一齣一齣《ひとこまひとこま》が、また鹿角の頭の中に蘇《よみがえ》っていた。

…………………

…………………

…………………

2

妻の容子の死を報《しら》せる電話が鳴ったのは、容子が帰宅する予定になっていた八月十五日の朝七時半ごろのことだった。

鹿角は洗顔をすませたばかりのところで、タオルで顔を拭いながら、玄関わきの受話器を取った。

聞きなれない女性の声が低く聞こえ、相手は途切れがちに、十和田湖畔の宇樽部に住む柏木里江だと名乗った。容子が一昨日訪れた、高校時代の同級生だった。

「容子さんが……大変なことになってしまって……なんで、あんなことに……」

と、柏木里江は言った。

容子の身になにか変事が起こっていたことを、鹿角は瞬間に察知し、そのまま言葉を失った。

「容子さんが亡くなられたんです」

「容子が――」

「今朝早くに、湖畔で死体が発見されたんです」

「容子が……なぜ、容子が。柏木さん、もっと詳しく話してください」

鹿角は混乱し、言葉が上《うわ》ずった。

「宇樽部の西湖館《さいこかん》という旅館の近くにある、小高い岩の上から転落したんです」

「岩の上から……」

「警察では、事故死と考えているようですが……」

柏木は消え入りそうな低い声で言った。

鹿角は受話器を握りしめたまま、言葉を途切らせた。

容子が死んだ――。

鹿角には、その事実が容易には信じられなかった。

3

鹿角圀唯は、身支度もそこそこに家を出ると、上野発八時四十分の東北新幹線「やまびこ1号」に乗った。

盛岡駅前の広場には真夏の太陽が照りつけ、足許から熱気が立ちのぼっていた。

湖畔の休屋《やすみや》という所までバスが運行されていたが、鹿角は駅前の広場からタクシーに乗った。

「十和田湖畔の宇樽部まで」

と鹿角は運転手に行先を告げ、宇樽部までの所要時間を訊ねた。

「東北自動車道の込み具合にもよりますがね。順調に走れば、二時間ちょっとですね」

「とにかく、急いでほしいんだが」

「宇樽部にお泊りになるんですか？」

「ええ。西湖館、って知ってますか？」

「宇樽部は民宿ばかりでしてね。ちゃんとした旅館は、西湖館一軒だけですよ」

と年配の運転手は言って、バックミラーに映る鹿角の顔にちらちらと視線を走らせていた。

「一時間ほど前に、十和田湖からお客さんを乗せてきた同僚の運転手に聞いた話ですがね、今朝早くに宇樽部の湖畔で女性の死体が発見されたそうですよ。西湖館に泊まっていた東京のかたださうですが」

運転手はそう言うと、またバックミラーにさりげなく視線を運んだ。

鹿角がその女性のゆかりの者だと察しをつけているような運転手の口ぶりだったが、鹿角は黙って相手の話を聞いていた。

「宇樽部は休屋とは違って、静かですが、さびれた所でしてね。それが、一昨日からごったがえしの騒ぎらしいですよ」

「一昨日から……」

「続けて、二人も死人が出たもんですからね。無理もありませんよ」

「続けて、二人も……一昨日、誰かが亡くなったんですか？」

鹿角は思わず、そう訊ねた。

「一昨日は、男性の旅行客でした。岩手県から来られたかたで、西湖館に泊る予定のお客さんだったそうですがね」

「西湖館に……」

「一昨日の午後のことだったそうですが、そのお客さんは西湖館の近くの湖畔に留めてあった民宿のボートに無断で乗り込んだんですが、波の荒い日でしてね。湖畔から五、六十メートルの所で、高波をくらってボートが転覆してしまったんですよ」

と、運転手は言った。

鹿角は、男の溺死《できし》事故が妙に心にひっかかった。

同じ西湖館に宿をとっていた旅行客の男が溺死し、その翌々日に西湖館の近くの湖畔で妻の死体が発見されたのだ。

車は東北自動車道を快調に走り抜け、十和田南のインターチェンジを右に曲がった。

「あと一時間たらずで十和田湖に着きますよ」

大湯温泉を通り抜けたとき、そう運転手は言った。

青々とした湖面が樹木の間から見えてきたのは、それから四、五十分も経ったころだった。

車は発荷《はっか》峠をくだり、湖に沿った平坦《へいたん》な道路に出た。

「ここが、休屋です」

と運転手が言ったのは、車が活気のある街並にさしかかる手前だった。

湖畔に面して、ホテルやみやげ店がぎっしりと建ち並び、大型の観光バスが狭い道路に往き来していた。

「宇樽部までは、あと十五分ほどです」

車はホテルが目白押しに並ぶメイン通りを真《ま》っ直《すぐ》に走り、やがて勾配《こうばい》のゆるやかな山道にはいった。

山道を抜けると、平坦な道が展《ひら》け、左手に紺青の湖が再び姿を見せていた。

そこが、宇樽部の集落だった。

中心街の休屋とはまったく趣きを変え、静かなうらさびしい場所だった。

道路に面して、いかにもにわか造りといった民宿が三々五々軒《のき》を並べているだけで、周辺は荒地のままだった。

「西湖館です」

車が停まり、運転手にそう言われるまで、鹿角はすぐ左手の建物が旅館だと思わなかった。

木造三階建ての、半ば朽《く》ちかけたような古びた建物だった。

旅館という外観をまったく備えていず、鹿角は瞬間、古い村の公民館かと錯覚したほどである。

「東京の鹿角圀唯さんですね？」

車をおりると、旅館の入口に立っていた小肥《こぶと》りの男が近寄ってきて、そう声をかけた。

鹿角と何年配ぐらいの、三十五、六歳の眼光の鋭い男だった。

「鹿角です」

「十和田署の者です」

男は鹿角が想像したとおり、警察官で、渡された名刺には、十和田署刑事、真弓五郎と印刷されていた。

鹿角も名刺を差し出した。

「警察にお勤めだったんですか」

名刺から目を上げた真弓刑事は、驚いた顔で鹿角をしげしげと見つめた。

「遠いところを大変でしたね。さ、こちらへどうぞ」

と真弓刑事の傍から声をかけたのは、四十歳前後のでっぷりと肥った女性だった。

「西湖館の女将《おかみ》の、玉崎すみ子さんです」

と、真弓が紹介した。

鹿角は妻が面倒をかけた礼を言い、肥った女将のあとに従って旅館にはいった。

老朽した外観とは異なり、旅館の中はきれいに改築されていて、ケヤキの香りが廊下のあちこちに漂っていた。

手狭なロビーのソファに帰り客と思われる七、八人の男女が腰をおろし、なにやら声高に話し合っていた。

正面のソファにでっぷりとした小柄な男が一人で坐っていて、悠然とタバコをくゆらせていた。

ロビーの長椅子《ながいす》のそばにいた長髪の男が、鹿角を見守るようにしていた。

鹿角が案内されたのは、廊下の突き当たりにある宴会用の広間だった。

湖に面した障子は開け放たれ、湖面からの風がひんやりとした感じで広間に吹きつけていた。

検死がすんで戻ってきた妻の遺体は、薄い夏物の掛け布団に覆われて、窓のすぐ傍に横たえられていた。

鹿角は、そっと顔の白布を取った。

額と右頬《ほお》にえぐられたような血痕《けっこん》のにじんだ傷跡が見られたが、その死顔は眠っているかのように安らかだった。

妻の物言わぬ顔を目の前にした瞬間、それまで抑えていた悲しみが、一度に鹿角を襲ってきた。

「奥さんに間違いありませんか?」

背後で、いきなり十和田署の刑事の声がした。

「妻です。妻の容子です」

鹿角は言って、頬に落ちる涙を手の甲で拭った。

「はじめてお目にかかります。容子さんの友人の柏木里江です」

遺体の足許に正座していた和服姿の女性が、そう言って鹿角に深々と頭を下げた。

女は顔を上げると、なにか言いかけようとしたが、言葉を発しないまま涙の浮かんだ細《ほそ》面《おもて》の顔をじっと鹿角に向けていた。

冷気を含んだ湖面からの風に、容子の黒髪が震えるように小さく揺れ動いていた。

4

「奥さんは秋田の実家からお宅に帰られる途中、この宇樽部の柏木里江さんの家を訪ねておられたそうですね」

真弓刑事は鹿角を傍のテーブルに招き寄せると、そう切り出した。

地元訛《なまり》のある妙にかん高い刑事の口調が、疲れきっている鹿角の神経を苛立《いらだ》たせた。

「ええ。十二日の朝、妻から電話がありました。以前にも三度ばかり、実家からの帰りに柏木さんのお宅に立ち寄ったことがあったんです。十五日の夕方に着くように帰る、とそのとき言っていましたが」

と、鹿角は答えた。

「容子さんが私の家に見えられたのは、十三日の午後一時ごろでした。私の家に泊るようにすすめたのですが、家には寝たきりの老人がいることもあって、容子さんはいつものように、この西湖館に宿を取られたんです。容子さんは、この十和田湖が好きだといつも言っておられました。ことに、このさびれた感じの宇樽部からの湖の眺めが気に入っていたようです」

と柏木里江が、静かな口調で言った。

「こちらの柏木さんからの電話で、おおよその話はお聞き及びと思いますが、奥さんの死体が発見されたのは、けさの七時近くでした。場所は、この西湖館から七、八十メートル離れた——」

と真弓は言って、体を背後に曲げ、湖畔の右端の方を指さした。

「湖にちょっと突き出ている小高い岩がありますね。湖から眺めるとダルマの顔形によく似ているところから、通称、達磨岩と呼ばれているんです。死体が発見されたのは、あの岩の波打ち際でした。発見したのは、蒲生貞子さんという、この西湖館に泊っていた女性の方です。検死の結果は、死後約十時間、したがって死亡されたのは、昨夜の九時ごろと判明しています。実は昨夜、遅くなっても奥さんが部屋にもどらなかったもので、旅館側も心配していたところだったんです」

「容子さんは旅館での夕食後、私の家に見えるはずだったんです。約束の時間は九時でしたが、いくら待っても容子さんが現われなかったので、西湖館に電話を入れてみたんです。旅館の話では、容子さんは九時少し前に、友人を訪ねると言って旅館を出た、ということでした。私は心配になり、西湖館の女将さんたちとあちこち捜しまわったのですが、容子さんの姿は見当たりませんでした。容子さんは私を訪ねる途中で、あの事故に遭《あ》ったんです。私の方から迎えに行っていたら、と思うと……」

と柏木は低い声で言って、再び涙ぐんだ。

「死因は、首骨折による即死でした。あの達磨岩からの転落死であることは、間違いありません。岩の中腹から、奥さんのハイヒールの片一方が見つかっています」

真弓はそう言って、短い時間、湖の方に目を向けていたが、

「ところで、鹿角さん」

と、少し改まった口調で呼びかけた。

「奥さんの最近のようすは、どうでしたか?」

「は?」

「なにか、悩んでおられるようなことはなかったですか?」

「――自殺、と考えておられるんですか?」

「いや、参考までにお訊ねしただけです」

「自殺なんて、自殺なんて到底考えられません。妻が自ら死を選ぼうとするほど、なにか悩んでいたのだったら、この私にわからないはずがありません」

鹿角は、ことさらに強い口調で言った。

容子が自殺したなどとは、まったくの論外だった。

「あの容子さんが、そんなことをするはずがありませんわ。私と話しているときだって、とても明るくて……」

と柏木は言って、途中でふと言葉を途切らせた。

自殺は強く否定したが、最後の言いかけた言葉の中に、なにかためらいのようなものが感じられた。

「なるほど。遺書らしいものは、なにも見つかっていません。やはり、事故死と考えていいようですね」

真弓は、半ば独りごとのように言った。

「真弓さん。妻が転落死した時刻は、夜の九時ごろだったと言われましたね」

「そうです」

「夜の九時ごろ、妻はいったいなんの目的であんな岩の上に出かけて行ったんでしょうか?」

鹿角は先刻からの疑問を、口に出した。

「奥さんの外出は、達磨岩に行くのが目的ではなかったのです。さっきも言いましたが、柏木さんの家を訪ねるためでした。柏木さんの家は、この西湖館から歩いて十五、六分の所にあります。自動車道を通らず、湖畔ぞいの道をとれば、十分とはかかりません。その湖畔ぞいの道の途中に、あの達磨岩があります」

真弓は、事務的な口調で言った。

「つまり、妻は湖畔ぞいの近道を通り、あの岩の上に立ち寄った、という意味ですね」

「そうです。あそこから湖を眺めようとしたんだと思いますがね」

「時刻は、夜の九時ですよ」

「昨夜は、きれいな星空でした。夜景を楽しもうとしても、不思議はないと思いますが」

「しかし、それならなにも……」

鹿角は言いかけて、口をつぐんだ。真弓と問答を繰り返しても意味がないと思ったからだ。

湖畔の夜景を楽しもうとするのなら、わざわざ岩の上に立たなくても、湖畔ぞいの道からでも充分にその目的は達せられていたはずだった。

容子は鹿角とは違って、亥年《いどし》生まれ特有のせっかちな性格を持っていた。いつでも約束の時間に遅れることを嫌い、時刻には神経質だった。

柏木里江を訪ねるために容子が西湖館を出たのは、九時ちょっと前だったという。約束の九時という時刻を気にしていたであろう容子が、途中でのんびりと岩の上から夜景を眺めていたという解釈が、鹿角には釈然としなかったのだ。

「実は、鹿角さん。奥さんが亡くなる前の日、つまり一昨日ですが、この付近で、やはり事故による死人が出ていたんですよ」

真弓は、話題を変えるようにして、そう言った。

「たしか、溺死《できし》だったとか」

「ご存知だったんですか」

「ここへ来る車の中で、運転手さんから話は聞きました」

「そうですか。溺死されたのは、松口秀明《まつぐちひであき》さんという名前の三十一歳の男性でした。やはり、この西湖館に宿を取っていたんですが、亡くなったのは、宿に着いた一時間ほどあとだったんです」

「ボートが転覆した、とか聞きましたが」

「奥さんが亡くなったあの丘の付近の湖畔に、民宿所有のボートが留めてあったんですが、散歩に出た松口さんが無断でそのボートを漕ぎ出したんです。松口さんはそのとき、かなりの酒気を帯びていました。酔っていたからこそ、そんな真似《まね》をしたんでしょうがね。一昨日は風の強い日でしてね。突風にあおられたんでしょう、湖畔から五、六十メートル離れた所でボートがひっくりかえってしまったんです」

「そうですか」

「湖畔に泳ぎ着けない距離ではなかったと思うのですが、酔っていて手足の自由が利《き》かなかったんでしょうね。でも、もっと早くに発見され、湖水から引き上げられていたら、一命は取り止めていたはずですよ」

「付近に、人はいなかったんですか?」

「運悪く、そのときは人かげはなかったようです。鹿角さんの奥さんが事故を発見し、西湖館に急を知らせたのは、転覆後かなり時間が経《た》ったときだったようです」

「私の妻が……。事故を最初に発見したのは、私の妻だったんですか？」

鹿角は、思わず訊《き》き返した。

「そうです。鹿角容子さんでした」

「そうでしたか」

「どうも、妙な因縁ですな。松口さんは溺死し、その松口さんを救おうとした鹿角さんの奥さんがその翌日、同じような場所で転落死されたんですからね」

「おじゃましてもよろしいですか」

とそのとき、広間の入口に男の声がした。

5

広間にはいってきたのは、髪を長くのばした四十四、五歳の体格のいい長身の男だった。

鹿角が広間に案内されたとき、ロビーの長椅子の傍に立っていて、鹿角をじっと見守るようにしていた男である。

男のすぐ背後に、四人の女が立っていた。

「盛岡から六時の新幹線で帰りますので、お別れのご挨拶《あいさつ》にまいりました」

男は響きのある低音でそう言うと、鹿角たちの傍に坐って、容子の遺体に短く合掌した。

つれの四人の女が合掌するのを待って、真弓刑事が鹿角に言った。

「蒲生晃也さんです。東京の出版社に勤めておられる方です」

「蒲生です。このたびのことは、心からお悔み申しあげます」

と男は、鹿角に丁寧に頭を下げたあと、

「妻の貞子です」

と傍のグリーンのワンピース姿の、細身の女を鹿角に紹介した。

「そして、こちらの女性が天神《てんじん》三津子さん。推理作家の天神岳久先生の奥さんです」

と、続けて蒲生晃也は言った。

鹿角は、先刻ロビーのソファに悠然と坐っていた男の顔を思い出していた。どこかで見た顔だと思ったが、週刊誌や雑誌のグラビヤでよく写真を見かけた流行作家の天神岳久だったのだ。

天神岳久は先妻を病気で亡くし、現在の年若い妻と再婚したのは、たしか四、五年前だった。

後妻の三津子は年齢は貞子と同じ三十四、五歳くらいだが、貞子とは対照的に肥り肉《じし》の女で、神経質そうな貞子とは違って、おっとりした温和そうな容貌《ようぼう》をしていた。

「そして、葛西幸子《かさいさちこ》さんと小田切雪枝《おだぎりゆきえ》さんです」

蒲生に紹介された二人は、鹿角に向かって同時に頭を下げた。

葛西幸子は四人の女性の中では一番年配で、四十歳前後の大柄で肥った顔の女だった。

小田切雪枝は天神三津子たちと同じくらいの年齢で、とぎ澄まされたような美貌の持主だった。

「この西湖館の近くに、天神先生の別荘がありましてね。先生は、夏場は大抵そこで、お仕事をなさっておられるんですよ。先生と親しくしている私ども編集者や作家たちが、夫人同伴で大挙してここへ押しかけていたんです。今日引き揚げることにしたのですが、先生は急に里心がついて、一緒に帰ることになったんです」

蒲生晃也は、この場にはちょっと不似合いな陽気な語調で言って、白い歯を見せた。

「鹿角さん」

と真弓刑事が蒲生貞子の方に顔を向けながら、

「奥さんの遺体を最初に見つけられたのは、こちらの蒲生夫人だったんです」

と、言った。

蒲生貞子は、鼻筋の通った整った細い顔を鹿角の方に向けた。

「お悔み申しあげます。亡くなられた奥さまとは、この旅館で二、三度短い言葉を交わしましたが、物静かで、とても聡明《そうめい》なかただという印象を受けました」

貞子は語尾のはっきりした明快な口調で、そう言った。

「一昨日の溺死事故のショックがまだ尾を引いていて、昨夜はよく眠れず、今朝も暗いうちに目が醒《さ》めてしまいましたので、寝床を抜け出し、湖畔を散歩していたんです。あの達磨岩の近くまで来ますと、波打ち際のごつごつした岩場の水面にスカートの切れ端のようなものが浮いているのが目にはいったんです。近寄ってみますと、岩の間に鹿角さんがあお向けに倒れていたんです。ほんとに、びっくりいたしました」

貞子の言葉をひき取るようにして、蒲生晃也が、

「妻が旅館に駆け込んできて、事情を聞かされたときには、私も驚きましたよ。奥さんとは一、二度口をきいたことがありますが、妻も申しあげたように、感じの良い、物静かなかたでした。昨夜の九時ちょっと前でしたかね、廊下で奥さんとすれちがい、挨拶を交わしたんですが、外出するところだったらしく、忙しそうに玄関の方へ小走りに駆けて行きましてね。十時過ぎに帳場におりて行きますと、女将さんや番頭さんたちがあわただしく玄関を飛び出して行ったんです。そのとき、奥さんが行方不明になったことを知ったのですが、あんな場所で命を落とされていたなんて、まったく想像もしていませんでした」

と、言った。

「私は主人と一緒に別荘に戻ろうとして旅館の玄関を出たとき、奥さまと偶然一緒になったんです」

と言ったのは、天神三津子である。

蒲生貞子のはきはきした言葉とは反対に、聞き取りにくい低い沈んだ口調に、鹿角は相

手の弔意のようなものを汲《く》み取った。

「近くの友人の家を訪ねるとかで、表通りの途中で私たちと別れ、湖畔ぞいに歩いて行かれました。とてもしっかりした感じの人で、あんな不慮の事故に遭《あ》われたなんて、ちょっと信じられない気持ちです。あたりが暗かったので、思わず足を滑らせたんでしょうけど……」

と、天神三津子が言った。

傍の蒲生貞子は、三津子の横顔をじっと見据えるようにしていたが、

「三津子さん。あなたはまだ、鹿角さんの死を事故によるものだと考えていらっしゃるの？」

と、言った。

「でも、貞子さん。あれは、やはり……」

「事故死なんかじゃありませんわ」

貞子は顔を左右に振って、そう言い放った。

「貞子――」

夫の蒲生がたまりかねたように低い声でたしなめたが、貞子はその紅潮した顔を真っ直に鹿角に向けた。

「友人の家に急いでいた鹿角さんが、途中で寄り道をして達磨岩の上に立っていたなんて、

ちょっと信じられませんわ」

「すると、蒲生さんは……」

真弓がそう言いかけたのを、貞子は無視して、鹿角に向けて言葉を続けた。

「鹿角さんがあの達磨岩に足を運んでいたのは、自分の意志からではありません。誰かに誘われたからです。そして、その相手に湖へ突き落とされたんです」

「貞子さん。まさか、そんな……」

天神三津子は驚きをそのまま顔に表わし、あたりの人物を眺めまわした。

「貞子。鹿角さんや警察の人の前で、そんな軽々しい言葉は口にしないことだ。なんの証拠もなしに、そんな……」

蒲生晃也は渋面をつくり、声を押し殺すようにして、貞子をたしなめた。

「私はかまいません。蒲生さん、お話を続けてくださいませんか」

鹿角は言った。

蒲生貞子は鹿角の胸にわだかまっていたものを、そのまま口に出していたのだ。

「鹿角さんの死は、一昨日の松口秀明さんの溺死となにか関係があると思うんです」

と、貞子は言った。

「すると、松口秀明さんの溺死も単なる事故ではなかったと言われるんですか?」

真弓が、慌てたように言葉をはさんだ。

「松口さんの乗ったボートが転覆したのは、明らかな不慮の事故だったと思います。あの情況から考えて、殺意を持った人物の計画的な犯行だったとは、とても思えません」

貞子はきっぱりと言って、鹿角の方に向きなおると、

「鹿角さん、溺死した松口秀明さんという人物に、心当たりはありませんか？」

と、唐突《とうとつ》に訊ねた。

「松口秀明……さっきから何度も聞いていますが、心当たりはまったくありませんが」

「そうですか。奥さんの口から、その名前を聞いたことはありません？」

「妻から？」

「ええ」

「……すぐには想い出せませんが。しかし、蒲生さん、なぜ、そんなことを訊かれるのですか？」

鹿角は蒲生貞子がなにを言わんとしているのか推測がつかず、相手の細い顔を見守った。

「実は、鹿角さんと松口秀明さんは、以前からの知り合いではなかったかと思いまして」

「妻と知り合い……どうして、そう思ったんですか？」

「鹿角さんがこの西湖館に着かれた日の午後、ロビーで鹿角さんと松口さんがなにやら話しこんでいるのを、偶然目に止めたからです」

「ただ、それだけで二人が知り合いだったと思われたんですか？」

「いいえ」

貞子は強くかぶりを振って、

「そのときの二人の様子から、そう思ったんです。同じ旅館ではじめて知り合ったばかりの泊り客同士の会話にしては、かなり感じが違っていたように思えたからです」

「もう少し、具体的に話してください」

「別に、二人の言葉をはっきりと耳に入れたわけではありません。鹿角さんは、松口さんとの出会いを喜んでいなかった――そういう感じを受けました。ちょっと険しい顔つきになって、なにかきつい言葉を相手に投げていましたわ。反対に松口さんは落ち着いていて、にやにやした顔で、鹿角さんとの出会いを楽しんでいたように見えましたけど」

松口秀明なる男は、いったい何者だったのだろう、と鹿角は思った。

蒲生貞子の言葉をそのまま受け取れば、容子は過去に松口秀明となにかしらの接触を持っていたが、その接触の内容は容子にとっては心楽しいものではなかった、という解釈が生まれる。

「柏木さん」

鹿角は、先刻から伏目がちに黙りこくっている柏木里江に声をかけた。

「松口秀明さんのことを、なにかご存知ですか？」

「いいえ……」

柏木は短く言って、鹿角の視線を避けるように目を伏せた。

「こちらに来てから、妻からその人物についてなにか聞いていませんでしたか？」

鹿角は、重ねて訊ねた。柏木は松口秀明についてなにかを知っていると感じたからだ。

「なにも、お聞きしていませんが……」

と言ったが、柏木の目は言葉とはうらはらに鹿角になにかを訴えようとしているかのようだった。

「失礼します」

そのとき、広間の障子に男の声がした。

障子から顔をのぞかせたのは、白いポロシャツを着た四十二、三歳の彫りの深い顔立ちの男だった。

「車が来ましたよ」

と男は鹿角に一礼したあとで、蒲生晃也たちにそう告げた。

男は廊下に立ったまま、蒲生たちが広間を出るのを見送っていたが、小田切雪枝が最後に広間を出ると、その肩に手をまわした。

小田切雪枝の夫のようであった。

6

真弓刑事が警察車に乗って西湖館を去ったあと、鹿角圀唯は二階の芙蓉《ふよう》の間に部屋を取った。

芙蓉の間は容子が宿泊していた部屋で、手狭だが、窓から十和田湖の東湖の全貌が見渡せた。

湖の中央にせり出している御倉《おぐら》半島に陽差《ひざ》しの弱まった西日が照りつけ、半島の先端あたりを遊覧船がゆっくりと迂回《うかい》していた。

鹿角はテーブルの前に坐って、容子の遺品を整理した。

容子の手荷物は、使い古された大型の旅行鞄《かばん》と手さげの紙袋だった。

旅行鞄の中身は衣類と化粧品類で、紙袋の中にはみやげ物がぎっしりとつめられていた。

みやげ物の大半は、鹿角の好物の秋田の郷土名物だった。

部屋の床の間の電話が鳴ったのは、鹿角が遺品を整理しおわった直後である。

異様に高い呼び出し音で、容子への追悼《ついとう》にひたっていた鹿角は一瞬ぎくっとしたほどだった。

帳場の係員はのんびりした声で、鹿角さんあてに外からの電話だと告げた。

十和田署の真弓刑事からかと思ったが、受話器に聞こえてきたのは女の声だった。

「鹿角さんですか？　柏木です」

柏木里江は声を弾《はず》ませるように、ちょっと早口で告げた。

「ああ、柏木さん。いろいろとお世話になりました。お疲れになったでしょう」

「いいえ。鹿角さんこそ。このたびのことでは、なんとお詫び申しあげていいのやら……容子さんを無理に十和田湖になど呼び寄せなければよかったんです」

「あなたがそんな責任を感じることはありませんよ。もう、そのことは忘れてください」

と、鹿角は言った。

柏木里江が、先刻と同じような悔みを繰り返すのが目的で電話をかけてきたとは思えなかった。

鹿角は相手が用件を切り出すのを待つようにして、短く沈黙していた。

「実は、鹿角さんにお話ししたいことがあるんです」

と、柏木は早口に言った。

「妻のことですね？」

「ええ。さっきは刑事さんたちが一緒でしたので、お話しする機会がなかったんです」

「私も、そんな感じがしました。で、どんなことでしょうか？」

「ちょっと申しあげにくいことなんです。鹿角さんの気持ちをよけい暗くさせてしまいそうで……」

「かまいません。妻のことは、この際すべてを知っておきたいんです。お話というのは、溺死した松口秀明さんに関することですね？」

と鹿角は、相手を促した。

「ええ。それもあります」

と柏木は言って、ちょっと言葉を途切らせていたが、

「容子さんが私の家に見えたのは、前にも申しあげましたが、十三日の一時ごろでした。一緒に食事をし、二時間ほど話をしたあと、容子さんは予約してあった西湖館へ向かわれたんです。それから一時間ほど経ったころ、西湖館の容子さんから電話があったんです。西湖館はキャンセルして、近くの適当な民宿に移りたい、と容子さんは言っていたんです」

「民宿に……」

「あまりふいだったので、私もちょっと驚きました。理由を訊ねますと、西湖館で偶然に、会いたくない人物に会ってしまった。その人物と同じ屋根の下で過ごすのはいやだ、と容子さんは言ったんです」

「その会いたくない人物というのが、松口秀明さんだったんですね？」

「そうです。松口さんの名前を聞いたときは、私も驚きました。松口さんのことは、私も

よく知っていましたから」

「松口さんと妻とは、いったいどんな間柄だったんですか？」

鹿角は、肝心な質問をした。

「松口さんは、容子さんの昔の恋人でした」

と柏木は、声を低めるようにして言った。

鹿角には、おおよそ想像のついた返事だった。

「松口さんは、私や容子さんと同じ横手市の生まれで、容子さんが松口さんと知り合ったのは高校時代でした。同じスキー部にはいっていた関係で交際をするようになったんです。松口さんは明るいスポーツマンでしたが、私はどこか無神経で粗野な感じの松口さんに好感を持てませんでしたが、容子さんは反対に、そんな男っぽいところに魅《ひ》かれていたようでした。二人の交際が本格的に進んだのは、容子さんが東京の短大を卒業して郷里に帰ってきた年からだったと思います。松口さんはいわばプレイボーイで、三、四人の女性と交際していたのを私は知っていましたので、幾度となく容子さんに忠告したのですが、容子さんは聞き入れようとはしませんでした。適当に遊ばれているとも知らず、容子さんは松口さんにすっかり夢中になり、……子供まで宿したんです……」

と、柏木は言って言葉を切った。

遊覧船の発着所付近で二隻のモーターボートがやかましく音たてて走りまわっていたた

め、柏木の声は時おり遠くに聞こえた。

「お腹の子は三か月ほどで流産しましたが、松口さんが容子さんに黙って郷里から姿を消してしまったのは、その直後でした。容子さんはそのときになってやっと、松口さんにだまされていたことを知り、一時は半狂乱になって私に泣きついてきたこともあります。容子さんが睡眠薬自殺をはかったのは、松口さんが郷里を出て行って一か月ぐらいたったときでした。幸い一命は取りとめましたが、失恋のショックから立ち直るのには、長い時間がかかったようです。容子さんが東京で職についたのは、その二年後で、私が十和田湖の家に嫁いで間もなくのころでした。松口さんはそれと入れかわりぐらいに郷里にもどり、幼馴染《おさななじみ》と結婚したという噂《うわさ》を耳にしました。でも郷里で始めた事業に失敗し、松口さん夫婦は三、四年後に郷里を出て岩手県に移り住んでいたんです。そんな松口さんに、容子さんは十年ぶりに西湖館で偶然に出会ったんです……」

「そうでしたか」

鹿角のその短い言葉には、複雑な感慨がこめられていた。

鹿角と容子が平凡な見合いを経て結ばれたのは、七年前の春である。

容子は結婚したばかりのとき、鹿角の過去の女性歴を冗談まじりに訊ねたことがあった。

鹿角は照れながら、高校時代から始まる二、三の失恋歴を容子に披露した。

そして後日、逆に鹿角が容子の男性歴を訊ねると、容子は笑っているだけで答えようとはしなかったのだ。

鹿角がちょっと意地になって、なおも追及すると、容子は「恋愛なんて、ちゃんと大人になってからするものなのね」と、答えにならないようなことを言って、表情を暗くしたのだ。

容子はそのとき、過去の松口秀明との苦い経験を胸の中にくすぶらせていたのであろう。

「容子さんが西湖館から民宿に変わろうとした気持ちは、私にはよくわかりましたわ」

鹿角の短い回想の間、言葉を途切らせた柏木は、そう言って話を続けた。

「私が西湖館の近くで男の泊り客が溺れ死んだという話を聞いたのは、それから一時間ぐらい経ってからでした。私が付近の人たちと一緒に西湖館に駆けつけますと、容子さんが駐在所の巡査になにやら事情を聴かれているところでした。容子さんが溺れかけている松口さんを見つけ、西湖館に駆けつけたと周囲の人の口から聞いたとき、私は一瞬ぎくっとしてしまったんです。それは、容子さんが……」

柏木はそう言って、言葉を飲み込むようにした。

「妻が松口さんをすぐには助けようとはせず、わざと見殺しにしていたんではないか——と思われたんですね」

鹿角が代わって、柏木のそのときの胸中を言葉にした。

「私も頭がどうかしていたんです。一瞬にせよ、そんな恐しいことを考えてしまったなんて。容子さんはそんなことのできる人ではありませんもの」

「私もそれは信じます」

鹿角は短く言った。

容子は当初は松口秀明を激しく恨んでいたであろうが、そんな恨みつらみを十年間も胸に内蔵させていたとは考えられない。

また、松口に思いがけずに再会し、その恨みを再燃させていたとも考えられない。

容子はただ、松口秀明といういまわしい思い出の男の前から姿を消すことだけを考えていたのだ。

そんな容子が、溺れかけている人間を目の前にし、冷酷にもそれを見殺しにしていたとは、到底考えられなかった。

「松口さんが湖畔にあったボートを漕ぎ出したころ、容子さんはその湖畔の付近にはいなかったんです」

と、柏木は言った。

「妻は、どこにいたんですか?」

「西湖館の近くの民宿をさがし歩いていたんです。四、五軒当たってみたらしいですが、シーズン中ですので単身用の空部屋はなかった、と容子さんは言っていました」

「そうですか。妻がボートの転覆事故を目撃したのは、その直後だったんですね」

「ええ。西湖館にもどろうとして、あの達磨岩近くの湖畔に出たときだったそうです。ひっくりかえったボートの傍で溺れかけている男の人を目に止めたんです。容子さんはそのとき、その男の人が松口さんだとはまったく気づかなかったと言っていました。とにかく夢中で西湖館に駆け込み、事故を知らせたんです」

「真弓刑事も言っていましたが、そのときは付近に人かげはなかったそうですね」

鹿角が言うと、相手はなぜかすぐには言葉を返さず、沈黙していた。

「鹿角さん。あのとき湖畔にいたのは、容子さんだけではなかったんです」

と柏木は、ちょっと語調を変えて言った。

「え？　妻の他に誰かいたんですか？」

「ええ。容子さんはそう言っていました」

「誰がいたんですか？」

「夫婦づれと思われる男女だったそうです」

「夫婦づれ……」

「容子さんが達磨岩の近くの湖畔に出たとき、その夫婦づれは湖畔の木立の傍に立って、湖の方を眺めていた、と容子さんは言っていました」

と、柏木はことさらにゆっくりとした口調で言った。

「湖の方を眺めていた……」

鹿角には、柏木の言葉がすぐには理解できなかった。

「その夫婦づれは、ボートの転覆現場を眺めていた、という意味ですか？」

「そうです。容子さんにはそう見えたそうです」

「しかし……」

「夫婦づれは容子さんの足音に気づくと、慌てるような感じでその場を離れ、小走りに雑木林を抜けて行ったそうです。容子さんがボートの転覆事故に気づいたのは、その直後だったんです」

「その夫婦づれは、松口さんが溺れかけているのを手をこまねいて眺めていた——としか考えられませんが……」

「そうです。それ以外には、解釈のしようがありません」

「その男女は、誰だったかわかっているんですか？」

「いいえ。湖畔で見かけたのは、ほんの一瞬だったそうで、それも林の葉陰の間から二人のうしろ姿を目に止めたんだそうです」

「そうですか」

「でも、容子さんは、その女性が西湖館の泊り客だったことだけはわかっていたんです」

「なぜですか？」

「その女性が、つばの広い赤い麦わら帽子をかぶっていたからです。その麦わら帽子は、西湖館の売店で売っていたものだったんです」

　鹿角の頭の中で、一つの推理がまとまりかけていた。

　鹿角がその考えを言葉に出そうとしたとき、柏木が言った。

「鹿角さん。容子さんの死は、事故死だとは思えません。西湖館にいた夫婦づれと思われる男女は、松口秀明さんが溺れかけているのを目の前にしながら、助けようとはしなかったのです。その男女には、松口さんに生きていられては都合の悪い事情があったから、あえてそうしたんだと思います。そんな現場を、近くを通りかかった容子さんに目撃されてしまったんです。容子さんはその二人の顔を見なかったにしても、相手の二人は容子さんをちゃんと確認していたかもしれませんわ。容子さんが同じ西湖館の泊り客だと知ったら、その男女は容子さんをそのままにしておくでしょうか？　容子さんは、その男女を偶然にも目に止めたために、命を落とす羽目になったんではないでしょうか……」

「私も、そう考えていたところです」

　と、鹿角はゆっくりと言った。

「あの日、西湖館に泊っていたのは、容子さんを除けば、三組の夫婦づれです。あの広間で東京の蒲生晃也が言っていましたが、三組の夫婦とも同じグループの人たちでした」

「編集者と作家たちだという話でしたね」

「あのグループが西湖館に着いたのは、十二日の午後でした。私がちょうど容子さんに頼まれた部屋の予約のことで、西湖館を訪ねていたときでした。西湖館の女将の話では、推理作家とあとは天神先生の担当の出版社の編集者だということでしたが。推理作家は、小田切孝とかいう名前だったと思います」

「小田切孝……」

鹿角は、先ほど広間の入口に顔を見せていた小田切孝と思われる男の顔を目の前に思い浮かべていた。それほど著名ではないが、中堅の推理作家としての彼の名前を、鹿角は記憶していた。

「残りは編集者で、広間に顔を見せていた蒲生晃也、葛西清吉の二組の夫婦です」

と、柏木は言って、

「それと、西湖館には泊っていませんでしたが、天神先生夫婦も除外できないと思います」

容子があの達磨岩近くの木立の中で見たという夫婦づれは、天神夫妻を含めたこの四組の中の一組だったはずである。

「柏木さん。妻は亡くなった日の夜、あなたと会う約束をしていましたね。なにか、特別な用事でもあったからですか？」

鹿角は、話題を転じた。

「そのことを、これからお話ししようと思っていたところです」

と、柏木は応じた。

「亡くなった日の午後三時ごろに、容子さんから電話がかかってきたんです。直接会って話したいことがある、と容子さんは言っていました。私は自分の方から西湖館へ出向こうとしたのですが、容子さんは旅館ではなにかと人目があるからと断わり、夕食後九時に私の家で会う約束をしたんです」

「そのとき、例の達磨岩の湖畔にいた夫婦づれのことについては、なにも言っていなかったんですか？」

「別になにも。容子さんはそのときの電話で、天神先生の別荘に誘われたけど……。今度の十和田湖旅行はまるっきりついてなかったわ、とかぐちっていましたわ。そして容子さんは、こう言いたしたんです。さっきもひどい目に遭ったわ……」

「ひどい目に遭った……」

「ひどい目に遭った、あのいやらしい声がまだ耳にこびりついているのよ、って言ったんです」

「いったい、なにがあったんでしょうか？」

「容子さんはそう言っただけで、具体的にはなにも説明しませんでした。ですが、私にはおおよそ想像がつきましたわ」

「どう想像されたんですか？」

「容子さんはきっと、天神先生に理不尽な真似をされたんだと思います」

と、柏木は断言するように言った。

「天神先生に妻が……」

想像もしていなかった柏木の言葉に、鹿角は少なからず戸惑った。

「なにかのスポーツ新聞にもすっぱ抜かれていましたが、あの天神先生はとても女好きな人なんです。天神先生はよく西湖館で昼食をすることがあるんですが、女の従業員たちにちょくちょく色目を使っていたという話でした。だから、容子さんの魅力にあの先生が無関心だったなんて考えられないことです。先生と私はけっこうウマが合って、何度か話をしたことがありますが、女ぐせが悪いところを除けば、いい人なんですけどね」

と、柏木は早口に言った。

「その電話では、他になにか言っていませんでしたか?」

鹿角は訊ねた。

「それだけでした。容子さんはおそらく、天神先生とのことを話そうとしていたんだと思います。あのときはやはり、私の方から西湖館に出向くべきだったんですわ。もっと早くに、容子さんの話を聞いておいてあげれば、容子さんはあんなふうな……」

「柏木さんの責任じゃありませんよ。でも、柏木さんのお話をうかがって、妻が事故死したんではないという確信が摑めました。徹底的に調べてみます」

「及ばずながら、私もお手伝いさせていただきますわ。亡くなった容子さんのためにも……」

と、柏木里江は最後に涙声で言った。

7

事件を自分なりに調べるという鹿角の希《のぞ》みは、しかし実現の運びとはならなかったのである。

容子の急逝というショックが引き金になったのか、鹿角の持病が急速に悪化してしまったからだった。

鹿角が深夜に救急車でM大学病院の救急外来に運び込まれたのは、容子の葬儀の二日後、八月十九日だった。

十和田湖の柏木里江からハガキをもらったのは、九月中旬のことだった。

鹿角の手術後の容態を気づかい、いまは容子の事件のことはなにも考えずに養生に専念するように。事件のことは私なりに考えていると記されていた。

まるで男文字のような、太い力強いタッチの筆跡だった。

鹿角がちょっと注意をひいたのは、最後の方の短い文面だった。

——三日ほど前に、西湖館で思いがけない人物に会いました。それらのことは、病態がよくなってから詳しくお知らせします。

と、書かれていたのだ。

鹿角は柏木里江のハガキを手にしたまま、無気力にベッドに横たわっていた。胆石の手術は順調にすんでいたものの、食欲減退を伴う合併症のため、鹿角はベッドから身を起こす気力も持ち合わせていなかったのだ。

……………………

……………………

……………………

8

ソファに深く背をもたせかけ、長い回想にひたっていた鹿角は、ゆっくりと上半身を起こした。

鹿角はタバコに火をつけ、再びテレビの画面に目を置いた。

東京国際女子マラソンのレースは、すでに大詰めを迎えていた。

相変らず快調に独走を続ける東ドイツの女子選手の白い顔が、画面に大きく映し出されている。

単調なレースに退屈した鹿角が、立ち上がってテレビを消そうとしたときだった。

女子選手の頭のすぐ上に、「ニュース速報」というテロップが流れたのだ。

鹿角は、その場に立ったままの姿勢で、画面を見入った。


14時5分、釧路空港を離陸した大和航空の134便の旅客機が離陸五十分後に消息を絶ちました

テロップはすぐに消え、五、六分もすると、再び画面に同じテロップが繰り返された。

鹿角はソファに坐りなおして、画面を注目していた。

新しいテロップが流れたのは、東ドイツの女子選手がゴールのテープを切って、十五分ほど経ったときである。


消息を絶っていた大和航空の134便と思われる旅客機が、栃木県の湯西川温泉付近の山中で大破、炎上しているのが発見されました

テロップが消えると、テレビは番組を急遽《きゅうきょ》変更し、「大和航空機遭難事故特集」に切り

替わった。

湯西川温泉の山中で炎上を続けている旅客機の光景が、空から中継された。

続いて、134便の搭乗者名簿が公開された。搭乗者は、大和航空関係者を含めた六五名だった。

画面に搭乗者の氏名が、カタカナで映し出されていた。

鹿角は、ぼんやりした視線で搭乗者名を追った。

カサイサチコ（四一）
オダギリユキエ（三五）
ガモウサダコ（三五）
テンジンミツコ（三四）
…………………
…………………

鹿角がはっとして画面に眼を凝《こ》らしたのは、ガモウ、テンジンと読みあげるアナウンサーの声を聞いた瞬間だった。

蒲生貞子……

天神三津子……

二か月前に十和田湖の西湖館で顔を合わせた二人の女性と、同姓同名だった。

鹿角は画面の上に移動して行く搭乗者名に、慌てて再度目を走らせた。

二人の氏名以外にも、聞き憶えのある氏名を耳にはさんでいたように思ったからだ。

カサイサチコ……

オダギリユキエ……

間違いない、と鹿角は思った。

この二人も、西湖館に泊っていた女性たちなのだ。

二人は、葛西清吉、小田切孝の妻だった。

妻の容子の事件のさいに西湖館に居合わせていた四人の夫人たちは、そろって大和航空の134便に搭乗し、そして遭難事故に遭っていたのである。

救助活動が開始されたのは、午後五時半からだった。

鹿角は夕食をとるのも忘れ、大和航空機遭難事故関係のニュースをテレビで見入った。

七時のニュースでは、現在までのところ二名の生存者が救出され、身許の確認を急いでいると報じていた。

あのような凄惨《せいさん》な事故の中で生存者がいたという事実が、鹿角にはとても信じられない気持ちだった。

9

その一時間後。
鹿角囫唯は、驚きのまなざしでテレビの画面を見つめていた。
二名の生存者の身許が確認され、その住所氏名が画面に大きく報じられていたのだ。
一人は、群馬県渋川市に住む十六歳の女子高校生だった。
鹿角の視線は、残りの一人の生存者の氏名に釘づけにされていた。

東京都文京区湯島　大栄湯島マンション一四〇一号室　天神三津子

第二章　死者からの手紙

1

鹿角圀唯が十和田署の真弓刑事から電話をもらったのは、大和航空機遭難事故から十日経った日の午後一時半ごろのことだった。

「十和田署の真弓です。その節はどうも」

真弓は、例のかん高い声で言った。

「きのう署の方へお電話したんですが、ご病気で入院しておられたそうですね」

「ええ。半月ほど前に退院して、いまは自宅療養中です」

と鹿角は答えたが、真弓刑事がいまごろいったいなんの用事で電話をかけてきたのだろうか、といぶかった。

「お見舞いにもうかがえず、失礼しました。で、ご容態はいかがですか？」

「少しだるさは残っていますが、順調に快方に向かっているようです」

「そうですか、それはよかった。実はきのうから東京に来ているんですよ」

「東京へ？」

「きのう、蒲生晃也さんと会って話をしたところです」

「蒲生さんと？　なにか、事件のことで？」

「ええ、奥さんの事件について、ちょっと調べたいことが生じたものですからね」

「妻の事件……。すると、なにか新しい事実でもわかったんですか？」

鹿角は思わず緊張し、相手の返事を待った。

「事実かどうかは、まだわかりません。それを調べるためにやってきたんです」

真弓は、そっけない口調で言った。

「なにがわかったんですか？」

「奥さんの死が他殺によるものだ、とはっきりと告発した人物がおりましてね」

「誰ですか？」

「大和航空機事故で犠牲になられた、蒲生貞子さんです。もっとも彼女は、当初から他殺説を主張しておりましたがね」

「蒲生貞子さん……」

「それにですね、大和航空機遭難事故現場の乗客の遺品の中から、一通の遺書めいた書きつけが発見されましてね」

「遺書……そのことは、昨日の新聞にも載っていましたが」

中年の男の乗客の一人が、揺れ動く機内で家族に宛《あ》てて走り書きした遺書の全文が、昨日の夕刊に掲載されていた。短い簡単な文章だったが、万感の思いがこめられていて、読む人の胸を打つ遺書だった。

「ただの遺書ではありません。奥さんの事件に関するものなんです」

「妻の事件に……」

鹿角は当然のことながら、すぐには真弓の話の内容を理解することができなかった。

「もう少し、わかりやすく説明してくださいませんか」

「実は、その件でお宅におじゃましようと思っているんですがね。お差しつかえありませんか?」

「どうぞ。お待ちしております」

鹿角が答えると、じゃ一時間後に、と真弓は言って、電話を切った。

2

「思ったより元気そうじゃありませんか」

応接室に坐った真弓刑事は、鹿角をしげしげと眺めながら、そう言った。

真弓は一人ではなかった。

「憶《おぼ》えておいでと思いますが、蒲生晃也さんです。十和田湖の西湖館でお会いしてますね」

と真弓は言って、同行の蒲生晃也の方を見た。

真弓がなぜ蒲生晃也と同行してきたのか、鹿角には見当がつかなかった。

「その節はどうも」

蒲生は長髪をかき上げながら、短く挨拶した。

十和田湖で会ったときは、若向きなポロシャツ姿でどこか崩れた感じを漂わせていたが、今日の蒲生は濃紺の背広姿で、紳士然としていた。

「このたびのことでは、お力落としのことと存じます。テレビで奥さんの名前を目にしたときは、びっくりしましたよ」

鹿角は、遭難事故で犠牲になった蒲生貞子の悔みを述べた。

「まだ、あの事故で妻が死んだなんて信じられない気持ちですよ」

蒲生は低いが、よく響く声で言って、表情をくもらせた。

「新聞で読みましたが、奥さんは北海道に旅行されていたんですね、例の奥さんがたと一緒に」

「ええ。あの女性だけのメンバーで、年に二、三度はあちこち旅行していたんです。飛行機を使ったのは、皮肉にも今回がはじめてでした」

「新聞で、そんな蒲生さんたちの談話を拝見しました」

「葛西さん、小田切さん、それに私の三人がうちそろって男やもめになるなんて、まるで夢を見ているようですよ」

蒲生は、浅黒い額に深い縦皺《たてじわ》を刻《きざ》んでいた。

「天神先生の奥さんの容態は、その後いかがですか？」

鹿角が訊ねると、蒲生は軽く顔を振って、

「足の骨折と全身の打撲傷は、日が経つにしたがってそれなりに良くなってはいるようですがね。意識障害の方は、あまりはかばかしくないようですね。いまだに記憶が戻らないんですから」

「そうですか」

事故現場近くの病院で治療を受けている天神三津子の容態については、鹿角も新聞やテレビなどからおおよそのことは知っていた。

救出されたときから記憶障害に陥り、そのままの状態が現在まで続いているという。

「でも、生きていられるんだから幸せですよ、三津子さんは」

蒲生はつぶやくように言うと、伏目になり、そのまま黙り込んでいた。

「さて、鹿角さん。さっそく本題にはいらせていただきますがね」

と真弓刑事は性急に言って、手帳を取り出した。

「遭難事故の犠牲者の一人に、神奈川県小田原市の船川節子さんという名前の三十五歳の主婦のかたがおられます。船川さんは釧路市の親戚《しんせき》の家から自宅へ帰られる途中で、あの事故に遭っていたのです。遺体確認のために現場に駆けつけたのは、ご主人と船川さんの弟さんでしたが、そのご主人から所轄の今市《いまいち》署に一通の遺書が提出されたのです。その遺書は、船川さんの小さなボストンバッグの外ポケットの中に納められていたものでした。ボストンバッグは半分ほど焼けただれ、遺書を綴《つづ》った紙片もあちこちにこげ跡がありましたが、文字は判読できました」

と真弓は言って、手帳から顔を上げた。

「船川さんのご主人がその遺書をわざわざ今市署に届け出たのは、それなりのちゃんとした理由があったからです。遺書の文面が、ちょっと異様だったからです。現物は今市署に保管されていますので、その写しを読み上げてみます」

真弓はそう言って、手紙を繰った。

鹿角は全身に震えるような緊張を感じながら、真弓の口許を見つめた。

「……あなた。こわい。ひこうきが、ゆれながら落ちてゆく。きっと死ぬかもしれない。貞子があの事件の真相を見やぶった。犯人はわたしとあなただといった。貞子は夫に手紙を書いた。あなた。もう助からないかもしれない。こんなことになるなんて。あなた、さようなら……」

真弓は、単調な口調でゆっくりと読み上げた。

鹿角は、遺書の文面を頭の中で反芻《はんすう》した。

「あの事件、というのは十和田湖の鹿角容子さんの事件です。そして、貞子というのは、私の妻のことです」

と、蒲生晃也が補足した。

「遺書が書かれていたのは、機内に常備されていた大和航空の宣伝パンフレットの空白の部分です。墜落寸前の揺れ動く機内で書かれていたのと、精神的な動揺のためでしょう、ボールペンの文字はかなり乱れていて、判読するのに時間がかかりました」

と、真弓が言った。

「この遺書を書いたのは、先ほどお話のあった船川さんとかいう主婦のかただったんですか？」

鹿角の問いに、真弓は首を横に振った。

「船川さんは、十和田湖の例の事件とはなんの関係もない人物です」

鹿角が予期していた返事が、すぐに返ってきた。

「その遺書には、氏名は明記されていなかったんですね？」

「サインは、ありませんでした」

真弓は当然といった表情をつくって、短くそう答えてから、

「遺書を書いた人物は、その遺書の内容からしても、末尾に自分の名前を書き残すわけにはいかなかったのです。それに、その遺書を自分の身につけておくことも、また自分のバッグや旅行鞄などの中に納めておくこともできなかった。だから、見ず知らずの乗客のボストンバッグの外ポケットの中にこっそり入れておいたんですよ」

と、付けたした。

「鹿角さん。こういう光景が想像できると思うんです」

と蒲生が、静かに言った。

「私の妻の貞子は、飛行機が離陸すると、一緒に機内に坐っていたグループの一人——X夫人の座席の隣りに坐りました。そして貞子は、十和田湖の鹿角容子さんの死が事故死ではなく他殺であり、犯人はX夫人とその夫であると告げました。貞子はそのとき、夫に——つまり、東京にいる私に事件の真相を綴った手紙を送ったと言いたしました。ほどなくすると、飛行機が揺れ出し下降を始め、生命の危険を感じさせる事態が生じました。X夫人は助からないと思い、自分の夫に貞子との一件を知らせておこうとして、遺書という形でそのことを綴ったのでしょう」

鹿角は蒲生の話を聞きながら、機内のそんな光景を頭の片隅に画いていた。

「奥さんの貞子さんからの手紙ですが、蒲生さんは受け取っていたんですね？」

鹿角は訊ねた。

「ええ。たしかに、受け取りました」

蒲生は大きくうなずくと、

「私がテレビのニュース速報で、釧路空港を離陸した大和航空機が消息を絶ったことを知ったのは、あの日の午後三時過ぎでした。私たち亭主みんなは、妻たちが釧路空港からその便に乗って帰ることを知っていました。私は驚き、天神先生にその事実を知らせようとして、アパートを飛び出したんです。私のアパートは天神先生のマンションから歩いて四、五分の所にあるんです。玄関を出ようとしたとき、郵便受から何通かの郵便物が三和土《たたき》に落ちていました。私がその郵便物を思わず手に取ったのは、その中に私にあてた妻の封書がまじっているのを目にしたからでした。旅行先からの絵ハガキはよくもらっていましたが、封書ははじめてです。いったいなにを書いて寄こしたのかと思いましたが、慌てていたので封書をポケットにつっ込んだまま、天神先生の部屋に駆け込んだんです。ドアをあけてくれたのは、浅見和歌子さんでした。浅見さんという方は、天神先生の奥さんのお姉さんで、新潟県の十日町市に住んでおられ、時おり先生のマンションを訪ねておられたようです。すでに事情を知っていた浅見さんは、蒼ざめた顔をしていました。みなさんもお見えになっています、と浅見さんに言われ、客間をのぞきますと、葛西さんと小田切さんの二人がテレビに見入っていました。そのとき客間には、私とも顔見知りの雑誌社の連中が三人きていました。それに、台所には、かよいの家政婦さんの島倉さんがおりましたが」

蒲生は、ひと息入れるようにして、タバコをくわえた。

3

「天神先生は、奥の書斎で横になって休まれていました。ショッキングなニュースがかなりこたえたらしく、青白い顔で気《け》だるそうにしていましたよ。妻の手紙を開封したのは、書斎にはいってすぐのときでした。私は興奮していて体が汗ばみ、上衣を脱いだのですが、そのときポケットから妻の手紙が落ちたのです。先生はそれを目に止められ、私が旅行先の妻からの手紙だと言いますと、先生はすぐに読んでみるようにと言われたんです……妻たちが急に旅行の予定を変更し、帰りの日を延期でもしていたんじゃないか、と先生に言われ、私もささやかな希望を持ち、封を切ったのです。妻の手紙は、三枚の便箋に書かれていましたが、その内容はまったく私が想像もしていなかったものだったのです」

蒲生は当時のようすを想い出しているかのように、短い間、目を細めていた。

「私が二枚目の便箋を読み終えたとき、先生は手紙の内容を訊ねられたのです。私が概略を説明しますと、先生は、そのあとは声を出して、読み上げてくれ、と言われたんです。私は先生の言われるとおりに音読しました。私が読み終えると、先生は茫然とした表情で私の手から手紙を受け取り、確認するようにゆっくりと文面を読み返していました」

「蒲生さん。その手紙には、いったいどんなことが書かれてあったんですか？」

鹿角は冗漫な蒲生の喋りかたに苛立《いらだ》ちを覚え、思わず性急にそう訊ねた。

鹿角が知りたかったのは、そんないきさつではなく、手紙の内容だったからだ。

「その手紙は、ここに持ってきています」

と言ったのは、真弓だった。

真弓は背広の内ポケットから紙袋を取り出し、中から一通の白い封筒を抜き出した。

封筒の表には、ボールペンで書かれたやや稚拙な文字が雑然とした感じで並んでいた。

中央の、蒲生晃也様という受取人の文字は、住所に比べて異様に大きく書かれてあった。

鹿角は、封筒を裏返しにした。

そこには、蒲生貞子という差出人の名前しか記されていなかった。

「読んでみてください」

蒲生が言った。

鹿角は封筒から中身を抜き取り、テーブルの上に広げて置いた。

「便箋は、この二枚だけですか？」

鹿角は、思わずそう訊ねた。三枚の便箋、と先刻、蒲生は言っていたはずだったからだ。

「ええ。この二枚です」

「しかし……」

「そのことは、あとで説明します」

蒲生はちょっとそっけなく言って、鹿角を促すように見た。

鹿角は事情が飲み込めぬままに、二枚の便箋を手に取った。

封筒の宛名書きと同じ、読みにくい幼い感じの文字が、隙間《すきま》もなくぎっしりと並んでいた。


私はいま、十和田湖畔の西湖館の二階に一人で宿を取り、この手紙をあなたに書いています。

グループのみんなと一緒に北海道に行くはずの私が、なぜ十和田湖にいるのか、あなたはきっと不思議にお思いでしょうね。

私はみんなよりも一日早く大阪のアパートを出発し、この十和田湖に来ていたのです。

十和田湖行を思い立ったのは、昨日のことでした。

私は十和田湖畔の達磨岩から転落死した鹿角容子さんの事件を、徹底的に調べてみたかったのです。

鹿角容子さんの死は、自殺でも事故死でもなく、他殺であるという考えを私は頭から拭《ぬぐ》い切れなかったのです。

今回の十和田湖行を私に決心させたのは、九月中旬に私あてに届いた差出人不明の手紙でした。

それは、大阪の私のアパートに直接配達されたものでした。

鹿角容子さんは達磨岩から突き落とされて殺されたのだと記され、容子さんを殺した犯人はあなただと書かれた脅迫まがいの手紙です。消印は、盛岡中央局になっていました。

その手紙の差出人は、いったいなにゆえにこの私を犯人だと指摘したのか、私にはまったく理解できませんでした。

差出人は誰なのだろうか、と私は必死になって考えてみました。

鹿角容子さんの事件を詳しく知っていて、西湖館に宿泊した私たちの身近にいた人物――そう考えていたとき、頭の中に突然ある人物の顔が浮かび上がってきたのです。

それは、容子さんの友人で、西湖館の近くに住んでいる柏木里江の顔だったのです。

柏木里江以外には、あんな脅迫まがいの手紙を送りつけた人物は考えられませんでした。

私がこの十和田湖を訪ねた目的は、柏木里江と直接会って話をしたかったからに他なりません。

私は二時間ほど前に、柏木里江を西湖館に電話で呼び寄せ、話をしました。柏木里江は私が考えていた以上に、しっかりした気丈な女性で、なんら臆《おく》するようすもなく、手紙を送った事実を認めました。

そのとき柏木里江から知らされたことですが、あなたも彼女から私とまったく同じ内容の脅迫まがいの手紙を受け取っていたんですね。

そんなことは何も気がつきませんでした。あなたのことですから、誰かの悪質ないたずらぐらいに軽く考えて、まともには取り合わなかったのでしょうね。私とあなたは、不当にも人殺し扱いにされたわけですが、柏木里江は私たちを犯人と推理したある過程で、一つの大きな錯誤を犯していたのです。その誤りを、彼女は私の前で素直に認めていましたけど。

私は柏木里江の推理を叩《たた》き台にして、あの事件をもう一度考えなおしてみました。そしてすぐに、鹿角容子さん殺しの真犯人を突き止めることができたのです。

そのことは柏木里江にはなにも告げずに別れましたが、聡明な彼女のことですから、早晩真犯人に目星をつけるだろうと思います。

前置きが長くなってしまいましたが、鹿角容子さん殺しの真相を、これから簡単に書き綴ってみます。

便箋二枚にわたっての手紙の文章は、そこで終わっていた。

鹿角の目の前に、十和田湖の西湖館の広間で会ったときの柏木里江の生真面目《きまじめ》そうな顔が浮かんでいた。

あの柏木里江が蒲生晃也と妻の貞子の二人に脅迫まがいの手紙を送っていたという事実が、鹿角には容易には信じられなかった。

蒲生貞子がその手紙を受け取ったのは、九月中旬だったという。

それと同じころに、鹿角が入院していた病院あてに柏木里江からハガキが送られてきた。

容子の事件のことは考えずに養生に励むように、事件のことは私なりに考えている、というようなことが書かれていた。

柏木里江は自分なりに事件を調べ、蒲生夫婦を容子殺しの犯人だと指摘したのだ。

そのことを鹿角にはなにも知らせずにいたのは、手術後の鹿角の体調をおもんばかったからであろう。

鹿角が健康な体であったら、柏木はなにをおいても、そのことをすぐに鹿角に連絡していたはずだからだ。

「あなたにあてた柏木里江さんの手紙には、どんなことが書かれてあったんですか？」

鹿角は、蒲生に訊ねた。

「鹿角容子さんの死は不慮の事故によるものではない。達磨岩から突き落とされて殺されたのだ。犯人は、あなただ。容子さんにある場面を偶然に目撃されてしまったあなたは、そのことを他言されるのを恐れ、なんの罪もない容子さんを殺してしまった。いさぎよく罪を認め、すぐに自首してください。さもない場合には、また繰り返し同じ手紙を書きます……そんな文章でした。それから、私の口もふさごうなんて考えないでください。私は用心深い人間です……最後に、そうも書かれてありました」

「繰り返し同じ手紙を書く……柏木さんから、その後も同じ手紙をもらっていましたか？」

「いいえ。その一通だけでしたが」

「その手紙をまだお持ちですか？」

「いや……」

蒲生は、首を横に振った。

「この妻の手紙にもちょっと触れてありますが、私はその手紙を読んだとき、悪質ないやがらせだと思って、すぐにその場で封筒ごと破り捨ててしまいましたよ。太い力強い筆跡の文字でしたので、十和田湖の事件を小耳にはさんだ会社関係の男のしわざかと思っていました。以前にも、仕事関係のことで、そんな男文字のいやがらせの手紙が舞い込んだことがあったからです」

鹿角は、入院中にもらった柏木里江の手紙の文字を想い起こした。

蒲生が指摘したとおり、柏木の筆跡は女文字とは思えないような男っぽい達筆であった。

蒲生は、再び話を続けた。

「妻とは共かせぎで、その仕事の関係上、東京と大阪に離れて暮らしているせいもありますが、そのいやがらせの手紙のことは、そのうち忘れてしまい妻には告げませんでした。まさか妻も同じ内容の手紙をもらっていたなんて、考えてもいませんでしたよ。しかし、柏木さんという人は、いったいなにを根拠に私と妻を疑ったのか、まったく見当もつかないんですよ。私がいったいどんな場面を目撃されていたというのか……」

「そうですか。ところで、蒲生さん」

鹿角は貞子の手紙を再び手に取り、蒲生を見つめた。

残りの一枚の便箋について確認したかったのである。

4

「奥さんの手紙の残りは、どうなったんですか?」

「実は、そのことなんですが……」

蒲生は新しいタバコに気忙《きぜわ》しそうにして火をつけると、

「私の手許にはないんですよ」

と、ちょっと早口に言った。

「手許にない……どういうことですか？」

「書斎の机の抽出《ひきだ》しにしまっておいたのですが、取り出して封筒の中を改めましたら、便箋はこの二枚しかなく、残りの一枚が失《な》くなっていたんですよ」

「いつ、気がつかれたんですか？」

「昨日です。妻の手紙のことは、折をみて警察に提出しようと、天神先生とも話を決めていたんです。それまでは、手紙の一件は誰にも他言しないほうがいい、と天神先生もおっしゃっていました。警察に提出しようとしていた矢先だったのです、こちらの真弓さんから、機内で書かれた例の遺書の件でお電話をもらったのは。その電話のすぐあとで、机の抽出しをあけてみましたら、いまお話ししたように……」

「それ以前に、手紙を改めたことはなかったのですね？」

「ええ。妻たちの乗った大和航空機が栃木県の湯西川温泉近くの山中に墜落したというニュースを聞くとすぐに、私たちは大和航空の東京本社に駆けつけたのですが、出がけに一度自宅に立ち寄り、妻の手紙を机の抽出しに入れておいたのです。それ以後は昨日まで、抽出しをあけたことはありませんでした」

「一枚だけが失くなっていたなんて、どうもおかしな話ですね」

「誰かに盗まれた、としか考えようがないんですよ」

蒲生は、語尾をにごすようにしてそう言った。

「その手紙の一件は、誰にも話していなかったんですね？」

「ええ。さっきも言いましたように、私以外に知っているのは、その手紙の全文を読んだ天神先生だけです」

「その日、天神先生のお宅にみなさんが集まっておられましたね」

「ええ。さっきも言いましたが、葛西さんと小田切さん。三津子さんの姉の浅見和歌子さん。それに雑誌社の三人の連中でした」

「そのうちの誰かが、手紙に気づかれたようなことは？」

「そんなことは、なかったと思いますよ。みんなテレビのニュースに注意していましたから。書斎での先生と私の会話は誰にも聞かれていなかったと思いますが」

「その一枚の便箋が盗まれた理由は、はっきりしていると思います」

　と傍から、真弓刑事が言った。

「その三枚目の便箋の裏には、女性の全裸の絵が描かれていたんだそうです。その絵を人目にさらしたくなかったからですよ」

「全裸の絵？」

「貞子が描いたものです。裸の女性が横向きに臥《ふせ》っている絵でした」

　と蒲生は言って、

「妻は似顔絵が得意で、時々、デッサンなどをかいていましたが、あの場合、ただ無意味にそんな絵を描いていたとは思えないのです」

「誰の姿を描いたものだったのですか？」

「わかりません。肝心な顔の部分が、麦わら帽子で隠されていたものですから」

「とにかく、その手紙の内容を話してみてください」

鹿角は、蒲生をせきたてるように言った。

「正確な文章までは記憶していませんが、こんな意味のことが書かれてありました」

と蒲生は前置きして、

「鹿角容子さんの事件は、松口秀明さんという男の不慮の溺死事故に端を発していたものだ——三枚目の手紙は、そんな文章から始まっていました。松口秀明さんは、西湖館で偶然にある一組の夫婦づれと出会った。その夫婦づれは理由はわからないが、松口秀明さんとの出会いを快く思っていなかった。松口さんが酔ったいきおいで湖畔のボートを漕ぎ出すのを、夫婦づれは近くの物陰から見守っていた。ボートは高波を受けて転覆した。夫婦づれは松口さんが溺れかけているのを目撃しながら、助けを呼ぼうとはせず、見殺しにしてしまった。そんな現場を、偶然に通りかかった鹿角容子さんが目撃した。夫婦づれは容子さんの口から秘密が洩れるのを恐れ、柏木里江さんの家へ行こうとして西湖館を出た容子さんを尾行し、殺害した……と、こんな意味のことが書いてあったのです」

鹿角は話に耳を傾けながら、西湖館にかかってきた柏木里江の電話の内容を想い起こした。

柏木里江はあのとき、蒲生の話とまったく同じ意味のことを鹿角に告げていたのだ。

柏木里江は、鹿角の入院中に事件を彼女なりに調査をし、松口秀明の溺死を見殺しにしていた夫婦づれが誰だったかを知ったのである。

柏木はしかし、誤った判断をし、蒲生夫婦を犯人だと思い込んでしまったのだ。

蒲生貞子は十和田湖を再度訪れ、柏木里江と対決した。柏木の説明を聞くに及び、湖畔にいて松口秀明を溺死に追いやった夫婦づれが誰だったのか、すぐに思い当たったのであろう。

「柏木さんが、松口秀明さんを見殺しにした夫婦づれが私たちだと考えていたとしたら、それはとんでもない間違いですよ。私と妻はあのとき、天神先生の別荘にいて、帰りの荷づくりを手伝っていたんです。窓から偶然に転覆事故を目撃し、慌てて二人で湖畔に駆けつけて行ったんですから」

「貞子さんは、その夫婦づれの名前を手紙の中には書いてなかったのですか？」

鹿角は、蒲生に確認せずにはいられなかった。

「ええ。そのことについては、なにも」

「でも、貞子さんは柏木里江さんの話を叩き台にして、真犯人を突き止めることができた、とこの二枚の手紙には書いています。だったら、どうして肝心な犯人の名前を書き加えなかったのでしょうか」

「手紙の最後の方に、詳しいことは東京に帰ってから話す、と書いてありました。手紙を読まれた天神先生も言っていましたが、そんなところはいかにも妻らしいと私も思いましたよ。妻はわざと相手に気を持たせて楽しむような、悪いくせがありましてね」

と言って、蒲生は淋しそうな笑顔をつくった。

5

真弓刑事と蒲生晃也が帰ったあと、鹿角は洋間のソファに再び坐りなおして、これまでの話を反芻した。

一度にあれこれ続けて話を聞いたせいもあって、鹿角の頭は少し混乱していた。

鹿角は順を追って蒲生の話を想い起こし、そのつどその場面を頭の中に画いていった。

鹿角が最も心を奪われたのは、墜落しかけている大和航空機内で必死に紙片にボールペンを走らせている女性の光景だった。

その女性は死を目前にして、自分の夫にあてて遺書を綴っていたのだ。

……貞子があの事件の真相を見やぶった。犯人はわたしとあなただといった。貞子は夫に手紙を書いた……


鹿角は一度耳にしただけだったが、その遺書の一部を諳《そら》んじていた。

この遺書は、自分の夫にあてたものだ。

その目的は、蒲生貞子が夫の蒲生晃也にあてて事件の真相を綴った手紙を投函していた、という事実を告げるためだったと思われる。

その手紙が蒲生晃也の手によって開封される前に、なにかしらの手を打って欲しいという思いが込められているように思われるのだ。

——この遺書を書いた女性は、いったい誰だったのだろうか。

鹿角の頭の中に、三人の女性の顔が交互に現われては消えた。

天神三津子
葛西　幸子
小田切雪枝

この三人の女性のうちの誰かが、揺れ動き下降を続ける墜落寸前の機内で、死の恐怖と戦いながら必死にボールペンを動かしていたのだ。

妻の容子を殺害したのは、その女性と遺書の受取人である彼女の夫の二人なのだ。

鹿角は、容子を死に至らしめた夫婦づれをとことん追及しようと決心した。

事件の真相を把握していたと思われる蒲生貞子は、犯人の名前を明らかにしないで不慮の死を遂げてしまった。

犯人捜査は振り出しにもどされたわけだが、事件解明の手掛りはまだ残されている。

柏木里江だった。

鹿角は二階の容子の部屋にはいり、使い古された容子の住所録を繰って、柏木里江の電話番号を調べた。

鹿角はダイヤルを回し、柏木里江の顔を思い浮かべながら、呼び出し音を聴いていた。

しばらく待ったが、呼び出し音は鳴り続けたままだった。

鹿角は受話器を置き、メモした数字を慎重に追いながら、再びダイヤルを回した。

前と同じで、鹿角は鳴り続ける呼び出し音を耳にしながら、その場に立っていた。

その夜、また受話器を取り上げたが、柏木里江の声を聞くことはなかった。

6

鹿角は全身がぐったりと疲れていたにもかかわらず、なかなか眠りにつけなかった。

うとうととしかけたとき、階下で電話の鳴る音がした。

鹿角は部屋の灯《あか》りをつけ、ガウンを羽織りながら枕許《まくらもと》の目覚し時計を見た。十二時十分前だった。

「夜分遅くに申し訳ありません。十和田署の真弓です」

相手は、例の性急な口調で告げた。

「ああ、真弓さんですか」

真弓がこんな遅い時間に電話をかけてくるには、それなりの事情があるはずだった。相手の慌てたような口調からも、鹿角はなにか新しい事態が生じたことを察知した。

「二時間ほど前に東京から署に戻ってきたんですがね。私が署に着く三十分ほど前に、十和田湖畔の宇樽部で、また事件が起こりましてね」

と、真弓は言った。

「事件――。なにが起こったんですか？」

「柏木里江さんが、亡くなりました」

「――」

鹿角は言葉を失ったまま、受話器を握りしめていた。

「いま現場から戻ってきたところです」

「どうして、柏木さんが……」

「服毒死です。青酸性の毒物による中毒死と判明しています」

「服毒死……まさか、柏木さんは誰かに……」

「柏木さんは、毒を飲まされて殺されたんですよ」

「殺された……」

受話器を握る手に思わず力がはいった。

柏木里江が、毒殺された——。

「鹿角さん、念のためにお訊ねするんですがね」

と、真弓は少し語調を変えて言った。

「鹿角さんは最近、柏木さんあてになにか贈物をなさいましたか?」

「贈物? いいえ、なにも……」

「そうですか。実は二日前の午後に、柏木さんあてに木箱入りの上等のカステラが発送され、三十日午後二時半ごろ配達されたんです。木箱の上に、御礼という札が貼《は》られてありましてね。快気祝、という意味かと思われるんですが」

「私はまだ、誰にも快気祝は送っていませんが……」

「そうですか。柏木さんは、そのカステラを口に入れた直後に絶命したものと思われるんです」

「すると、そのカステラの中に……」

「現物は鑑識に回してありますが、その中に毒物が注入されていたものと思われます」

「真弓さん。そのカステラの送り主のことですが、まさか……」

「差出人の名前は、鹿角圀唯――と書かれてあったんですよ」

「――」

会話が途切れている間、居間の鳩《はと》時計が夜の十二時を告げた。

鹿角は、気だるげな単調な鳩時計の音をぼんやりと聞いていた。

第三章　湖畔に立つ影

1

鹿角圀唯は、上野発十時の東北新幹線「やまびこ45号」に乗車し、盛岡に向かった。柏木里江の死の報《しら》せがはいってから五日経った、十一月四日のことである。

鹿角は病気休職、自宅療養中の身である。

そんな期間中に、私的な行動を取るのはいささか気がひけたが、鹿角は自宅でじっとしていることにもはや耐えられなくなっていたのだ。

柏木里江は、毒入りのカステラを食べて死亡した。

そのカステラの送り主の名前は、他ならぬ鹿角圀唯自身だったのだ。

その一事が鹿角の胸に深く突きささり、鹿角をさいなみ続けていた。

自分が訳もなく容疑者に仕立て上げられたまま、黙って手をこまねいているわけにはいかなかったのだ。

体調は、無論万全とはいえなかった。

微熱はそのまま続いており、全身の倦怠感《けんたいかん》も依然として残っていた。

そんな病後の体をふるい立たせていたのは、鹿角の気力だった。

「やあ、鹿角さん」

盛岡駅の改札口の傍で、十和田署の真弓刑事が手を振って鹿角を出迎えた。

真弓刑事には、昨日の午後に電話で連絡をとっておいたのだ。

真弓のすぐ横に、血色のいい四十五、六歳の男が立っていた。

しもぶくれした肥った顔の男で、額から頭頂部にかけてきれいに禿《は》げあがっていた。

「十和田署の徳丸警部です」

と、真弓が紹介した。

「はじめまして。今度の事件を担当しております徳丸です」

徳丸は特徴のあるだみ声で言って、名刺を手渡した。

名刺の交換がすむと、徳丸は、

「おつかれになったでしょう。お食事はおすみですか？」

と言って、腕時計に目をやった。

「車内ですませましたので……」

時刻は午後一時半をまわっていたが、食欲のわかない鹿角はそう答えた。

「そうですか。それじゃ、さっそく参りましょうか」

徳丸警部は、肥った体をゆさぶるようにして先に立って歩き出した。

2

駅前の広場に、黒塗りの警察車が停めてあった。

真弓刑事が運転席に乗り、鹿角と徳丸警部が後部座席に坐った。

車は二か月以上も前に訪れたときと同じように、市街地を通り抜けて、東北自動車道に乗り入れていた。二か月ほど前は稲穂が真夏の太陽に照り映えていたが、車窓を流れる田園風景はすっかり秋の色彩に変わっていた。

「真弓刑事からおおよその話をお聞き及びと思いますが、今回の柏木里江さんの事件について、これまでに判明していることをお話しいたします」

徳丸警部は訛《なまり》のある朴訥《ぼくとつ》な口調で、そう話を切り出した。

「柏木里江さんが自宅の居間で死体で発見されたのは、三十日の夜の九時半ごろのことです。死体を最初に発見したのは、十和田湖畔の休屋でみやげ物店を経営している柏木さんの友人でした。その友人は柏木さんと会う約束をしていて、その時刻に柏木さんの家を訪ねたのですが、家の中が真っ暗になっていて、部屋の窓があちこち開いたままになっているのを見て、不審に思って裏の勝手口から中にはいったのです。柏木さんは玄関に近い居間のテーブルの上に、うつぶせに倒れておったのです。死因は、青酸性毒物による中毒死で、死後経過時間は約六時間。死亡したのは、三十日の午後三時ごろだったと推定されます。奥の部屋には、柏木さんの実母で、寝たきりの病人がいたのですが、柏木さんの死には気がついていませんでした」

徳丸は手帳から顔を上げると、禁煙用の白いパイプを口にくわえた。

「その毒物は、贈答用のカステラの中に注入されていたそうですが」

鹿角は、相手を促すようにして言った。

「ええ。柏木さんはカステラの五分の一ほどをナイフで切り、小皿に取って食べていたのですが、ひと口食べたところで絶命してしまいました。残りのカステラからも、かなりの量の青酸性毒物が検出されています」

「そのカステラは、どこから送られたものだったのですか？」

「カステラの包装紙は、Mデパートのものでした。表に張られた送り状もMデパートで贈答用に使用しているものでしたが、Mデパートから直接発送したものではありません。個人で、小包郵便にして送り出したものだったのです。切手が貼られ、消印は十月二十八日、投函局《とうかん》は目白郵便局になっていました」

「小包が柏木さん宅に配達されたのは、三十日の午後二時半ごろのことです。柏木さんはその半時間後ぐらいに小包の中身を取り出し、口に入れたと思われるのです。送り状の文字は太いサインペンで書かれていましたが、筆跡鑑定の対象にはならないようです。定規かなにかを使って書かれたものだったからです。差出人の欄には、鹿角さんの住所と氏名が書いてありました」

毒入りのカステラが柏木里江の許《もと》に配達されたのは、三十日の午後二時半ごろで、ちょうど真弓刑事と蒲生晃也が鹿角の家を訪れてきたころである。

そして、その三十分後に柏木里江は服毒死していたのだ。

「今回の事件の詳細については、真弓刑事からも話を聞き、私なりに理解しておるつもりですが、念のために最初から順を追って、事件を再確認してみたいと思うのですが」

と徳丸は言って、肥った顔を鹿角に向けた。

「鹿角さんは、最初から奥さんの死を他殺とお考えだったようですね？」

「単なる事故死だとは、考えられなかったからです。その上、柏木里江さんからの電話の話を聞いて、妻は殺されたのだとはっきり確信するようになりました。松口秀明の溺死事故が、今回の事件の発端だったのです」

鹿角は柏木里江の電話の内容を簡単に徳丸に話した。

「十月二十八日……」

ただし、松口秀明と妻の容子との過去の暗い経緯《いきさつ》については、あくまでも口を閉じていた。

その一件は事件と深くかかわっているとも思えなかったからで、妻の恥部をことさら口に出すことにためらいがあった。

「確認しますが、奥さんはそのとき湖畔で、その夫婦づれの顔をはっきりとは見ていなかったんですね？」

徳丸が訊ねた。

「うしろ姿を、木立の中からちらっと見ただけのようでした。女性が、西湖館の売店で売っていた赤い麦わら帽子をかぶっていたのは、はっきりと目に止めていたようですが」

「柏木さんは、その二人が蒲生晃也、貞子夫婦だと考えていたんですね？」

「そうです。そして二人にあて、脅迫まがいの手紙を出していたんです」

徳丸は禁煙パイプを口端にくわえ、ちょっと考え込むようにしていたが、

「なぜ、蒲生夫婦を容子さん殺しの犯人と考えたんでしょうか？」

と、言った。

「湖畔に立っていた二人づれを、蒲生夫婦だと判断したからでしょうが、どういう推理を経て、そう結論づけたのかは、私にもまったくわかりません」

「その脅迫まがいの手紙に挑発されるようにして、蒲生貞子は再度十和田湖を訪れていた

んですね。そして、柏木さんと会って話をした」

「蒲生貞子は、柏木さんが大きな錯誤をしていることを知り、その柏木さんの考えを叩き台にして真犯人を指摘することができたのです」

「そして蒲生貞子は、そのことを夫の蒲生晃也あての手紙に書きしるした……」

「でも、犯人の名前は手紙の中には明かしていなかったのです」

「ええ。蒲生貞子はその手紙を投函し、その翌々日、グループのみんなと一緒に釧路空港から大和航空134便に搭乗したんですね。夫にあてた手紙の中では真犯人の名前を明らかにしていなかった貞子が、飛行機が離陸するとほどなく、犯人の片割れである某夫人の席に近づき、事件の真相の一部始終を語り告げた……自分たちの犯行を見破られたX夫人は、墜落寸前の機内で、そのことを自分の夫に告げるべく遺書を書き残した……」

徳丸は半ば独りごとのように言って、その視線を窓の方に投げた。

「柏木里江さんを毒殺したのも、同一犯人の仕わざです。犯人は蒲生貞子の例の手紙の内容を知っていて、柏木さんが事件を調べていることを知っていたのです」

と、鹿角が言った。

「手紙の内容を知っていた人物は……」

「夫の蒲生晃也と天神岳久です。ですが、その手紙の一部が盗み取られた事実からして、もう一人の人物もその内容を知っていたはずです」

「その人物は柏木里江さんが事件を再検討し、いずれは真相を摑むのではないかと恐れ、その口を早急に封じてしまったわけですね。蒲生晃也がその手紙を当局に差し出す前に、柏木さんを抹殺する必要があったわけですね。小包便の差出人を鹿角さんにしたのも、柏木さんに警戒心を抱かせないためだったと思いますね。鹿角さんからの快気祝の品とわかれば、柏木さんはなんの疑いもなく、その品を口に入れたはずですからね」

「ええ」

「溺死した松口秀明について、ちょっと調べてみたんですが」

と徳丸は、話題を変えた。

「松口秀明は秋田県横手市の生まれですが、十年ほど前から岩手県の一関市に住んでいたんです。松口は、奥さんが経営していた小さなスナックを時おり手伝っていた程度で、これといった定職は持っていなかったようです。奥さんの実母の話によると、松口秀明はひまがあると推理小説を読んだり書いたりしていたそうです。高校時代から文学好きだったようです。実は松口は、今年の三月初めに地元の病院に入院し、これまでに二度ほど入退院を繰り返していたんです」

「どこが悪かったんですか？」

「胃癌《いがん》でした」

「胃癌――」

「病院の担当医の話では、病状はかなり進行していて、半年たらずの命だったということでした。三月と七月に二度手術をしたのですが、体力があったとみえ、よく持ちこたえて、六月と八月に小康状態を得て退院しています。奥さんにも無断で十和田湖に出かけたのは、二度目の退院から半月ほど経ったときだったんです」

3

警察車は十和田湖畔の宇樽部の西湖館の前を通り過ぎ、狭い道を湖畔に向けて左に曲がった。

柏木里江の家は、その砂利道の奥まった所にぽつんと建っていた。

年数のたった平屋の、小さな住家《すみか》である。

真弓刑事は警察車の中に残り、鹿角は徳丸警部のあとに従って玄関にはいった。

玄関をはいってすぐの居間に、小さな祭壇が飾られてあった。

祭壇の傍に坐っていた四十前後の細身の男が、徳丸と鹿角に丁寧に挨拶した。

「里江さんのお兄さんで、柏木源吉さんです。上北郡の野辺地《のへじ》に住んでおられるんです」

と徳丸が、鹿角に紹介した。

鹿角が名刺を渡すと、柏木源吉は名刺と鹿角を交互に見て、

「達磨岩で亡くなられたかたの、ご主人ですか……」

と、細い声で言った。

柏木源吉はやせて暗い表情をしていたが、目鼻だちは妹の里江によく似かよっていた。

鹿角は源吉に弔詞を述べ、里江の遺影に向かって深く合掌した。

焼香がすむと、源吉は徳丸と鹿角を片隅の小さなテーブルに案内した。

「いろいろとお世話になります」

源吉はお茶をすすめながら、改めて二人に挨拶した。

「この宇樽部で、どうしてこう恐しい事件が続けて起こるのでしょうか。男の泊り客の溺死事故と鹿角さんの奥さんの転落死のことは、新聞で読みました。そのとき、妹に電話したのですが、妹は鹿角さんは誰かに達磨岩から突き落とされて殺されたのだ。自分なりに事件を調べてみる、とそんな意味のことを言っていたんです。妹は小さいときから、心にこうと決めたら、とことんやり通す性格でしたから、そんな事件に首を突っ込んで、取り返しのつかないことにならねばいいが、と気をもんでいたところだったんです……」

源吉は終始伏目のまま、かぼそい声で途切れがちにそう言った。

「里江さんと最近、なにか話されましたか？」

と、鹿角が訊ねた。

兄の源吉に、里江が事件のことをなにか言い残していなかったろうか、と鹿角は思ったのだ。

「こちらの警部さんにも申しあげましたが、妹と最後に電話で話をしたのは、十月十八日の夕方でした。あの大和航空機事故の起こる二日前でした」

「十月十八日の夕方……。里江さんはそのとき、十和田湖を訪ねてきた女性のことについてなにか話していませんでしたか?」

蒲生貞子が柏木里江と西湖館で話をしたのは、たしか十月十七日の午後である。

「そのことについては、なにも触れていませんでしたが、妹はいつになく興奮していたようでして、達磨岩の事件について、なにかとりとめもなく喋っていましたが」

「どんなことを話していたんですか?」

鹿角は、思わず相手をせきたてるように訊ねた。

「……すっかり思い違いをしていた……今度こそ間違いない……そんなことを二度ほど繰り返し言っていました。いきなりそう言われ、私は最初はなんのことか理解できなかったのですが」

「今度こそ間違いない……。そのあと、なんて言っていたんですか?」

「妹が言ったのは、ただそれだけでした」

「里江さんはそのとき、誰かの名前を口にしていませんでしたか?」

源吉は、弱々しく首を振りながら、

「聞いていません。私は妹がまだそんな素人《しろうと》探偵まがいのことを続けていたことに腹が立ち、適当なところで電話を切ってしまいましたので……」

と、言った。

柏木里江は蒲生貞子と会い、相手の話を聞いて自分が思い違いをしていたことを知った。そして、貞子と別れたのち、柏木は彼女なりに改めて事件を考えなおし、真犯人を指摘することができたのだ。

「柏木さんは、やはり事件の真相に気づいていたんですね」

鹿角はお茶を手にしながら、徳丸警部に言った。

徳丸は白いパイプを口にくわえたまま、黙って大きくうなずいた。

「あのう、警部さん……」

短い沈黙が、源吉の遠慮がちな呼びかけで中断された。

「昨夜、妹の遺品を整理しておったのですが、小机の抽出しの中から、こんな書きつけが見つかりましてね」

と源吉は言いながら、上衣の内ポケットから二つ折にされた紙片を取り出した。

「最初は、誰かにあてた手紙の下書きかなにかだと思ったのですが、読んでみますと、今度の事件に関係がある内容だったので……なにか捜査のお役に立てばと思いまして」

源吉は紙片を広げ、徳丸に手渡した。

鹿角は、傍からその紙片に目を向けた。

「里江さんの文字ですね」

鹿角は言った。

古い黄ばんだ便箋の中央に書き込まれた太い万年筆の文字は、まぎれもなく柏木里江の筆跡によるものだった。

文章のあちこちが削られたり、加筆されたりしているところからみて、下書き用の草稿のようだった。


去る八月十四日、十和田湖畔宇樽部で起きた事件のことは、よもやお忘れではないでしょうね。鹿角容子さんという東京の女性が達磨岩から転落死した事件のことです。

鹿角容子さんの死は、不慮の事故によるものではありません。

達磨岩から突き落とされて殺されたのです。

鹿角容子さんを殺した犯人は、あなたです。

容子さんがある場面を偶然に目撃してしまったので、あなたはそのことを他言されるのを恐れ、なんの罪もない容子さんを無残にも殺してしまったのです。

どうか、いさぎよく罪を認め、すぐに自首してください。

さもない場合には、また繰り返し同じ手紙を書きます。

私が誰であるのか、あなたはおおよその察しがついているのではないかと思います。でも、断わっておきますが、私の口もふさいでしまおうなどというあさはかな考えは起こさないでください。

私はあなたが考えている以上に、用心深い人間です。

徳丸は読み終えると、黙って便箋を鹿角に手渡した。

鹿角は便箋を目の前にかざし、最初からゆっくりと読みかえした。

やや乱雑な文字で、文章のあちこちを削除したり、挿入記号を使っての加筆の跡が見られた。

「鹿角容子さんを殺した犯人は、あなたです」という文章には、最初は「あなたがた二人」と書き込んでいたが、「がた二人」という四文字の上に棒線が引かれ、削除されていた。

また、「……ある場面を偶然に目撃してしまったので……」の文章には、「ある理不尽な場面を」と、理不尽という三文字の挿入句があったのを、三本の棒線で削除していた。

「蒲生晃也と貞子に別々に出していたという、例の手紙の下書きですね」

と、徳丸が言った。

「間違いありません。蒲生晃也はその文章を記憶していましたが、この下書きの文面は、彼が口で言っていたものとほぼ同じです」

「柏木さんは最初、蒲生夫妻あてに……つまり、一通の手紙にしようとしていたようですね。蒲生夫妻は離れて生活しておったそうで、柏木さんはそのことを調べて知っていて、別々に同じものを郵送していたんですね」

徳丸は削除されている「がた二人」いう四文字を指先で示しながら、そう言った。

4

警察車は西湖館の前で一時停車すると、鹿角だけをおろして、すぐに発進した。

鹿角は十和田署に戻る警察車を見送りながら、古い木造の西湖館の玄関に向かった。

鹿角が案内された部屋は、八月に泊ったときと同じ二階の芙蓉の間だった。

容子が泊っていた部屋で、部屋にはいった瞬間、それまで忘れかけていた容子への追慕が鹿角の胸に広がっていった。

鹿角は容子に思いをはせながら、疲れた体を窓際の籐椅子《とういす》に横たえた。

夏場はそれなりに活気づいていた湖畔も、いまはまったく人気《ひとけ》がなく、見違えるほどにさびれた感じがした。

窓のすぐ左手に見える御倉半島に折から濃い靄《もや》がたちこめ、その隙間から鮮やかに紅葉した樹林が見えていた。

しばらくすると、廊下が激しくきしみ、ゆっくりとした足音が聞こえてきた。

「ごめんくださいませ」

部屋の入口に女の声がしたが、鹿角はその声を耳にするまでもなく、廊下のきしみ音から察して相手が誰なのかわかっていた。

西湖館の女主人、玉崎すみ子だった。

玉崎すみ子は肥満した上半身を大儀そうに折り曲げて、改めて鹿角に挨拶した。

「あれから、もう二か月半になりますねえ。お客さまのことは、十和田署の徳丸警部からうかがっておりました。ですから、この芙蓉の間をお取りしてお待ちしていたんです」

「お手すきのようでしたら、二、三お訊ねしたいことがあるんですがね」

鹿角は籐椅子を離れ、テーブルに坐った。

「お調べのお役に立つことでしたら、どんなことでもお答えいたします」

玉崎は新しいお茶を鹿角の前に置くと、急にくつろいだ姿勢になった。

「溺死した松口秀明さんのことについて、まずお訊ねしたいんですが」

「松口さんがここにお着きになったのは、夕方の四時ごろでしたかしら。予約なしの、初めてのお客さまでした。大変に酔ってらして、タクシーの運転手さんに抱きかかえられるようにして、玄関をはいってらしたんですよ」

と、玉崎は言った。

鹿角が黙っているのを見ると、彼女はすぐに話を続けた。

「ちょうどそのとき、ロビーに東京からいらした天神先生のお知り合いのかたたちが……蒲生さんたちが集まって写真を撮っておられたんです。松口さんは蒲生さんたちと顔見知りだったようで、なにやら声をかけながら、みんなの方へふらふら歩いて行かれたんです。二階に部屋をお取りしたんですが、部屋に行かれて三十分もしたころ、湖畔を散歩してくるとか言われ、サンダルをつっかけて宿を出て行かれたんです。まさか、民宿のボートを漕ぎ出していたなんて思ってもいませんでした。しばらくしたころ、鹿角さんの奥さんが外から真っ青な顔をして帳場に駆け込んで来たんです。ボートが転覆して、人が溺れかけていると言って……」

玉崎は話し疲れたのか、肥った胸元をさするようにして言葉を途切らせた。

「妻が帳場に駆け込んできたときのことですが、天神先生のグループのみなさんはこの宿の中にいたのですか?」

「いいえ」

玉崎は首を振って、

「みなさん、湖畔を散歩しておられたようで、部屋には誰もいませんでした。私は最寄《もよ》りの駐在所に電話をしたあとで、湖畔へ駆けつけてみたんですが、現場の人だかりの中に、葛西さん夫婦の顔が見えていました。私がそこへ駆けて行く途中、うしろの船着場の方から一組の夫婦が……あの男前の、背の高い人で……」

「小田切孝さんですね？」

「そうです。その小田切さん夫婦が私の傍を慌てて駆けて行かれたんです。小田切さんたちが走って行ったすぐあと、林の遊覧船の廃船のわきから、ステッキを持った天神先生と奥さんが、のんびりした顔で出てこられましたけど」

「もう一組の夫婦――蒲生さんたちは、そのときどこにいたかご存知ですか？」

「そのときは、湖畔ではお二人の姿は見かけませんでした。モーターボートの中に松口さんが引き上げられたときでしたか、蒲生さん夫婦がこの西湖館の方から駆け寄ってくる姿が目にはいりました。そのとき、笹沼さんも一緒でしたが」

「笹沼さん？」

「笹沼達子さんといって、天神先生の別荘のすぐ近くに住んでいる六十歳ぐらいの未亡人です。別荘の管理をしている人ですが、先生の奥さんが東京におられるときなど、先生のお食事や身のまわりの世話をしている、いわば家政婦さんですわ」

「事故のあった湖畔でのことですが、現場に駆けつけた女性の中に、誰か赤い麦わら帽子をかぶっていた人はいませんでしたか？」

「赤い麦わら帽子？　うちの売店に置いてある麦わら帽子のことですか？」

「そうです」

「だったら、みなさんがかぶっておられましたよ。葛西さんの奥さんも小田切さんの奥さんも。それに、あとから駆けつけた蒲生さんの奥さんも、あの帽子をかぶっていましたよ」

「天神先生の奥さんも？」

「もちろんです。先生の奥さんがかぶっているのを見て、他の奥さんがたが真似して、うちの売店で買われたんですよ」

玉崎すみ子はタバコのケースを取り出すと、おもむろに火をつけ、悠然と白い煙を吐き出した。

御倉半島にたちこめていた靄《もや》がいつの間にかきれいに拭《ぬぐ》われ、紅葉の樹木が秋の陽光にまばゆく照り映えていた。

「妻のことをお訊きしたいのですが。どんな些細《ささい》なことでもけっこうです。なにか気にかかるようなことはありませんでしたか？」

鹿角は、話を進めた。

「奥さんのことは、いままでに三度もうちにお泊りいただいたので、よく存じあげていました。何度かお話もしましたが、物静かで、とても感じのいいかたでしたわ。あの日は、午後の三時ごろ、うちに着かれ、柏木里江さんの家に寄ってきたとおっしゃって、私ともにぎやかに話しこんでいたんです。それなのに、四時ごろになると、急に暗くふさぎ込んだ顔になって、宿泊をキャンセルしたいなんて言い出したので、私もびっくりしてしまいましてね。なにか気を悪くしたのかと思い、訊ねましたが、容子さんはそれには答えず、ただ笑っているだけでした。そして容子さんは民宿を捜しに出かけられたようなんですが、その直後に、あの松口さんの溺死事故を目撃されたんです。そして、どう気が変わったのか、キャンセルもせず、そのままこの部屋に泊っていました。奥さんは二泊の予定で、翌日は休屋まで出かけて買物をし、遊覧船に乗ってみたいとか前の日に話していたのですが、その翌日はずっとこの宇樽部にいらしたようです」

と、玉崎は言った。

「妻は、ずっとこの部屋にいたのですか？」

「一、二度、下駄をつっかけて外に出て行ったのを憶えていますが、遠出はしていなかったはずです。夕食のお膳《ぜん》を運んだとき、食事をすませたら、柏木里江さんの家を訪ねるとおっしゃっていましたが」

「柏木さんを訪ねて、妻がこの旅館を出たのは、たしか九時ちょっと前でしたね？」

「ええ。私はそのとき帳場に坐っていましたので、そのことはよく憶えています」

「そのとき、泊り客のみんなは部屋にいたんですか？」

「ええ。みなさんは広間におられました」

「妻はあのとき、天神先生や奥さんと一緒に玄関を出て行ったという話でしたが」

鹿角は二か月半前の天神三津子の話を思い出しながら、そう言った。

「そうです。先生と奥さんは別荘を引き揚げて、みなさんと一緒に東京に帰るとかで、ここの広間でみなさんと最後の夜を過ごされたんです。容子さんが玄関におりて、帳場にいた私と二言三言話していたとき、天神先生御夫妻がみなさんに見送られて玄関に出てこられたんです。先生は容子さんに声をかけられ、夜道は物騒だから途中まで送ってあげるとか言っていましたけど」

玉崎は短くなった吸いさしを、無造作に灰皿に捨てた。

容子に関する玉崎の話には、鹿角がこれといって注意をひくような内容は含まれていなかった。

鹿角はふと、柏木里江から電話で聞いた話の一部分を思い出し、そのことを玉崎に訊ねてみようと思った。

「妻が泊っていた間、天神先生はよくここに姿を見せていたんですか？」

「いいえ。部屋に上がり込んでいたのは、奥さんが見えたときだったと思いますが」

「妻と天神先生との間に、なにかトラブルはありませんでしたか？」

「トラブル？」

玉崎は細い目を二、三度しばたたいた。

「先生が妻に、なにかちょっかいを出していたようなことはなかったですか？」

鹿角が言うと、玉崎は首をすくめるようにして、にやっと笑った。

「ああ、そのこと。亡くなった柏木さんも同じようなことを私に訊いていましたわ」

「その柏木さんから聞いた話なんですが、妻は先生になにかいやらしいことをされたようで、柏木さんに電話でこぼしていたそうなんです」

「あの先生のことですから、容子さんもお尻のひとつぐらい撫《な》でられていたかもしれませんわ。とにかく、女には目のない先生でしたから。でも、この西湖館では奥さまの目が光っていましたからね」

と玉崎は言って、また笑い声を洩らし、

「柏木さんも言っていましたけど、先生はどうやら蒲生さんの奥さんにえらくご執心のようだったんですよ」

と、玉崎は言った。

「蒲生貞子さんに？」

「私も一、二度、先生が蒲生さんの奥さんと親しげに話しているのを見かけたことがあります。二人で手をつなぎ合って散歩している姿を見たとか、柏木さんも言っていましたけどね。先生の話では、蒲生さんの奥さんとは幼馴染だったそうで、二人がぞんざいな口をきき合っていたのも、そんな関係からだったかもしれませんよ。先生の方に気があったかもしれませんが、蒲生さんの奥さんって、目から鼻へ抜けるような利口そうな方でしたから、適当にあしらっておいでだったとも思いますが」

玉崎は、くすっと小さく笑った。

5

「亡くなった柏木里江さんのことなんですが、柏木さんは事件のことをなにかあなたに話していませんでしたか?」

鹿角は、話題を転じた。

「柏木さんが容子さんの事件のことについて、なにか調べているらしいことは知っていましたが、柏木さんの口から具体的なことはなにも聞いていませんでしたね」

「柏木さんは、九月の中旬ごろ、ここに見えられたと思いますが」

鹿角は入院中にもらった柏木里江のハガキの文面を思い起こしながら、そう言った。

「三日ほど前に西湖館で思いがけない人に会いました……」と、柏木のハガキには記されてあったのだ。

「九月の中旬……ええ、たしかに見えられましたね」

「そのとき柏木さんは、誰かと会われませんでしたか?」

「誰かと……」

「察するに、この土地の人ではなく、柏木さんが何年も会っていない、めずらしい人物だったと思うのですが」

「ああ、わかりましたわ」

玉崎は大きく盛り上がった膝のあたりを、勢いよく手で叩いた。

「誰だったんですか？」

「松口由美《ゆみ》さんですわ、きっと」

「松口由美……」

「溺死された松口秀明さんの奥さんです」

「ああ」

「容子さんと同じ年ぐらいの方かしら。厚化粧をした、どこか水商売上りといった感じの奥さんでした。それに、変に高ぶったところがあったりして、私は最初からあまり好感を持てませんでしたが」

玉崎は、ちょっと憮然《ぶぜん》とした表情でそう言った。

柏木里江からの電話の中で、松口秀明が郷里で幼なじみの女性と結婚した、というくだりがあったのを鹿角は記憶していた。

「松口由美さんは、その日、盛岡に用事があったとかで、その帰りにここに立ち寄られ、ご主人の事故現場に花を供えておられました。由美さんが帰りかけようとしたとき、柏木さんが姿を見せたんです。二人とも郷里が同じだったそうで、とてもなつかしそうにしておられました。二人は湖畔を歩きながら、一時間近くも話をしていたと思いますが」

「松口秀明さんが溺死されたとき、奥さんが駆けつけていたと思いますが」

「もちろん。でも、由美さんはそのとき実家を留守にしていて、由美さんの兄さんだけが夜中近くに遺体の確認に見えられたんです。由美さんは翌日の正午近くに駆けつけてきましたが、二時間も経たないうちに遺体を引き取って帰られたのです」

「じゃ柏木さんは、そのとき松口さんの奥さんとは会っていなかったんですね？」

「だと思います。容子さんはたしか、湖畔のところで、由美さんに挨拶していたと思いましたが」

「そうですか」

鹿角はそのとき、ふと小さな疑問を抱いた。

柏木里江は、松口秀明の妻と西湖館で会ったことを、なぜわざわざ鹿角あてのハガキに書きしるしたのだろうか、と鹿角は思ったのだ。

松口由美との出会いが、柏木里江にとって、なにか重大な意味があったとは鹿角には思えなかったからだ。

鹿角はしかし、そんな思いをすぐに中断して、肥った玉崎すみ子の顔に視線を戻した。

「先月の十七日のことですが、蒲生貞子さんが一人でここに泊られましたね」

「ええ。その三日後に、お気の毒にあんな飛行機事故に遭《あ》われてしまって」

「蒲生貞子さんは、ここで柏木里江さんと会っておられましたね」

「ええ。貞子さんがいきなり一人で玄関に姿を見せたときは、私もちょっと驚きました。貞子さんは部屋にはいるとすぐに、柏木里江さんに電話してここに来るように言ってくれないか、と私に言われたんです。私はなんのことやらさっぱりわかりませんでしたが、言われたとおりに柏木さんに連絡を取りました。柏木さんはすぐに見えられ、二人は二階の貞子さんの部屋ではなく、帳場のすぐ近くの小部屋で話をなさったんです。貞子さんはかなり興奮していて、声が上ずっていたようですが、柏木さんは落ち着いて応対していました」

「二人は、どんなことを話し合っていたんですか？」

「あら、私は別に立ち聞きしてたわけじゃありませんのよ」

　玉崎は心外だという表情を見せ、手を左右に振った。

「それは、よくわかっています。でも、部屋から声は聞こえていたんでしょう？」

「でも、それも断片的な言葉しか耳にはいりませんでしたわ。脅迫状がどうしたとか、天神先生の別荘がどうのとか……真犯人とか、休屋とか……そんな言葉がよく聞こえてきただけで、話の内容はまったくわかりませんでした。小一時間ほどして、柏木さんは小部屋から出てきましたが、ひどく考え込むような表情をして……」

「そのあとで、蒲生貞子さんは部屋で手紙を書いていましたね？」

「ええ。なにやら熱心にペンを動かしておりました。夕食をお持ちしたときも、まだ書いていました。あまり夢中になっておられるようだったので、なにをお書きになっているんですか、と訊ねてみたんですよ」

「彼女は、なんと答えましたか？」

「東京の夫にあてて書いているんだ、と貞子さんはそのときはちょっと迷惑そうな表情で言っていました。だったら、電話なさればいいのに、と私が言いますと、別れ話だから、電話では言いにくいのよ、とかおっしゃって……」

「別れ話……」

「冗談に言われたんですよ、もちろん。貞子さんはそう言ったあと、からからと笑っていましたもの」

「貞子さんはそのとき、手紙の内容について、なにか言っていませんでしたか？」

「いいえ、なんにも。それにしても、あの貞子さんてかた、とても絵がお上手なんですねえ」

「便箋の裏に描いた女性の裸の絵のことですね？」

「そうです。夕食の膳を片すとき、テーブルの足許にその便箋が置いてあったのが目に入ったんです。裸の女性が横になっていて、たしか右手を乳房の下にあてがい、太もものあたりに左手を置いていた絵でしたが、素人の筆とは思えないほど上手に描けていましたわ。その顔の上に載せてあった麦わら帽子が、うちの売店の品だってこともすぐにわかりました」

「貞子さんは、その絵についてなにか言っていませんでしたか？」

「貞子さんは私がその絵を見ていることに気づくと、『どう、そっくりでしょう』と言ったんですが、誰のことかわからないので黙っていると、『あなたも、よく知っている人よ』って言って笑っていましたが」

「誰なのか、名前は言わなかったんですね？」

「ええ。とても細かい筆使いの絵でしたけど、肝心の顔が麦わら帽子で隠されているんですもの、私には誰だかわかるはずがありません」

と、玉崎は小さく笑った。

「その手紙は、貞子さん自身で投函していたんですね？」

「だと思いますね。私どもは頼まれていませんでしたから」

と言って、玉崎はその顔にちらっと好奇心を浮かべた。

「十和田署の警部さんの話ですと、貞子さんのその手紙には、容子さんの事件の真相のようなものが書かれてあったそうですね」

「ええ」

「どんなことが書いてあったんですか？」

「妻の事件は、松口秀明さんの溺死事故に端を発している。松口さんが溺れかけているのを傍観していた人物がいる——そんな内容のものでした」

「やっぱりねえ。あのときちょっといやな予感がしたんですよ——松口さんがここに現われたときのことですけどね」

玉崎は言って、眉根《まゆね》を寄せた。

「いやな予感？」

「さっきも申しあげましたけど、松口さんがここに姿を見せたとき、みなさんはロビーで写真を撮っていたんです。松口さんはみなさんになつかしそうに声をかけていましたけど、周囲は妙に白けた雰囲気だったんですよ。みなさんは松口さんとの突然の出会いを迷惑がっている——そんな感じを受けたんです。いまでも、あの人の複雑な表情をはっきりと憶えておりますわ」

「あの人の？」

「少し離れた所で、じっと松口さんの方を見守っていた人がいたんです。ひどく驚いたような、不安そうな、ちょっと複雑な表情を浮かべて……」

玉崎すみ子は、その幅広い顔をゆっくりとうなずかせた。

いままで静かだった湖面が、急に吹き出した突風に細かく波立っていた。

6

鹿角は強い風を背に受けながら、西湖館の前の灌木《かんぼく》の坂道をゆっくりと歩いた。

天神岳久の別荘の管理人であり家政婦の、笹沼達子という女性を訪ねるためだった。

ゆるい勾配の坂が途切れると、生い茂った針葉樹の間に狭い石畳の私道が続いていた。

その奥まった一角に、天神岳久の二階建ての別荘が見えていた。

三年前に民家を改築したものだそうだが、そのせいか近代的な昨今の別荘とは趣きを異にしていたが、贅《ぜい》をこらした広壮な建物は周囲の民家を圧倒していた。

その広い庭先から、十和田湖の東湖一帯が一望のもとに見おろせた。

別荘の前の砂利道を歩みかけたとき、鹿角はその庭先で鼻唄《うた》を歌いながら草むしりをしている野良着姿の女を目にとめた。六十年配の、やせて小柄な女だった。

女は鹿角を認めると、仕事の手は休めずに、

「どなた?」

と、ぶっきらぼうに言った。

「笹沼達子さんですか?」

鹿角が確認すると、女は鹿角を一瞥《いちべつ》し、黙ってうなずいた。

「東京の鹿角という者です」

「鹿角？　鹿角容子さんのご主人ですか？」

「ええ」

笹沼達子は慌てて頭の手拭いを取ると、馬鹿丁寧に一礼した。

「失礼しました。先生の別荘を見物にきた観光客かと思ったもので。観光客の中には、落書きしたり、物を盗んで行ったりするたちの悪いのがおりますものでね」

笹沼はそう口早に言うと、身づくろいを整えながら、庭先から小道に出てきた。

「ちょっとお話をうかがいたいと思いましてね。お仕事中をすみません」

「ほんとに、こんな恐しいことが、いったい、いつまで続くのでしょうか。柏木里江さんまで殺されてしまうなんて」

笹沼は柏木源吉と同じような感想を述べ、皺《しわ》の多い小づくりな顔を大仰に歪《ゆが》めた。

鹿角は老木が湖面からの風をさえぎっている、陽当たりのいい場所に笹沼を案内した。

「柏木さんとは大した交際はしていませんでしたが、珍しく柏木さんの方から私を訪ねてこられましてねえ」

と、笹沼は言った。

「いつ会われたんですか？」

「八月でした。松口秀明さんの事故が起きて四、五日もたったころだと思います。柏木さんは、あの事故のことで話を聞きたいと言われて」

「柏木さんは、どんなことを訊ねておられたんですか？」

「蒲生さんご夫婦のことでした。松口秀明さんが溺れかけていたころ、蒲生さんご夫婦はどこにおられたか、と訊いていました。なぜ柏木さんが、そんな警察官みたいな質問をするのか、最初はめんくらってしまいましたけどね」

「蒲生さんたちがそのときどこにいたかを、あなたはご存知だったんですか？」

「ええ、知っていましたよ。私はあのとき、松口さんの溺死事故が起こる一時間ほど前から、今日のようにこの別荘の庭の草むしりをしていたんです。先生と奥さまは散歩に出られ、洋間に蒲生さんご夫婦がおられたんです」

「蒲生さんたちは、ずっとこの別荘にいたんですね？」

「だと思いますがねえ」

　と笹沼はあいまいに答えて、

「私は先生たちが散歩に出られて二、三十分もしたころ、夕食の買物をしようと思い、湖畔の店まで出かけたんです。買物をすませてもどりかけたとき、西湖館から番頭さんが慌てて飛び出してきて、湖で人が溺れかけているって聞かされ、びっくりしてしまったんです。私が番頭さんのあとから駆け出そうとしたとき、坂道を蒲生さんご夫婦が慌てて駆けおりてきたんです。お二人は別荘の窓から湖畔の人だかりに気づかれ、別荘を飛び出してきたんだそうですが。そして、私と蒲生さんたちの三人で現場に駆けつけたんですが」

このあたりの話は、西湖館の女主人の玉崎すみ子の話と符合している。

彼女はモーターボートに松口が引き上げられたとき、西湖館の裏手から湖畔を駆けてくる蒲生夫婦と笹沼達子の姿を認めた、と先刻も話していた。

「別荘を出て買物を済ませて戻りかけるまで、どれくらいの時間がかかりましたか？」

「さあ。三十分ぐらいでしょうかね。別に時計で確認したわけじゃありませんが」

鹿角は湖の方に遠く目をやりながら、自分の考えを追った。

蒲生晃也と貞子が溺死事故が発生する直前まで、天神岳久の別荘の洋間にいたことは、間違いないように思えるのだ。

笹沼達子が買物に出かけていた三十分ほどの間に、蒲生たちが別荘を抜け出して湖畔を歩いていたことも頭から否定はできない。そして、偶然にボートの転覆事故を目撃していたかもしれないが、別荘に再び戻るような時間的余裕はなかったはずである。

蒲生夫婦は、蒲生晃也自身の口からも言っていたように、天神の別荘の窓から転覆事故を目撃し、慌てて湖畔に駆けつけて行ったと、鹿角は考えざるを得なかった。

柏木里江の脅迫まがいの手紙が、再び鹿角の頭の中に浮かんだ。

柏木里江はこの笹沼達子に会い、蒲生夫婦のそのときの所在場所をちゃんと確認していたはずなのだ。

それなのになぜ、柏木は蒲生夫婦が転覆事故を黙って見ていた張本人だと指摘していたのだろうか。

蒲生夫婦が別荘を抜け出し、再び別荘に舞い戻っていた、とでも推理していたのだろうか。

鹿角には、柏木里江の考えの推移がどうにも理解できないでいた。

「あ、そうそう。言い忘れるところでしたわ」

笹沼の突然の言葉に、鹿角は湖面から目を離した。

「あのとき、奥さんに——鹿角容子さんにばったり出会いましてね」

と、笹沼は言った。

「妻に？　いつのことですか？」

「転覆事故のあった日ですわ。いまも言いましたように、私が湖畔に買物に出かけていたときのことですわ。買物を済ませて店を出たところで、容子さんと出会ったんですよ」

鹿角は柏木里江の話を思い出し、容子はそのとき民宿を捜して歩いていたのではないか、と思った。

「妻は、あなたと知り合いだったのでしょうか？」

「言葉を交わしたことはありませんでしたが、お互いに顔は知っていました。容子さんはそのとき、どんな理由かは訊ねても答えてくれませんでしたが、民宿を捜していたんですよ。この付近に一人で安心して泊れるような部屋はないか、と私に訊かれたんです。私は懇意にしている民宿を二軒ほど知っていましたので、容子さんと一緒に当たってみたのですが、夏場のシーズンのことでもあり、相部屋ならともかく、空いた個室がなかったんです」

「妻はあなたと別れたあと、湖畔の方へ向かったんですね？」

「そうです。私が容子さんとは逆方向の道を歩いていたとき、あのボートの転覆事故を耳にはさんだんです」

「そうですか」

容子は笹沼達子と別れ、湖畔ぞいに西湖館に戻りかける途中でボートの転覆現場を目撃していたのだ。

笹沼との間に、短い沈黙があった。

容子の事件に直接関係はないと思ったが、柏木里江から聞いた天神岳久と容子に関する例の一件を、鹿角は笹沼に訊ねてみようと思った。

天神岳久が容子にどんな振舞いをしたのか、それをいまさら知ったところでどうなるわけでもなかったのだが、その一件は鹿角の胸に執拗《しつよう》にわだかまっていたのだ。

「妻はその翌日、この別荘を訪ねませんでしたか？」

「翌日……」

明快な語調だった笹沼の言葉が、このとき急に言いよどむように低くなった。

「妻はどうやら、天神先生と会う約束をしていたらしいんです。色紙かなにかを書いてもらおうと思ったのかもしれませんがね」

「……先生は、色紙を書いてさし上げるのがお好きでしたからね。ことに女性の方には……」

「妻は、天神先生と会っていたんですね？」

鹿角は、重ねて訊ねた。

笹沼は困惑したような表情を鹿角からそらすと、黙って湖の方を見つめた。

「事件に関係のないことかもしれませんが、知っていたら話してくれませんか」

「別に隠しだてしようと思ってるわけじゃありません。なんとなく、鹿角さんの前では話しにくいことなので……」

「先生は妻に、ちょっと浮気心を起こしていたんじゃないかと思うんです。先生に言い寄られたらしいことを、妻は電話で柏木さんにそれとなく洩らしていたんですよ」

「そうですか。柏木さんにもあのとき言いましたけど、私は別に、そんな現場をこの目で見たわけじゃないんですがね」

真顔にもどった笹沼は、そう前置きしてから、

「私はあの日、朝から風邪気味で熱があったので、先生の奥さまにお断わりして、別荘の仕事は休ませていただいたんです。熱がいっこうに下がらなかったので、正午近くに湖畔の薬局まで薬を買いにおりたんです。帰りに別荘の裏手の道を通りかかったときでした。別荘の玄関のドアが勢いよくあいて、女の人が転がるように飛び出して来たんです」

「女の人とは、妻のことなんですね?」

「ええ、容子さんでした。容子さんはドアをあけたままにして、小走りに裏木戸から出て行ったんです。私はそのときは事情がわからず、思わず容子さんを呼び止めようとしたんですが、すぐになにが起こっていたのか理解できたんです。容子さんが出て行ったすぐあとで、二階の階段を駆けおりてくる足音が聞こえてきたときには、私も思わずびっくりしました。先生が性《しょう》こりもなく容子さんを追いかけて飛び出して行くんじゃないかと思ったからです。先生に顔を見られてはまずいと思い、私は慌ててその場を離れましたが。でも、あの場にいたのが、この私だからよかったものの、奥さまだったりしたら大変だったと思いましたよ、ほんとに」

笹沼は、ちょっと品のない笑い声を洩らしたあとで、

「でも、最近の先生にしては元気な振舞いですわ。八月の初めに脳卒中で倒れてからずっと、なんだか元気がなく、かなりぼけたみたいな感じを受けましたからね。頭もそうでしたけど、目も急に悪くなったみたいで、東京へ帰られる一週間ほど前も西湖館の小部屋の

掛け軸を眺めて、誰が書いたんだ、なんて女将さんに訊ねていましたわ。去年の夏に、女将さんに頼まれて、ご自分で書いたものだったのに……」

鹿角は笹沼達子の話を半ば聞き流し、妻の容子のことを考えていた。

鹿角はこのとき、あの夜に柏木里江を訊ねようとした妻の目的がわかるような気がした。柏木が言っていたとおり、妻は天神岳久の不埒《ふらち》な行為を親友の柏木に告発しようと思っていたのであろう。

鹿角は亡くなった妻に対し、改めて深い哀れみを持った。

容子は柏木里江に、今回の十和田湖旅行は、まるでついてないとこぼしていたらしいが、事実そのとおりだったと鹿角は思った。

第四章　最初の容疑者

1

十一月八日。

鹿角圀唯は三か月ぶりに上野署の表玄関をはいり、三階の捜査室の古びたドアを押しあけた。

十和田湖から戻った、二日後のことである。

上司に提出した病院側の診断書によれば、自宅静養期間は十一月十五日までと明記されていた。

鹿角はしかし、その期間まで自宅で時間を無駄に費やしている気など、毛頭なかったのである。

今日、署に姿を見せたのは、上司に十和田湖での調査を報告し、事件の捜査に直接たずさわれるようたのむためであった。

「やあ、鹿角君。今日あたり現われるんじゃないかと思っていたよ」

捜査課長のデスクに近づいて行った鹿角を認めると、大隅課長は持前の胴間声《どうまごえ》で言った。

「ご迷惑をおかけしています」

「いやいや。それより、体の方は大丈夫なのかね」

「すっかり、回復しました。食欲も以前に戻ったようですし」

鹿角は言ったが、体調が以前に戻るにはまだ日数がかかることを自分自身よく心得ていた。

「そう。しかし、まだ無理せんほうがいいね。十和田湖に出かけていたそうだけど、そんなことをして体に差しつかえないのかね」

大隅は眼鏡越しに、鹿角の体をいたわるようなまなざしで見上げた。

「勝手に動きまわったりして、申し訳ありませんでした。柏木里江が殺されたと知らされたとき、家にじっとしていることができなかったんです」

「それはいいんだ。君のことだ、家でぼけっとしているわけがないと思ったよ」

大隅は屈託なく笑って、

「実はきのう、十和田署から連絡があってね。東京側での捜査に手を貸してくれないか、と依頼されたよ」

「そうだろうと思っていました。私も捜査に当たらせてください。なんと言っても、私の妻の事件ですから」

「うん。一応、捜査班の中に加えておいたが、本格的な捜査活動は充分に体調をととのえてからにしたらどうかね」

「大丈夫です。今すぐからでも、捜査に当たらせてください」

と鹿角は、性急に言った。

大隅は苦笑しながら鹿角を見つめていたが、やがて捜査室の片隅に目をやり、

「上泉《かみいずみ》君。ちょっと――」

と、声をかけた。

上泉三郎は小肥りの体をゆっくりとデスクに運んでくると、鹿角の肩に手を置き、にっこり笑った。

上泉は鹿角より十五歳も年長の、ベテランの敏腕警部補だった。

見てくれは無骨《ぶこつ》だが、飄々《ひょうひょう》とした人柄で、鹿角の数少ない酒友の一人でもあった。

「今回の事件捜査の指揮は、上泉君に一任してある」

と、大隅が言った。

「ま、よろしく頼むよ」

上泉は笑顔で言って、

「今夜あたり、お宅におじゃましようと思ってたんだ。事件の内容はあらかた頭に入れたつもりだが、君の口からさらに補足してもらおうと思ってね」

「そのことで、報告したいと思っていたんです」

と鹿角が言葉を続けようとするのを、上泉は軽く制するようにして、

「立ちん坊じゃ、疲れるよ。まあ、ゆっくり話をしよう」

と、傍のソファを目顔で示した。

2

上泉警部補と鹿角が国電市ケ谷駅近くの文林書房を訪ねたのは、その翌日の午後である。

文林書房はこの五、六年の間に急速に企業を拡大した文芸物の出版社で、八階建ての総レンガづくりの建物が周囲を威圧するようにして、高台にそびえ立っていた。

鹿角たちが通されたのは、三方がガラス張りの書架《しょか》で囲まれた豪華な来客用の小部屋だった。

書架には文林書房の刊行物が整然と並べられてあり、窓際の書架の半分を天神岳久の著書が占めていた。

上泉が二本目のタバコを口にくわえたとき、部屋のドアがあいて、葛西清吉が緊張した

面持《おもも》ちで姿を現わした。

葛西は、編集部部長と肩書のはいった名刺を二人に渡すと、

「ごくろうさまです」

と鹿角に向かって、ちょっとぎこちなく声をかけた。

葛西清吉は四十五歳という年齢にしてはかなり老けて見えた。

頬のそげ落ちた細面の顔に縁なしの眼鏡をかけた容貌は、見るからに神経質そうな性格をのぞかせていた。

「奥さんは、ほんとにお気の毒なことでしたね。さぞかしお力落としのことと存じます」

上泉は改まった口調で、大和航空機事故で犠牲になった葛西幸子の悔みを述べた。

「最近では、少しずつ落ち着きを取り戻してきましたが、当初はすっかり頭が混乱してしまって……」

葛西はそう言うと、心持ち両肩を落とすようにし、そのまま黙っていた。

鹿角は、西湖館の広間で会った葛西幸子の容貌を思い浮かべた。

夫の葛西清吉とはまったく対照的に、幸子は丸々とした顔の、おっとりとした感じの女性だった。

「天神岳久というのは、えらい作家ですなあ」

上泉は唐突に言って立ち上がると、窓際の書架の前で中腰になった。

「いや、大したものですよ。よくもまあ、これだけの原稿を書かれたものですね。私なんぞ、ハガキ一枚書くのに四苦八苦してる始末ですからね。作品は、うちの女房と一緒にいつも面白く読ませてもらっていますよ」

と、上泉は臆面もなく言った。

推理小説など児戯《じぎ》に等しいと評して、手に取ったこともない上泉だったのだ。

「わが社がここまでこられたのも、天神先生という大きな存在があったればこそです」

葛西は、やや大仰《おおぎょう》に感慨をこめるようにして言った。

「たしか、先生の旧作『無敵大介捕物控』が、近々再版されるとかいう話ですが」

上泉はいつ、どこからそんな知識を仕入れていたのか、物識顔《ものしりがお》をよそおってそう言った。

「よくご存知ですね。『無敵大介捕物控』は先生唯一の時代物で、まだ駆け出しのころの作品ですが、わが国の捕物小説としては一、二を競うほどの傑作だと思いますね」

鹿角はかなり以前に、その全二十五、六巻からなる作品の一部を読んだ記憶があった。

無敵大介という風采《ふうさい》の上がらない小男の町与力を主人公にした短篇集で、着想の奇抜な本格的な推理の面白さもさることながら、江戸庶民の哀歓を天神一流の諧謔味《かいぎゃくみ》あふれる筆致で活写した捕物小説だった。

「たしか十五、六年前、名もない小さな出版社から出されたものでしたね。発売当時の評判はそれほどでもなかったのが、天神岳久の名声が広まるとともに、にわかに注目され出した、いわば幻の名著というやつですな」

と、上泉は続けて言った。

「そのとおりです。あの全巻の再版については、各出版社が血まなこになっていましてね。うちの社でもかなり以前から先生と交渉していたんですが、先生は昔の作品を再び世に出すことを、極端なまでに嫌っておられましてね。欠点が多いとか、幼稚だとか言われて……」

「再版の版権を取ったのは、たしか……」

「桜書房です」

「ああ、そうでしたね。蒲生晃也さんが編集長をなさっている会社でしたね」

「そうです」

「桜書房というのは、七、八年前に出来た、いわば二流どころの出版社ですね。最近、経営が思わしくないとか聞いていますが。蒲生さんには悪いが、おたくの会社と比べたら、まるで月とすっぽんですからね」

「版権を獲得したことで、桜書房は大きく息を吹き返すはずですよ。すべて、蒲生さんの手腕によるものです。もっとも彼は、以前から先生のお気に入りでしたからね。まあ、当然の結果と言えるかもしれませんね」

葛西はさりげない顔を装っていたが、言葉の端々に嫌味《いやみ》が秘められていた。

「ところで、天神先生は最近、あまり作品を発表していませんね。以前は、毎号のようにあちこちの雑誌に書かれておったようですが」

上泉は席に戻ると、そう言って、またタバコをくわえた。

「体調を崩しているからです」

葛西は、短く言った。

「どこかお悪いんですか？」

「持病の高血圧がちょっと……」

「最近、テレビに出演しなくなったのも、そのためだったんですね」

「ええ。もっとも先生は、もうテレビはこりごりだとはおっしゃっていましたがね」

「例の差別用語云々《うんぬん》の一件ですね」

上泉は、微笑しながら言った。

上泉の言った一件は、新聞や雑誌などの記事を読んで、鹿角も知っていた。

なにかの討論番組にゲスト出演した天神岳久が、現代の不勉強な大学生を皮肉って「読み書きもろくにできない、失語症患者同然の大学生」といって、あとで物議をかもしたことがあったのだ。

「先生は興奮すると、つい口を滑らせてしまうたちでしてね。今ではあの発言を大いに後悔しているのではないかとも思うのですが……」

「そうでしょうか。差別用語の規制は、古来の日本語をも規制するものだとか反論して、大いに息まいていたではありませんか」

「しかし、あのときと今では、少し事情が違っているんじゃないかと……」

「病気で、気弱になられたんですかね」

「それはわかりませんが……、この八月の初めに十和田湖の別荘で倒れたんですよ。軽い脳卒中を起こしていたんですが、奥さんが別荘にずっと行かれていたのも、そのためでした。それ以来、先生はさらに創作意欲を失くされたようで、軽い読物や雑文の類《たぐい》はたまに書かれますが、本格的な創作活動は一時中断したような形になっています。先生がいま、熱を入れて書いているものといえば、蒲生さんのところの週刊誌に連載している囲碁観戦記ぐらいなものだと思いますよ」

「そうでしたか」

「でも、十和田湖で倒れるちょっと前に、長篇を一本仕上げていましたがね」

「ほう。おたくから出版されるんですか？」

「いえ。蒲生さんの桜書房からです。以前書きためていた原稿に手を加えたものだそうですが、近いうち発刊されるはずですが」

「先生は、かなり視力が弱っていたんじゃありませんか？」

鹿角が、上泉に代って訊ねた。

「視力が……いや、そんなことはないと思いますが……」

「天神先生の別荘の管理人からちょっと聞いた話ですが、先生は自分が書いた西湖館の掛け軸の文字を読めなかった、とか」

「あの掛け軸の文字を……そうですか……」

「医者にはかかっているんですか？」

「いくら周囲がすすめても、病院に足を運ぼうとしないんですよ」

「なぜです？」

「先生なりの事情があってのことだと思いますが……」

「医者ぎらいなんですか？」

「いや、そういうわけでもありません……」

「しかし、このままほうっておくわけにもいかないでしょう」

「ええ……私の高校時代の友人が大学病院に勤めていますので、一度彼によく相談してみようと思っているんですが」

と、葛西は言った。

「十和田湖へ一緒に行かれたお仲間の中に、もう一人、作家がおりましたね？」

短い沈黙のあとで、上泉が言った。

「ええ。小田切孝さんです」

「どういう作家ですか？」

「天神先生に以前から色々教えを受けている、中堅の推理作家です」

「売れている作家ですか？」

「天神先生のように強烈なパンチはありませんし、地味な作風なので、売れている作家の範囲にははいらないかもしれませんね。しかし、数少ない本格推理作家の一人です。このところスランプで、作品を発表していませんでしたが、東洋出版社というところから今度新刊が出るそうです。編集長の話では、いままでの殻を破るような、なかなかの力作だそうですが」

上泉はタバコをもみ消し、葛西をじっと見つめるようにしながら、

「十和田湖で溺死された松口秀明さんについて、お訊ねしますが。松口さんはあなたがたと交際しておったようですが、どういうきっかけで知り合われたのですか？」

と、訊ねた。

「松口さんは、天神先生のファンだったんです。私が松口さんとはじめて会ったのは、先生の湯島のマンションを訪ねたときでした。三年ほど前になりますか。ほかのみんなも、先生の紹介で松口さんと知り合っていたのですが、単なる顔見知りというだけで、特別に深い関係はなかったと思いますが」

「松口さんは、自分でも推理小説を書いていたそうですが」

「ええ。できれば、推理小説を書いて生計を立てたいと言っていました」

「作品を読まれたことがありますか？」

「ええ。天神先生や小田切さんの紹介で、短い物を何篇か……」

葛西はちょっと考え込むようにしていたが、

「今年の六月中旬ごろでしたか、長い物を二本持ち込まれたことがありましてね。生原稿ではなく、二本ともコピーした、汚ない文字の原稿でしたがね。読ませてもらいましたが、素人とは思えない筆力で、けっこう面白かったんですよ。一本はたしか、『真紅のアリバイ』と題名の付いた、かなり凝《こ》った本格物で、もう一本は、『盲目の殺意』というサスペンス物でした。ただ……」

と葛西は言って、再び言葉を切った。

上泉が目顔で促すと、

「ただ、あまりにも天神作品に傾向が似ていた原稿だったので、採用するには至らなかったのですが。上京してきた松口さんに、そのへんの事情を説明して原稿をお返ししたのです。何度か持込まれた短篇原稿も活字にはできず、すべてお返ししたのですが、そのときとはまったく違って、松口さんはかなり憤然とした口調で激しく抗議しておられましたね。松口さんにしてみたら、よほどの自信作だったんでしょうがね」

「その後、松口さんに会われましたか？」

「十和田湖で出会うまでは、一度も。松口さんが西湖館のロビーにいたわれわれの方に近づいてきたときは、ほんとにびっくりしました」

「松口さんが、地元の病院に入院されていたことをご存知でしたか？」

「ええ。天神先生から聞きましたが。先生のところにハガキがきていたようです」

「松口さんが癌に冒されていたことは？」

「癌――」

葛西は目を丸くして、上泉を見つめた。

「知りませんでした、ぜんぜん……」

「本人には知らされていませんでしたが、胃癌だったそうです。小康状態を得て、二度ほど退院しておったのです」

「そうでしたか……」

「松口さんは誰かと会うために、十和田湖を訪ねていたと思われるのですが、そのことについてなにかご存知ですか？」

「なにも。少なくとも、この私とはなんの約束も交わしてはいませんでした」

話の内容が事件に関したことに進展していたせいか、葛西はその顔を紅潮させ、言葉を選ぶようにして返事をしていた。

「蒲生貞子さんが十和田湖の西湖館で書き綴ったという例の手紙の一件に関しては、先日蒲生君から聞きました。松口秀明さんの溺死を湖畔で黙って見ていた夫婦づれがいたという話もショックでしたが、そのために鹿角容子さんが殺されたと知らされたときは、とても信じられない気持ちでした。しかし、上泉さん。私はそれらの事件には、まったく関係ありません。松口さんの死を望んでいる理由など、私にはなにもありません。それは、亡くなった私の妻にしても同様です。あの飛行機の中で遺書を書いたのも、私の妻ではありません」

と葛西は言って、広い額の汗を拭った。

3

「葛西さん。松口秀明さんのボートが転覆したとき、どこにおられましたか？」

上泉は、ちょっと冷淡な口調で訊ねた。

「まだ、私を疑っておられるんですか？」

「いや。あくまでも参考までにお訊ねしているのですよ」

「……湖畔を散歩していました、妻と一緒に」

「そのとき、誰かと――みなさんのうちの誰かと会われましたか？」

「散歩していたのは、達磨岩の反対側の湖畔でしたが、周囲に人かげはありませんでした。

帰ろうとして、達磨岩を通り越して湖畔におりたとき、砂浜に人だかりがしていて、そのときはじめて、ボートの転覆事故を知ったのです」

「現場に行かれたとき、ほかの方がたの姿を見かけましたか？」

「私たちが駆けつけた直後に、遊覧船の船着場の方から小田切夫妻が姿を現わしました。そのあと、西湖館の女将と天神先生夫妻がやってきて、最後に、西湖館のわきから蒲生夫妻と先生の家政婦が走ってきたのを憶えています」

葛西は、考えながらゆっくりと言った。

葛西の説明は、西湖館の女将の話とほぼ一致していた。

「達磨岩から湖畔におりたとき、鹿角容子さんと会いませんでしたか？」

上泉は、わざとさりげない口調で訊ねた。

「会っていません。私たちが松口秀明さんを溺死させたとお考えなんですか？」

葛西は気色《けしき》ばんで言ったが、上泉はそれには取り合わず、

「その翌日の夜のことですが、みなさんは西湖館の広間で夕食を共にされていましたね」

「ええ」

「そして、天神先生が西湖館の玄関を出ると同時ぐらいに、鹿角容子さんも外出されましたね」

「ええ。先生を見送って玄関に出たとき、たしか鹿角さんの姿を見かけましたが。でも、

そのときはあの方の名前は知りませんでした」

「先生を見送ったあと、どうなさいましたか？」

「少し飲み過ぎて頭痛がしたので、すぐに自分の部屋に戻りましたよ。妻も一緒でした。それ以後は、一歩も宿を出ていません」

　葛西は感情を抑えるように、つとめてゆっくりした口調で言った。

　上泉はまた新しいタバコをくわえると、窓際の方に歩み寄りながら、葛西を振り返った。

「大和航空機が消息を絶った日——つまり、十月二十日の午後三時ごろ、蒲生晃也さんは奥さんの貞子さんから送られてきた手紙を持って、天神先生のマンションを訪ねていますが、そのとき葛西さんは、先生の客間におられたそうですね」

「自宅でテレビのニュースをみて、びっくりして先生のマンションに駆けつけたんです。出がけに、小田切孝さんにも電話で知らせておきましたが、部屋に行くと、小田切さんはすでに姿を見せていました。蒲生君が来たのは、その五、六分あとだったと思います」

「蒲生さんと天神先生は奥の書斎で話をされていたそうですが、書斎をのぞかれませんでしたか？」

「私も小田切さんも、テレビの速報に気をとられていましたので、書斎には顔を出しませんでした」

「つまり、ずっと客間のテレビの前に坐っておられたんですね？」

「いや……ずっと坐りづめだったわけではありません。私は、昔から胃腸が弱い体質でしてね。極度な緊張を強《し》いられると、下っ腹がいつもおかしくなるんです。あのときも、一度トイレにはいっていましたが……」

葛西は言葉を切ったが、すぐに神経質そうに眉根を寄せながら、

「しかし、なぜそんなことをお訊ねになるんですか？」

「葛西さんが、蒲生貞子さんの手紙の内容を聞かれたのは、いつのことでしたか？」

と上泉は、逆に質問した。

「四、五日前でした。蒲生君から聞かされたのですが、小田切さんも一緒でした」

「もしかしたら、天神先生の部屋におられたときに、その手紙のことを知っていたんではないか、と思ったものですから」

「なぜ私が、その手紙のことを知ることができたんですか？　先生の書斎には、そのとき一度も出入りしていなかった私が——」

「ご存知なかったんですか？」

「なにを、ですか？」

「蒲生さんは先生の前でその手紙を開封して、声を出して読みあげていたんですよ」

「……読みあげていた？」

「蒲生さんが先生に読んで聞かせたのは、三枚目からでしたがね。蒲生さんが読みあげた

手紙を、先生は改めて最初から自分で読みなおしたんですよ」

「……先生が自分で読みなおした……」

葛西はそのことは蒲生晃也から聞いていなかったのか、戸惑ったような表情で上泉を見つめていた。

「葛西さん。私がなにを言おうとしているのか、おわかりだと思いますが」

葛西はなにかに考えを奪われていたようすで、上泉の言葉にはすぐに返事をしなかった。

「……私は、立ち聞きなんてしていません。私じゃありません」

葛西はそう慌てたように言うと、赤味のさした顔を左右に激しく振った。

「天神先生が手紙を読み終えた直後に、大和航空機が栃木県の湯西川温泉の山中に墜落したニュースがはいりました。蒲生さんはその手紙を自宅の机の抽出しにしまい、墜落現場へ向かったのですが、それから十日ほど後に封筒の中身を改めたところ、その三枚目の便箋だけが紛失していたということでした」

と、上泉が言った。

「それは、蒲生君から聞いています」

「紛失したのではなく、誰かに盗まれたのですよ」

「しかし、なぜその一枚の便箋だけを持ち去ったのですか？　その手紙の内容は、先生と蒲生君の二人にすでに知られていたはずなのに……」

「その便箋には、犯人の名前は明記されていませんでしたが、裏に女性の裸の絵が描かれていたんです。顔は麦わら帽子で隠されていましたが、貞子さんは犯人の体の特徴をその絵で現わしていたはずなんです。手紙を盗んだ目的は、そんな物的証拠を完全に湮滅《いんめつ》しようとしたからですよ」

「体の特徴……」

「十和田湖の柏木里江さんに毒入りのカステラを小包便で郵送したのは、その手紙の全文を知っていた人物です。蒲生さんはその手紙の最初の二枚は、声を出さずに自分だけで読んでいたのです。その二枚には、蒲生貞子さんが十和田湖の柏木里江さんと対決し、柏木さんの推理を叩き台にして真犯人を指摘できた、という意味のことが書かれてあったのです。柏木里江さんもやがては真犯人に目星をつけるであろうと察知した犯人は、蒲生晃也さんがその手紙を当局に提出する前に、柏木さんを毒殺してしまったのです」

葛西清吉の赤味を帯びた顔が、いつの間にか青白いものに変わった。

「葛西さん」

鹿角は、思わず呼びかけた。

「あなたは、なにかを隠しておられますね」

葛西の態度から、彼がなにか隠しごとをしていることを鹿角は感じ取ったのだ。

「……なにも、隠しごとはしていません。犯人でない私が、なにを隠さなければならないんですか」

葛西は胸をはるようにして言ったが、すぐその目を鹿角からそらした。

「葛西さん。十和田湖で殺された一人は、私の妻です。私はこの事件を徹底的に追及し、この自分の手で必ず犯人をつかまえてみせるつもりです。下手な言いのがれは、私の前では通用しませんよ」

鹿角は、我知らず気負い込んで言った。

そのとき、部屋の片隅の白い卓上電話が軽やかに音立てて鳴った。

4

「上泉さんあての電話です」

葛西清吉は憮然とした表情で、受話器を上泉の方に差し出した。

上泉は低い声で短く相手と応対していたが、わかりました、と最後に言って、受話器を置いた。

「課長からだ。大和田病院にまわってくれと言っている」

と上泉は、鹿角の耳許で言った。

「大和田病院――」

「天神岳久の奥さんが入院している病院だ。精神科の主治医から電話がはいって、彼女の容態が少しよくなったということだが」

「記憶が戻ったんですか?」

「ごく断片的にだが、なにか想い出したらしいよ」

「三津子さんが……あの航空機事故のことを想い出したんですね……」

傍から、つぶやくように言ったのは、葛西清吉だった。

葛西は暗く沈んだ顔で、じっと窓の外に視線を置いていた。

第五章　大空の記憶

1

上泉警部補の運転する警察車は、東北自動車道に乗り入れ、栃木県宇都宮市のインターチェンジから国道119号線に出た。

今市《いまいち》市にある大和田病院に着いたのは、午後四時ごろである。

宇都宮市を抜けるころから落ち始めた雨が、病院の古びた建物に横なぐりに吹きつけていた。

上泉と鹿角はエレベーターで五階に上がり、精神科医長室のドアをノックした。

部屋の窓際の机に坐っていた医師は、鹿角たちに愛想よく挨拶をし、二人に名刺を手渡した。

「江畑です。雨の中を大変だったでしょう」

と医師は言って、傍のソファに二人を案内した。

額の禿《は》げ上がった五十年配の男で、精神科医特有の温厚な面差《おもざ》しをしていた。

「さっそくですが、天神三津子さんは記憶を取り戻しつつあるというお話でしたが」

と、上泉が切り出した。

「ええ。しかし、電話でも申しあげましたが、きわめて断片的にですよ。入院したばかりのときは全健忘症状で、先の見通しも暗かったのですが、最近では治療の効果が少しずつ現われてきたようですね。このままの調子でいけば、意識面での回復は期待が持てると思うのですが。しかし、楽観はできません」

と江畑は、患者に相対するときのような物静かな口調で、ゆっくりと言った。

「どの程度に、記憶が回復しているのですか？」

と、上泉が訊ねた。

「自己の全生活史は、まだ失われたままです。つまり、自分が誰であるのか、またどんな生活をしていたのか、についての記憶は元に戻っていません。しかし、社会的、習慣的な記憶は以前どおり保たれております。午前中に問診したときでしたが、天神さんがはじめて、こちらの質問に反応を示したのですよ」

「どんな質問をされたのですか？」

「あの大和航空機事故に関してです。天神さんの頭の中に、あの事故のことが断片的に蘇っていたのです」

「どんなことを想い出していたんですか？」

「直接会われて話をされてはいかがですか」

「会ってもよろしいのですか？」

「短時間なら。しかし、お断わりしておきますが、患者を刺激したり興奮させるような言動は慎んでいただきたいのです」

「わかりました」

上泉と鹿角は、江畑医師のあとに従って部屋を出た。

2

天神三津子の病室は、廊下の一番奥の個室で、すぐ斜め前にナースステーションがあった。

江畑が面会謝絶の札の下がったドアをノックすると、中から澄んだ女の声が聞こえた。

鹿角は江畑のあとから中にはいり、部屋の中を見渡した。

天神三津子はベッドの枕許に上半身を寄りかからせた格好で、江畑ににこやかな笑顔を送った。

肩から胸元にかけて分厚く巻かれた包帯が痛々《いたいた》しい感じだったが、鹿角が想像していたよりもはるかに元気そうなようすだった。

ふっくらとしていた両頰はそげ落ちていたが、その表情は明るく生き生きとしていた。

あんな大事故に遭遇したにもかかわらず、こうして生命を保っていたという事実が、鹿角には信じられない思いがした。

「天神さん。東京からお客さまが見えられましたよ。少しの間、話をしてみますか?」

江畑が三津子の肩に手を置きながら、やさしく言った。

「はい……」

三津子は素直にうなずいたが、鹿角たちを見守る目には不安そうなかげりがあった。

「鹿角です」

鹿角は、三津子のベッドに近寄り頭を下げた。

「はい……」

「お話をするのは、はじめてですが、十和田湖の旅館でお会いした者です。鹿角容子の夫です」

「鹿角さん……」

三津子は二重瞼《ふたえまぶた》の澄んだ目をじっと鹿角に注いだまま、なんの反応も示さなかった。

「……想い出せませんわ」

しばらくして、三津子は首を静かに振り、江畑の方に顔を向けた。

「天神さん。無理に想い出そうとしなくてもいいんです。このお二人は、東京の警察のかたです」

傍から、江畑が言った。

「……警察のかた……すると、なにか事件でも……」

「なにも心配することはないんです。天神さんが想い出したことについて、ただ話を聞きに見えただけですから」

「そうですか……でも私、あまり想い出せなくて……なにをお話ししたらいいのかしら……」

「今日、この私にちょっと話されたことですよ。飛行機に乗られたときの、例の話です」

と、江畑がおだやかに三津子を誘導していた。

「……そのことなら、また少し想い出していますわ。でも、とびとびで……」

三津子は明るさを取り戻した目を、鹿角に向けた。

江畑に目顔で促された鹿角は、三津子をのぞき込むようにして最初の質問を口に出した。

「北海道の釧路空港から、飛行機に乗られたのを憶えていますか?」

「……空港の場所も名前も、憶えていません……想い出せるのは、飛行機の座席に坐っていた、ということだけです……」

三津子はそう言って、軽く目を閉じ、

「……窓際の座席に一人で坐っていたんです……窓の外の景色がとてもきれいで……」

「あなたが乗られた飛行機には、そのとき三人の友人も一緒だったんです。蒲生貞子さん、葛西幸子さん、それに小田切雪枝さんの三人でした」

「……そうですか。座席が空いていたからでしょうか、私はそのとき一人で坐っていました……でも、そのうちに、隣りの座席に誰かが坐って、私に話しかけてきて……」

と、三津子は言った。

「誰かが？　隣りに坐ったのは、誰だったのですか？」

三津子は、静かに首を横に振った。

「わかりません、名前も顔も。ただ、そんな記憶がかすかに残っているだけなんです……そのひとは女性だったような気がします」

「その女性は、あなたにどんなことを話しかけたんですか？」

「……記憶していません……そのひとは、そのうちに隣りの座席からいなくなってしまって……」

「その飛行機は離陸後五十分ほどして事故が発生し、下降を続け、機体が大きく揺れ動きましたが、そのことは記憶されていますか？」

「憶えています。あのときの恐しさは、はっきりと想い出しています。もう助からない、死ぬと思いました……だから私は……」

三津子はきれいな眸《ひとみ》を見開いたまま、言葉を途切らせた。

「だから……どうなさったんですか？」

「……これは、一時間ほど前にふと想い出したことなんですが……」

「なにを想い出したんですか？」

鹿角に代わって、医師の江畑が三津子をやさしく促した。

「……死ぬと思ったので、遺書を書いていたんです。なにかのパンフレットの片隅に……」

と、三津子は答えた。

「遺書を――」

鹿角と上泉は、思わず顔を見合わせた。

あのパンフレットの片隅に遺書を書き綴ったのは、この天神三津子だったのか――。

三津子の隣りの座席に坐ったという女性は、蒲生貞子だったのか――。

「どんな内容の遺書を書いていたのですか？」

そう訊ねたのは、上泉だった。

「なにを書いていたかは、記憶にありません。でも、恐しさと戦いながら、パンフレットにボールペンを走らせていたことだけは、はっきりと想い出したんです……」

「ご主人にあてて書かれたんですね？　天神岳久さんにあてて――」

鹿角が訊ねた。

天神岳久なる人物を三津子が記憶に蘇らせていないのを、承知のうえでの質問だった。

「……ええ。きっと、そうだったと思いますけど……」

「そして、その遺書をどうされましたか？」

「……さあ。わかりません」

「誰か他人のボストンバッグの中に入れておいたんじゃありませんか？」

「他人の？　そんなことは、しなかったと思います。いえ、そんな理屈に合わないことをするはずがありませんわ」

三津子は心外だという気持ちを、その端整な顔に現わしていた。

「あなたの隣りの座席に坐った女性というのは、蒲生貞子さんではなかったのですか？　蒲生貞子さん――やせた体つきの、鼻筋の通ったきれいな女性です。彼女はあなたに、十和田湖の殺人事件の話をされていませんでしたか？」

無駄とはわかっていても、鹿角はそう確認せずにはいられなかった。

「蒲生貞子さんとかいう女性のことは、記憶にありません……でも、もう一つだけ、はっきりと想い出していることがあるんです……」

「なにをですか？」

天神三津子の口から出た言葉は、鹿角が想像もしていないことだった。

「……もう一人、反対側の窓際に坐っていた女性が、私と同じようなことをしていましたわ……」

「同じようなこと？　なにをしていたんですか？」

「……ですから、私と同じように、ボールペンでパンフレットに何かを書いていました……遺書を書いていたんです」

「パンフレットに遺書を……」

鹿角は思わず、三津子の顔をのぞき込むようにした。

天神三津子と同じように、大和航空機のパンフレットの空白欄に遺書を認《したた》めていた女性がいたのか——。

犠牲者の遺留品の中から発見された遺書は、今回の事件に関する物を含めて、二通である。

一通は東京都台東区に住む中年のサラリーマンが妻と子供にあてたもので、簡単な文章の末尾に自分の氏名が明記されてあった。

三津子の証言によれば、遺書は三通書かれていたことになるが、残りの一通はいまだに発見されていないのだ。

「遺書を書いていたという、窓際の女性の顔を憶えていますか？」

上泉が訊ねたが、想像したとおり、三津子はゆっくりと顔を左右に振って否定していた。

「その女性は、あなたと反対側の座席の窓際に坐っていたんですね？」

と、上泉が確認した。

「はい……」

「すると、あなたがたのグループの一人ということになりますね。葛西幸子さん、小田切雪枝さん――この二人のうちの誰かだったということですねえ」

「……ええ」

三津子はうなずいたが、上泉の言葉を肯定したわけではなかった。

「ほかに、想い出したことはありませんか？」

医師の江畑が腕時計を気にしているのを目にした鹿角は、最後にそう訊ねた。

「……誰かの言った言葉を……はっきりとは想い出せませんが……」

三津子は、目を閉じたままそう言った。

「言葉……。どんな言葉ですか？」

「……私に向けて言った言葉だったのかどうか、はっきりしないんです……私のすぐ頭の上で、叫ぶように言った女性の言葉が……」

「その女性は、なんと叫んでいたんですか？」

「……遺書なんか書いても、手遅れよ……ちゃんと手を打っておいた……もう、手紙が着いているころだ……」

と、三津子は言った。

「遺書なんか書いても、手遅れ……もう、手紙が着いているころだ……」

鹿角は思わず、三津子の言葉をなぞって口に出した。

そしてすぐに、個性的な容貌の女性を目の前に浮かべた。

蒲生貞子である。

その言葉を叫ぶように言ったという人物は、蒲生貞子以外には考えられない。

3

上泉と鹿角は、医師の江畑に厚く礼を言って、医長室を出た。

「鹿角君。君はどう思うね？」

廊下に出るとすぐに、上泉が鹿角の背中に声をかけた。

「天神三津子の話の内容ですね？」

「ああ」

「話の内容は、全面的に信じていいと思います」

「詐病《さびょう》とは考えられないかね。つまり、彼女がすっかり記憶を取り戻していて、都合のいい嘘をついていた、という想定だが」

「それは考えられませんよ。もし、天神三津子が共犯者だとして、その記憶を元どおりに回復させていたとしたら、機内で遺書を書いたなんて、馬鹿な証言をするはずがありませんからね」

「うん」

「彼女は取り戻した記憶の一部を、正直に話してくれたんですよ」

「同感だね」

「自分の口から遺書を書いたと証言している以上、彼女は共犯者の容疑はまぬがれないかもしれません。でも逆に、彼女は事件とはまったく関係のない普通の遺書を綴っていたのかもしれないんです」

二人は五階のエレベーターは使わず、肩を並べて階段をゆっくりと降りて行った。

「蒲生晃也も言っていたそうだが、あの機内の光景は容易に想像することができるね」

上泉が言った。

「あの134便は、空席が目立つほどにすいていたので、四人の女性グループはめいめい思い思いの座席に一人で坐っていた。蒲生貞子にとっては、共犯者と二人きりで話すいい機会だったわけだ。貞子は共犯者の席の隣りに坐り、十和田湖事件の真相を話した。そのあと、事故が発生した。共犯者は助からないと観念し、夫にあて遺書を書き綴ろうとした。蒲生貞子はそれを見て、遺書など書いても手遅れだ、事件の真相は夫に手紙で知らせてある、と共犯者の身近で叫ぶように言った……」

「問題は、蒲生貞子がその言葉を誰に向けて言ったかです」

「天神三津子、葛西幸子、小田切雪枝の三人のうち二人が機内で遺書を書いていた。一通は、すでに発見された例の遺書。もう一通は、本人の氏名がはっきりと書かれていたはずの遺書。だが、この遺書はいまだに発見されていない……」

「その遺書が発見される可能性は、極めて薄いと思いますね。発見された遺書は二通だけですが、ほかにもあの機内で遺書を書き残した乗客もいたと思うのです。なにしろ、人間の体がこなごなに飛び散ったほどの、すさまじい事故でしたからね」

「天神三津子の記憶の回復を待つしか、手はなさそうだね」

「上泉さん――」

鹿角はその場に思わず立ちどまり、上泉の背広の袖口《そでぐち》を強く引っぱった。

一階のエレベーターの前に、思いもかけぬ人物の横顔を目に止めたからだった。

「なんだい？」

「小田切孝です」

鹿角は小声で告げて、目顔でエレベーターの方を示した。

「小田切……あの推理作家の小田切孝だね？」

相手と面識のない上泉は、鹿角の視線を追うようにして前方を見つめた。

鹿角は西湖館の広間で見た小田切孝の顔を、いまだにはっきりと記憶していた。

目鼻だちの整った、男性的な容貌の四十歳前後の男だった。

どこか落ち着かぬ素《そ》ぶりでエレベーターを待っている男の容貌は、まぎれもなく小田切孝である。

「間違いありません。声をかけますか？」

「あとでいいよ。天神三津子を見舞いに来たんだろうが、面会謝絶だ。江畑医長に容態を聞いただけで、すぐに戻ってくるよ」

上泉が話している間にエレベーターの扉が開き、小田切孝のすらりとした長身がその中に消えた。

上泉は先にたって歩き出し、玄関わきの薬局の待合室の椅子に腰をおろした。

小田切孝が一階のエレベーターから姿を現わしたのは、二十分近く経ったときだった。

鹿角は椅子から立ち上がり、小田切の方にゆっくりと足を運んだ。

「小田切さん」

鹿角が声をかけると、小田切は驚いたように足を止め、鹿角の顔を見入った。

「鹿角です。十和田湖で一度お目にかかりましたね」

「ああ、鹿角さん。いまさっき、医長先生が言っていた東京の刑事さんというのは、鹿角さんだったんですか」

　小田切は、屈託のない明るい声で言った。

「天神三津子さんのお見舞いですね？」

「ええ。仕事でこの近くまで来たものですからね。天神先生にも頼まれていましたので、ちょっと顔を出してみたんです。でも、やはり奥さんには会えませんでした」

「これから東京へ戻られるんですか？」

「いや、今夜は鬼怒川《きぬがわ》に泊ります。ホテルで二、三日仕事をしたいと思いましてね」

「少しお時間をいただけますか？　事件のことで、お訊ねしたいことがありましてね」

「ええ、けっこうです。いずれはお話をしなければならないものと、覚悟はしていましたから」

　小田切はそう言って、白い歯を見せた。

　最初に会ったときの印象と異なり、小田切孝は明るい気さくな男のようだった。

4

　鹿角たち三人は降りしきる雨の中を病院の駐車場まで走り、警察車を病院の近くの小ぎれいな喫茶店の前で停めた。

奥まった席に坐ってから、上泉は改めて名前を出して小田切孝に挨拶した。

「葛西さんには、会われたんですか？」

小田切は名刺をしまいながら、上泉に訊ねた。

「ええ」

「じゃ、話は簡単ですね。私のこともなにかと話題にのぼっていたと思いますから」

小田切は、口端に微笑を刻んでいた。

暗く神経質そうな葛西清吉とは違って、小田切には人を魅きつける明るい魅力があった。

「それにしても驚きましたよ、蒲生晃也さんから事件の真相を聞かされたときは。松口秀明さんと鹿角容子さんの死が、単なる事故死ではなかったなんて。蒲生貞子さんが事件の真相を見極めておられたそうですが、いかにもあの人らしいなと思いましたね。聡明な才女ですが、えらく負けん気の強い人でした。かりそめにも人殺しの疑いをかけられたりしたら、そのままではすまさない潔癖な人でしたからね」

小田切は流暢《りゅうちょう》な口調で、半ばまくしたてるようにそんな感想を述べた。

「松口秀明さんとは、お知り合いだったそうですね？」

「ええ。天神先生の紹介で知己《ちき》を得たのですが、あのグループの中では私が一番親しくしていたと思います。正直言って、松口さんはみんなから嫌われ、煙たがられていましたよ。不協和音的存在とでも言うんでしょうかね、松口さんが一枚加わると、とたんに座が白《しら》けてしまいましてね」

　小田切は微笑を絶やさず、忌憚《きたん》のない意見を吐いた。

「そういえば、松口さんが西湖館にいきなり現われたときも、そんな具合だったそうですね。西湖館の女将《おかみ》から聞いた話ですが、周囲が妙に白けた雰囲気だったとか」

　鹿角は西湖館の玉崎すみ子の顔を思い浮かべながら、小田切に言った。

「そういえば、あのときもそうでしたよ」

「女将の話ですが、あなたは松口さんを見て、ひどく驚いたような、不安そうな――複雑な表情を浮かべておられたそうですが」

「私が……」

　小田切は最初はぽかんとしていたが、すぐに人なつっこい笑いを浮かべ、

「見ていたんですか、あの女将が。そりゃ、驚きましたよ、いきなりあんな場所へ現われたんですから」

　と、言った。

「それだけですか？」

「は？」

「松口さんが胃癌だったことをご存知でしたか？」

　小田切は微笑を消すと、コーヒーをゆっくりと口に運んだ。

「知っていましたよ、癌のことは。長くても、六か月の命だということも」

と、小田切は言った。

「なぜ、それを知っていたんですか？　親族の誰かが話されたのですか？」

「あれは、今年の三月の初めごろでしたでしょうか、松口さんが入院している地元の病院に仕事の帰りにちょっと顔を出したことがあったんです。松口さんが胃を悪くして入院していたことは、松口さんが天神先生に出したハガキを読んで知っていました。病院に見舞ったときは手術もすんだあとでしたが、松口さんは顔色もよく、とても元気そうにしていたので、彼が自分の口で言っていたように、単なる軽い胃潰瘍《かいよう》だと私も思っていました。ところが、病院から帰った夜、奥さんの由美さんから私に電話がはいったのです。主人は胃癌で、あと半年もつかどうかわからない病態だと医者から宣告されている、そう奥さんが言ったんですよ」

と、小田切は説明した。

「松口さんの奥さんは、なぜ小田切さんにそんなことを打ち明けたんでしょうか？」

「私が松口さんと親しい間柄の人間、と思ったからでしょうか。丸山ワクチンとか新薬の使用のことについても奥さんから相談を受け、東京のいい病院に紹介してくれないか、とも言われました」

「天神先生にも、松口さんのことは話されたんですね？」

「もちろんです。いまさら、東京の病院を紹介したところで、どうなるものでもないと私は思い、奥さんの依頼はそのままにしていたんですが、六月の中旬ごろ、松口さんがひょっこり私を訪ねてきたんですよ。驚いて話を聞きますと、手術後の経過が良好で二週間ほど前に退院したと言うんです」

「松口さんは、その一か月後に再入院されていますね？」

「ええ。退院したと聞いたときは、癌がすっかり治癒したのかと思ったのですが、いまにして考えれば、単なる小康状態のときの一時的な退院に過ぎなかったんですね」

「そして松口さんは、八月にまた退院し、十和田湖を訪ねたんですね？」

「そうなんです。私が松口さんを見て驚いたのは、当然のことですよ。余命六か月と宣告された病人が、その六か月目に酔って目の前に現われたんですからね」

「なるほど。西湖館の女将が言っていた、不安そうな表情というのは、そのためだったんですね？」

「そんな複雑な表情を見せていたかどうか、自分ではわかりませんがね。とにかく、こんな所まで出歩いて大丈夫なのかとは思いましたよ」

と、小田切は言った。

「松口さんが十和田湖くんだりまで出向いて行った理由を、ご存知でしたか？」

「無論、ちゃんとした目的があってのことでしょうね。十和田湖で、誰かと会おうとしていた、としか考えられないんじゃないんですかね」

「誰と会おうとしていた、とお考えですか？」

「少なくとも、相手はこの私ではありません。十和田湖に行くことを松口さんに伝えた憶えはありませんからね。私や他の連中は、松口さんと十和田湖で偶然に出会ったんですよ」

小田切は微笑をたたえながら、含みのある言い方をした。

「じゃ、松口さんは別荘にいる天神先生を訪ねて行った、と言われるんですね？」

「それが一番自然で、無理のない考え方だと思いますがね。天神先生が夏場を十和田湖の別荘で過ごされることを、松口さんは知っていましたからね」

小田切はタバコをくわえると、落ち着いた仕草で火をつけた。

「松口さんは、なんの用事で十和田湖まで来て天神先生と会おうとしていたんですか？」

傍から、上泉がはじめて小田切に言葉をかけた。

小田切はすぐには返事をしないで、タバコをくわえたまま上泉と視線を合わせていたが、

「松口さんが大した職業にもついていないのに、比較的裕福な暮らしをしていたのを、上泉さんたちはどうお考えですか？」

と、逆に質問を返した。

「小田切さんは、なにかご存知なんですね、松口さんと天神先生とのことで？」

「ここで私が先生の名誉を守ろうとしても、調べられれば、いずれはわかってしまうことでしょうから、申しあげますがね。松口秀明さんは、先生をゆすっていたと思いますね」

小田切は、なんの変哲もない口調でそう言った。

「ゆすっていた……」

「九分九厘間違いありませんよ。先生から松口さんを紹介された当初から、私はそのことには気づいていました。単なる先生の作品の愛読者というには、松口さんの態度は似つかわしいものではありませんでしたしね」

鹿角は、小田切の言葉は信じるにたりると思った。

確証を摑んだわけではなかったが、鹿角は松口秀明と天神岳久の結びつきに、最初からなにかしっくりしないものを感じていたのである。

小田切が言ったように、作家とそのファンという関係以外のなにかが二人の間に介在しているのではないか、とそんな気持ちをかすかに抱いた。

「先生は松口さんに、相当な額の金銭を何度かにわたって支払い続けていたはずですよ。松口さんを最初に病院に見舞ったさいに、私はそのことをはっきりと確信したんですよ。先生からあずかった見舞金のはいった封筒が、分厚かったからです。一ファンへの病気見舞いにしては、あまりにも多すぎる額だったからです」

「小田切さん。天神先生が松口さんからゆすられるような理由を、なにかご存知ですか？」

鹿角は訊ねた。

「女——だと思いますね。先生が誰かに弱味を握られていたとすれば、女性関係以外には考えられませんね」

小田切はいともあっさりと言うと、タバコの煙を鹿角の顔に吹きつけた。

「女……」

「先生が有名な漁《りょう》色家《しょくか》であることは、すでにご存知かと思いますが。若い三津子さんと再婚されてからは、厳しい監視の目もあって以前ほど派手ではありませんでしたが、それでも二、三の艶聞《えんぶん》は耳にしていましたよ。それらはいずれもたわいない類《たぐい》のものでしたが、松口さんが嗅《か》ぎ出していたのは、先生にとってはなにか致命的なスキャンダルになる代物《しろもの》だったと思いますね。先生はああ見えても、意外と神経がこまかく、必要以上に外聞を気にするところがありましたからね」

小田切は小さく笑って、

「女関係とはっきり断言できるわけではありませんが、松口さんにゆすられていたことは、奥さんの三津子さんも知っていたと思いますよ」

と、言いたした。

「なぜですか?」

「入院中の松口さんに渡したその封筒を、私に直接手渡したのは、先生ではなく奥さんだったのです。病気の見舞金だと言われて」

「すると、その秘密というのは、奥さんにとっても外聞をはばかるものだったと考えられるわけですね」

「だと思いますがね」

小田切は短く肯定して、タバコを深々と吸い込んだが、すぐにちょっと慌てた口調で、

「ただし、誤解しないでくださいね。私があえて、こんな先生の内幕をお話ししたのは、先生を中傷しているわけじゃもちろんありません。そちらの捜査の手間を省《はぶ》いてさしあげようと思ったからなんです。捜査の手が先生の身辺に及べば、いずれは明らかにされる事柄だと思ったからです。ここではっきり申しあげておきますが、先生は今回の一連の事件には、まったく関与していません」

と、言った。

「なぜ、そう言いきれるんですか？」

「十和田湖に現われた松口さんは、もはや余命いくばくもない体だったんです。先生は、その事実を知っていました。先生にとって邪魔な存在だったかもしれない松口さんは、放っておいても早晩、先生の目の前から永遠に消えてしまう運命にあったからです」

「それだけでは、天神先生が松口さんの転覆事故を見ぬふりしていたという説明にはなりませんね。恨み、憎しみといった問題が残ると思いますが」

「そうかもしれません。しかし……」

小田切は続けてなにか言いかけようとしたが、うまく言葉がまとまらなかったのか、タバコを横ぐわえにしたまま黙っていた。

「松口さんの転覆事故が発生したときのことですが、小田切さんはそのときどこにおられましたか？」

と、上泉が話を進展させた。

「当然な質問だとは思いますが、私に疑いを持たれるのは時間の無駄というものですよ。私は松口さんからゆすられてもいませんでしたし、恨みも持っていませんでしたから。転覆事故をまのあたりにしていたら、真っ先に助けに駆けつけたでしょうね」

「答えていただけませんか？」

上泉は、冷やかに相手を促した。

「事故現場の湖畔からちょっと離れた船着場のあたりを妻と散歩していましたよ。このことは、葛西清吉さんからお聞きになっていると思いますがね。私たちが湖畔に駆けつけたとき、葛西夫妻がすでに姿を見せていましたから」

小田切は目許をなごませながら、そう答え、

「亡くなられた鹿角容子さんは、湖畔に通じている林の道で夫婦づれのうしろ姿をちらっと見たそうですが、それは私の妻ではありません。私たちは、鹿角さんとは出会っていま

せんでしたから。念のために申しあげておきますがね」

と、付け加えた。

上泉と鹿角が黙っているのを見ると、小田切はコーヒーを飲みほして、再び話を始めた。

「松口さんの奥さんの由美さんが西湖館に駆けつけてきたのは、その翌日のおひるごろでしたが、由美さんが最初、松口さんが自殺を図ったのではないかと疑いを抱いておりましてね。癌に冒されていたことを知っていたのではないか、とも由美さんは言っていましたが、私はそんな考えをはっきりと否定しましたよ。松口さんは最後まで、胃潰瘍だと思い込んでいたんです。再入院などで治療期間が意外と長びいたが、もうすっかり体調も元にもどったので、これからまた人生を楽しむんだ、と松口さんは私にも言っていました。そんな松口さんが自殺するはずがありません。松口さんの死が自殺でないことは、最初の発見者の鹿角容子さんの証言からもはっきりしています」

と、言った。

「妻の証言——。妻は、なんと言っていたんですか？」

鹿角は、思わず言葉をはさんだ。

「直接、鹿角さんから聞いたわけではありません。あの事故の翌日、ロビーの物陰で話している鹿角さんの姿を目に止めたのです。鹿角さんは、なにやら涙声で訴えるような口調で相手に喋っていたようでしたが」

「妻は、なんと言っていたんですか?」

「転覆現場を最初に目にしたとき、松口さんは頭を水中に浮き沈みさせながら、手をばたつかせ、なにやら大声で助けを求めていた、と鹿角さんは言っていましたよ。自ら死を選ぼうとした人間が、そんな真似をするはずがありませんからね」

「妻が話していた相手は、誰だったんですか?」

「知りません。衝立《ついたて》のかげになって見えませんでしたから。おそらく、警察関係か新聞社関係の人間だと思いますがね」

と、小田切は言った。

「鹿角容子さんが亡くなられた夜のことですが」

上泉はそう言って、話を本題に戻した。

「鹿角さんは夜の九時ちょっと前に西湖館を出ていましたが、そのことはご存知ですね?」

「知っていました。そのちょっと前までみんなと広間で宴会をやっていました。先生が別荘へ帰られるというので、玄関先まで見送って行ったんです。そのとき、鹿角さんがどこかへ出かけるところで、先生ともなにやら短く話し合っていましたよ。このことは、葛西さんも話されたと思いますがね」

無駄な質問を繰り返すな、とでも言いたげな表情で、小田切は上泉を眺めていたが、

「先生を見送ったあとのことですが、疲れてしまい、すぐに三階の部屋に戻り、布団の上

でごろ寝をしていましたよ。妻はそのとき、風呂にでも行っていたんだと思いますね、部屋にはいませんでした。私は、鹿角容子さんのあとを追いかけて、西湖館を飛び出したりはしていません」

と言って、白い歯を見せて小さく笑った。

そのとき喫茶店のドアが開き、四、五人の女性グループが駆け込むようにして店内にはいってきた。

雨はまだ降りやまないらしく、女性たちの肩口は一様にぐっしょりと濡《ぬ》れていた。

5

「蒲生貞子さんが十和田湖で書かれた手紙の内容は、ご存知ですね？」

女性グループの闖入《ちんにゅう》で店内が急に喧騒《けんそう》になったため、上泉は少し声を高くして言った。

「四、五日前に、蒲生さんから聞きましたから。それについての感想はそのときにちょっと述べましたが、肝心な犯人の名前が書いてなかったのは、いかにも残念ですね。もっとも、そんなところは、蒲生貞子さんらしいやり方ですがね。犯人の名前をちゃんと明記しておいてくれさえしたら、こんな場所でお互いに時間をつぶし合うこともなかったでしょうにね」

と、言った。いかにも、小田切という男が口にしそうな科白《せりふ》ではあった。

「同感ですね」

「一つだけ、わからないことがあるんですがね」

「なんですか？」

「十和田湖の柏木里江さんが、蒲生夫妻の二人にあてて脅迫まがいの手紙を差し出していたそうですね。それは柏木さんのカン違いだったようですが、蒲生貞子さんはその柏木さんの推理を叩き台にして真犯人を指摘していたそうですが、貞子さんはいったいどんな推理の過程を辿《たど》って真相を見破ったのか、ということですよ」

推理作家だけあって、核心をついた質問だった。

と同時に、わざとカマをかけ、こちらの腹のうちをさぐろうとする策略とも受け取れた。

「小田切さん。貞子さんの推理の過程がわかれば、事件は解決したも同然ですよ」

上泉は、巧みに話をかわした。

小田切は笑って、

「それは、そうですね。いずれにせよ、松口さんの転覆事故を見ていて黙っていた夫婦づれを犯人と指摘していたことには変わりはないわけですね。天神夫妻、葛西夫妻……」

「それと小田切夫妻の三組ですね」

上泉はすかさず決めつけるように言って、小田切を見つめた。

「何度も言うようですが、私たちは無関係ですよ」

「大和航空機が消息を絶ったというニュースが報じられたとき、小田切さんは天神先生のマンションにおられましたね」

「ええ。葛西さんから電話をもらいましてね。それまでは、そんなニュースをまったく知らなかったんですよ。慌てて、先生のマンションに駆けつけたんです。客間には奥さんの姉の浅見和歌子さん、それと先生の知り合いの雑誌社の人たちが三人ほど詰めかけていましてね。葛西さんは私が着いた五、六分あとに姿を見せたと思いますが」

「蒲生さんが見えられたのを、憶えておられますか？」

「ええ。浅見さんに案内されて、蒲生さんはちょっと客間に顔をのぞかせていましたから」

「先生の書斎をのぞかれませんでしたか？」

小田切は意味ありげにちらっと笑って、上泉の目の前で手を振った。

「書斎に先生がおられるのは知っていました。けれど、一度も書斎には顔を出しませんでしたが」

「蒲生さんが貞子さんの手紙を持って、先生の書斎を訪ねたのをご存知ですね」

「ええ。蒲生さんから聞きましたからね」

「蒲生さんが先生の前で、その手紙を読みあげていたことは？」

「読みあげていた……」

小田切は、先日葛西清吉が示したのと同じような、ぽかんとした表情を浮かべた。

「それは、知りませんでしたね。蒲生さんから聞いていなかったもので」

「ずっと、客間におられたんですか？」

「私が立ち聞きしていた、とでもお考えなんですか？　そしてこの私が柏木里江さんに毒入りのカステラを送っていたと？」

「柏木里江さん殺しの犯人は、蒲生貞子さんの手紙の内容を事前に知っていた人物です。犯人がそれを知る機会は、先生の書斎以外には考えられません——蒲生晃也さんが読みあげるのを盗み聞きする以外には、その手紙の内容を知ることができなかったはずなのです」

「それは、私にも理解できますが、私は立ち聞きなんてしていません。けれど……」

小田切は、相手に気を持たせるようにして言葉を切った。

「けれど、なんですか？」

「蒲生貞子さんから手紙が届いていた事実を、私はそのとき知っていたんです」

と、小田切は言った。

「知っていた？」

「一度だけ、トイレに立ちました。トイレを出て先生の書斎の前まできますと、中から話し声が聞こえてきたんです。先生の声は大きいので、聞く気はなくとも耳にはいってきたんですよ。先生は、手紙のことを言っていました」

「どんなことを言っていたんですか？」

「……なんだ、肝心なことが書いてないじゃないか……気を持たせるところは、いかにも貞子さんらしいね。そんな先生の言葉が聞こえてきたんです。それを聞いて、蒲生貞子さんが旅行先から絵ハガキでも送ってきたのか、と私は思っていたんですがね」

「耳にしたのは、それだけでしたか？」

小田切は、にやりと笑って、

「ええ。その直後でしたよ、大和航空機の墜落が確認され、その現場がテレビで報じられたのは。先生と蒲生さんは、すぐ書斎を飛び出してきましたよ」

と、言った。

短い沈黙があった。

窓際に陣取った女性グループは相変らず騒々しい声をたてていたが、その中の一人が突然嬌声《きょうせい》を発した。

「話は変わりますが、今度、新刊を出されるそうですね」

上泉が言った。

「ええ。この七月末に、やっとの思いで脱稿したものですがね。来週には、本になる予定です。『越後路殺人事件』という題名の、いわゆる本格物ですがね。よろしかったら、贈呈しますよ」

　小田切は、うれしそうな表情で言った。

「すみません。葛西清吉さんから聞いたのですが、編集長が出来ばえを賞《ほ》めていたそうですが」

「スランプが長かったので、うまく書けたかどうか自信がなかったのですがね。編集部の評判は、そう悪くもないようですよ」

　小田切は謙虚に言っていたが、その表情には自信のほどがありありと浮かんでいた。

「そういえば、松口秀明さんも推理小説を書いていたそうですね」

「ええ。職業作家になるのが、松口さんの夢だったようです。松口さんに頼まれて、何本か出版社に紹介したことがありますが、正直言って、あまり感心しませんでしたが。文章はうまいんですが、独創性がないんですね。既成の作品を巧みに寄せ集めたといった感じで……」

「六月ごろでしたか、葛西さんの所にも、作品を二本持ち込んでいたそうですが」

「ほう……」

「コピー原稿の長篇だったそうですが、天神岳久の色彩が濃すぎるとかで、原稿は採用されなかったようです」

「そうでしたか。松口さんは、天神作品を溺愛《できあい》していましたからね……」

窓際の女性が、またかん高い笑い声を発した。

小田切にしては珍しく、ちょっと神経質そうに顔を歪めながら、窓際の席に目を向けた。

小田切はタバコを灰皿にもみ消すと、腕時計に目をやり、背後の壁時計も確認した。

「これから、ホテルでお仕事ですか？」

「どうしても今日中に片づけたい仕事がありましてね」

「そうそう、言い忘れるところでした」

腰を浮かしかけた小田切を呼び止めるように、上泉が言った。

「入院している天神三津子さんのことですがね。幸い、だいぶ体が回復していますよ」

「そのことは、さっき医長先生から聞きましたが。けがの回復は思ったよりも順調だとか」

「記憶も、少しずつ回復しているんですよ」

上泉が言うと、小田切は驚いた顔で上泉を見つめ、生つばを飲み込んだ。

「どの程度に回復しているんですか？」

「断片的にですが、機内のことについてはかなりの範囲にわたって記憶を取り戻していますね」

「機内のこと……」

小田切の顔から特有な笑みが消えているのに鹿角が気づいたのは、そのときだった。

その浅黒い顔は、これまで見せたことのない暗いかげりに覆われた。

これまで、どんな話題に対しても明るく悠然と構えていた小田切には、ちょっと考えられない変化だった。

天神三津子の記憶の話題が、小田切に衝撃を与えていたことはいなめなかった。

「三津子さんは自分の口から言っていました——機内でパンフレットの片隅に遺書を書きつけていた、と」

「なんですって？　まさか、そんな……」

小田切は口早に言うと、半ば茫然とした表情で上泉と鹿角を交互《こうご》に見た。

「遺言の内容については、記憶が戻っていません。でも、死の恐怖と戦いながら夫にあてて必死にボールペンを走らせていたことは、はっきりと想い出したんです」

「まさか、三津子さんが先生にあてて……すると、三津子さんは……」

「機内で、蒲生貞子さんから十和田湖事件の真相を告げられた、とも考えられますね」

「……じゃ、先生と三津子さんが犯人、ということになるんですか？」

「小田切さん。ところが、機内で遺書を綴っていた女性が、もう一人いたんですよ」

「もう一人……」

「三津子さんのすぐ近くの座席に坐っていた女性が、同じようにパンフレットの空欄にボールペンを走らせていたのを、三津子さんは想い出したんですよ」

「パンフレットに……」

小田切は両目をいっぱいに見開いたまま、しばらく言葉を失っていたが、

「その女性は、誰だったんですか？」

と、不安そうに訊ねた。

「わかりません。三津子さんの記憶は、まだそこまで回復していないからです。でも、その女性は二人のうちのどちらかであることは、間違いありません」

「二人のうち……」

「葛西幸子さんと、あなたの奥さんの小田切雪枝さんですよ」

「私の妻が……妻の遺品の中には、遺書のたぐいは見つけ出せませんでしたがね」

小田切は口の端に笑いを刻んだが、以前と違って暗くぎこちないものだった。

「奥さんが書いたのは、事件に関して綴られた例の遺書だったかもしれませんよ」

上泉は、わざと改まった口調で言った。

「ばかな……」

小田切は憤然とした表情になったが、その声には力がなかった。

「譬《たと》えて言ったまでですよ。奥さんの雪枝さんは遺書など書かなかったかもしれませんし、また書いていたとしても、ごく普通の遺書だったかもしれません。同じことが、残りの二人の女性についても言えるのです」

「妻があの機内で、遺書のペンを握っていたなんて、私には到底考えられません」

小田切は言って、さらに話し声の高まっていた窓際の女性グループの方を、いらだたしそうに見た。

「あんな極限状態の中で、残される相手に対して自分の心情を文章に表わすなんてことは、誰もができるわざではありません。妻は、そんな強靭《きょうじん》な精神の持主ではありませんでした。妻には悪いが、座席にしがみついて震えていたに違いないんです」

小田切は、低く半ばつぶやくようにそう言った。

自分の妻の気の弱さを強調した話の内容だったが、その途切れがちな話し方からして、小田切はまったく別のことに心を奪われていたのではないか、と鹿角は思った。

「小田切さん。どこか気分でも悪いんですか？」

鹿角は、思わずそう言った。

小田切の顔が蒼白《そうはく》になって、その額一面に大粒の汗をかいていたからだった。

「いや、別に……」

小田切は傍の小さなボストンバッグを手許に引き寄せ、

「仕事がありますから、これで失礼します」

と言って、立ち上がった。

小田切はドアを体で押しあけるようにして店を出て行ったが、その下半身には安定感がなく、酔っているかのように足許がふらついていた。

第六章　空白の近景

1

十五階建ての大栄湯島マンションは、上野池之端《いけのはた》の大通りに面して建っていた。

推理作家の天神岳久の部屋は、十四階の角部屋で、北向きの階段の踊り場から上野公園を中心とするその周辺の風景が一望のもとに見渡せた。

鹿角がブザーを押し、しばらくすると、六十歳前後の小柄な女がドアから顔をのぞかせた。先刻、電話口で鹿角に応対した家政婦の島倉春子だった。

玄関の上り口に、四十四、五歳の女が立っていて、鹿角たちに丁寧に一礼した。

「三津子の姉の、浅見和歌子です」

と、女は言った。

妹とは反対に、和歌子はやせた体つきの女で、脆弱《ぜいじゃく》そうな印象を受けた。

「上京されていたんですか」

上泉が言うと、

「つい、いましがた。午後から日比谷で同窓会がありますもので」

と和歌子は、細い声で伏目がちに答えた。

「和歌子さん。あなたにもお訊きしたいことがありますので、先生とちょっとの間、同席していただけませんか」

客間に案内されると、上泉は和歌子にそう言った。

上泉がタバコをもみ消したとき、客間のドアがいきなり開いて、和服姿の天神岳久が顔を見せた。

「お待たせしましたね」

天神はドアをうしろ手でしめながら、太い声で愛想よく言った。

鹿角は西湖館のロビーに坐っていた天神岳久を通りすがりにちらっと目にしたことがあったが、間近に見る天神は想像した以上に肥《ふと》っていて小柄な男だった。

六十に手のとどく年齢だが、その容貌から受ける印象は、年齢を思わせないほどに若やいでいた。

ちんまりした丸い顔は血色がよく、オールバックにした豊かな長髪は黒々と光って見えた。

天神は名代《なだい》の漁色家だと聞いていたが、垂れさがった目尻や薄い唇のあたりにそんな雰囲気がうかがわれた。

「ごくろうさまですね。いずれは警察のかたがお見えになるとは思っていましたよ」

天神はにこやかに言って、鹿角たちの正面のソファに小柄な体を坐らせた。

売れっ子の推理作家というイメージから、高慢で気取った男を勝手に想像していたが、その腰の低い、丁重な接し方が鹿角にはちょっと意外だった。

上泉と鹿角は丁寧に挨拶し、天神にそれぞれ名刺を手渡した。

天神は名刺を手にしながら、眼鏡を取り出そうとしたのであろう、右手を和服のふところにさし入れた。

眼鏡を所持していないことに気づくと、天神は両手に二枚の名刺を持ち、目を凝《こ》らすようにして見入った。

「なんとお読みするのですかな」

目を上げると、天神は上泉と鹿角を交互に見て、そう訊《たず》ねた。

「かづの、かづのくにただです。こちらは、警部補の、かみいずみさぶろうです」

と、鹿角が答えた。

天神は眼鏡なしでは名刺の活字が読めなかったため、わざとそんな聞き方をしたのではないか、と鹿角は思った。

別荘の管理人の笹沼達子も言っていたように、天神の視力がかなり衰えてきているのは事実だと思えた。

「圀唯さん、ですか。珍しいお名前ですな。たしか、亡くなられた鹿角容子さんのご主人でしたね」

天神はそう言うと、二人の名刺をテーブルの上に並べるようにして置いた。

「私も女房も、先生の作品のファンでしてね。お目にかかれて、お話ができるなんて、とても光栄です」

上泉が言った。

上泉の妻のことはいざ知らず、上泉自身は天神作品に一度も目を通していないことは、鹿角がよく知っていた。

「そうですか。それはどうも」

天神は如才なく言うと、目許《めもと》をなごませた。

「今度、『無敵大介捕物控』が再刊されるそうですね」

上泉は背後の豪華な書架の一角を指さし、そう言った。

そこには、色あせたケースに納められた全二十六巻の『無敵大介捕物控』が並んでいた。

「昔の未熟な作品ですよ。いまさら再刊というのも気が進まなかったのですが、以前から、あちこちの出版社から熱心に頼まれましてね。そんな折衝に半ばめんどうくさくなって、再刊には承諾したんですがね」

　天神は、その小づくりな顔に静かな笑みを浮かべた。

「葛西清吉さんから聞いたのですが、最近お体の調子がお悪いそうですが」

「ええ、ちょっと……少し血圧が高いのですよ。そのために、創作の方はごぶさたしている状態です」

「十和田湖でお倒れになってから、視力もかなり弱っておいでだと聞きましたが、医者にもかからずに、ほうっておいて大丈夫なのですか？」

「医者ぎらいでしてね、私は。視力はたしかに弱っていますが、眼鏡をかければ支障はありませんよ」

　天神はそんな受け答えをしていたが、その話題をなんとなく避けたがっているような気配が鹿角には感じとれた。

「近々、書下しの新刊を出されるとかうかがいましたが。たしか、蒲生さんの桜書房から」

「ええ。と言っても、以前に書きためていた原稿を手直ししたものですがね」

　天神はお茶をゆっくりと飲むと、改めて上泉と鹿角の顔を交互に見つめた。

「先日、葛西君からも話は聞いています。今日見えられたのも、もちろん同じ用件でしょうな」

と天神は言って、自分から話を本題に戻した。

「そうです」

「人殺しの話はずいぶん書いてきましたが、自分が事件にまき込まれたのは今回がはじめてですよ。しかも、容疑者の一人に数えられるなんて……」

天神は、その薄い唇に笑いを刻んだ。

「別に、先生を容疑者扱いにしているわけではありません。ただ……」

「まあ、いいでしょう。ところで、なにからお答えしたらいいんですかな」

「十和田湖で溺死した松口秀明さんのことについて、まずお訊ねいたします」

「松口君か……」

天神は視線を宙に置きながら、

「おもしろい男でしたよ。推理作家になりたいって、やっきになっていましてね。あれだけいろいろなことをしてきた男でしたから、名を上げる道はいくらでもあったと思うのですがね。作家なんて、松口君が憧《あこが》れるほどの職業じゃありませんよ」

「松口さんとは、どういう間柄だったのですか？」

さりげない口調で、上泉は訊ねた。

「葛西君から聞きませんでしたか？」

「先生のファンということでしたが。ただそれだけの関係だったのかどうかを、お訊ねしたかったのです」

「それだけです。他に、なにがあると言うのですかな」

天神は、不審な面持ちで上泉を見た。

「松口さんは先生に、なにか金銭的な要求をしていませんでしたか？」

「金銭的な……」

その顔に小さな変化が走ったが、天神はすぐに笑いを浮かべ、

「妙な言い方をなさいますね。まるで、私が松口君から金をゆすられていたように聞こえますよ」

「ちょっとした情報がはいりましてね。それで、参考までにお訊ねしただけです」

「誰の告げ口かは知りませんが、松口君が私に要求していたことは、ただひとつです。原稿をしかるべき出版社に売り込んでくれ、ということだけでしたよ。私もその件については何度か骨を折ってやりましたが、希望は叶《かな》えられずじまいでしたね」

「松口さんが癌に冒され、長くは生きられない体だったことは、ご存知でしたね？」

「知っていました」

「松口さんが十和田湖に姿を見せたのは、先生に会うためではなかったのですか？」

「いいや……」

「松口さんとなにか約束をしておられませんでしたか？」

「なにも。松口君が退院していたことも知りませんでしたよ。だから、いきなり西湖館のロビーに現われたときは驚きましたよ」

「先生に会うためではないとすると、松口さんはいったいなんの用事で西湖館に部屋を取っていたのでしょうか?」

「知りませんね」

「松口さんは、先生が十和田湖の別荘で過ごされているのを知っていたと思われますが」

「かもしれませんね。でも、松口君とつきあいがあったのは、私一人だけではありませんよ。蒲生君、葛西君、それに小田切君とも交際がありましたからね」

最初は如才なく、にこやかな応対ぶりだった天神だが、話が事件のことに及ぶにつれ、その態度は硬化していった。

柔和そうな笑みが消え、その丸い目には時おり異様な光が宿って見えた。

「西湖館のロビーで会われた以外に、どこかで松口さんと会われましたか?」

「ロビーで会ったといっても、挨拶程度で、特別に言葉を交わしたわけではありません。松口君と二度目に対面したときは物言わぬ死体になっていましたからね」

「ボートの転覆事故が起こった時間帯に、先生は湖畔の林の中を散歩しておられたそうですね」

「そうです、妻と一緒に。あの時間帯の散歩は、私の日課のひとつでしてね。それまでは、別荘で帰りの荷づくりをしていたんです、蒲生夫婦に手伝ってもらいましてね」

「先生と奥さんは廃船のかげから、湖畔に出られたそうですが」

「そうだったと思いますがね。湖畔に人だかりがしていて、近寄って行ってはじめてボートの転覆事故を知ったのです。溺れかけていた松口君を黙って眺めていたなんて、世の中には残忍な人間もいるものですな」

天神はちょっと大げさに、小さな顔をしかめて見せた。

「その翌日の夜のことですが、先生たちは西湖館の広間で夕食をとられましたね」

タバコをくわえた上泉に代わって、鹿角が言葉をはさんだ。

「ええ」

「先生と奥さんが西湖館を出たのは、九時ちょっと前でしたが、そのとき私の妻と玄関で一緒になったそうですが」

「そうですよ。途中まで、一緒に歩いて行きましたよ。蒲生君も言っていましたが、鹿角容子さんはとても魅力的な女性でしたね。最初見たとき、私も思わず目を見はってしまったほどです」

天神は容子の姿を思い浮かべようとするかのように、軽く目を閉じていた。

天神岳久の好色の目が、ねばっこく容子に注がれていた事実を、鹿角はそんな天神の言動からも理解できるような気がした。

「そのとき、妻とどんな話をなさいましたか？」

「私とは、ほとんど言葉を交わしませんでしたね。彼女は、もっぱら妻と話していましてね。それも、時おりちょっと声高に、喧嘩腰《けんかごし》になって」

と、天神は言った。

「喧嘩腰に？　妻は、なにを話していたんですか？」

「私は二人と少し離れて歩いていましたから、細かい話の内容はわかりませんでしたよ。でも、松口君の溺死事故に関する話だとはすぐに察しがつきましたがね」

「溺死事故のこと……。どんなことを言っていたんですか？」

「……私の責任じゃない……赤い麦わら帽子……思いがけず、あんな現場を見てしまった……そんな奥さんの言葉を耳にしましたがね」

天神は仕方なしに答えている感じで、興が乗らないような返事をした。

容子が天神三津子に語ったのは、天神が言ったとおり、松口秀明の溺死事故に関するものだ、と鹿角も思った。

だが鹿角は、ちょっと首をひねる思いでその天神の言葉を受け止めていた。

容子の話の内容が松口秀明の溺死事故に関することだったにしても、容子はなぜそのことを三津子と喧嘩腰に話していたのだろうか。

物静かで、怒りを表わしたことのない容子にしては、まったく珍しい振舞いだった。

そのとき三津子は、松口秀明の溺死事故について、なにか容子を刺激するような言葉を洩《も》らしていたのではないか、鹿角はふと、そう思った。

「妻とは、どこまで一緒に行かれたのですか？」

鹿角はそんな疑問を心の片隅に残しながら、再び天神と向かい合った。

「別荘への曲がり角の所で別れました。奥さんは駆け足で湖畔の方へおりて行きましたよ。私が奥さんのあとを追いかけて行ったと想像されるのは、そちらの勝手ですがね」

天神は、そのちんまりした顔全体を歪《ゆが》めるようにして低く笑った。

2

「大和航空機事故のあった日のことを、お訊ねしますが。先生は葛西さんや小田切さんがこのマンションを訪ねたとき、一人で書斎におられたんですね」

上泉が、蒲生貞子の手紙の一件に話を進めた。

「そうです。妻たちの乗った飛行機が消息を絶ったというニュースは、ショックでした。目まいがして、客間にいられなかったので、書斎で横になっていたんですよ。蒲生君が顔色を変えて書斎にはいってきたのは、飛行機の墜落が確認されるちょっと前だったね」

天神は確認を求める面差しで、傍の浅見和歌子の横顔を見た。

「二十分ほど前でした。私が、ドアを開けてさしあげました」

和歌子は、細い声で短く答えた。

気弱な性格とみえ、先刻からの鹿角たちの話を和歌子は身を固くし、顔を時おりしかめるようにして聞き入っていた。

「蒲生さんはそのとき、奥さんから届いた手紙を持っていましたね」

「蒲生君はすっかり気が動転していて、出がけにポケットにつっ込んでいたその手紙のことをすっかり忘れていたんです。上衣を脱いだとき、畳の上にその手紙が落ち、私がそれに気づいたんです」

「蒲生さんは、その場で手紙を開封したんですね」

「開封するように要求したのは、私でした。旅行先からわざわざ手紙を送ってよこしたことが、ちょっと解《げ》せない気がし、個人的な内容であろうとは思ったのですが、私はあえて蒲生君にその場で中身を確認するように言ったのです」

「なぜ、そんなに手紙の中身を確認したかったのですか？」

「貞子さんたちが、急に旅行のスケジュールを変更していたのではないか、とふと思ったからですよ。変更していれば、あの便には乗らないですんでいたはずですからね。そのことが、手紙の一部分にでも書き加えてあるのかもしれない、と淡い希望を持ったんですが」

天神の話の内容は、先日の蒲生晃也の説明と大同小異だった。

鹿角はこのときふと、蒲生貞子の封書を目の前に想い浮かべた。

白い封筒だった。中央の受取人の「蒲生晃也様」という文字は右上りの稚拙な文字で異様に大きく記されてあった。

「ですが、上泉さん。貞子さんの手紙の内容は、まったく想像もしていなかったものだったんです」

天神は蒲生晃也と同じような感想を述べ、話を続けた。

「蒲生君は最初、便箋に簡単に目を通していましたが、その顔つきが急に変わったんです。私は気になって、その内容を訊ねました。ちょうど、蒲生君が二枚目を読み終わったときだったと思いますね。蒲生君は茫然とした表情で、途切れがちに私にこう言ったんです――八月の十和田湖の事件が書いてある、鹿角容子さんは事故死ではなく、殺されたのだ。事件の真相を解明した、と貞子は言っている、と」

天神は言葉を切り、少したってから蒲生晃也の話の大略を話し始めた。

蒲生貞子が柏木里江から脅迫まがいの手紙を受け取っていたこと。

貞子が十和田湖に立ち寄り、西湖館で柏木と会ったこと。

柏木の考え方の誤りを正し、それを叩き台にして事件の真相を見破ったこと、などを天神は順を追って要領よく話した。

「蒲生さんが先生の前で読み上げたのは、たしか最後の三枚目の便箋でしたね」

上泉が言った。

「そうです。私は手紙のその先の文面が気になり、続きを読みあげるように私から要望したのです。蒲生君は戸惑った表情を浮かべていましたが、言われたとおり三枚目は声を出して読み始めましたよ」

天神は話の内容を整理するかのように、視線を窓の方に向けていた。

「鹿角容子の事件は、松口秀明の溺死事故に端を発している……」

天神は、ゆっくりと語り始めた。

その話の全容は、蒲生から聞いた内容をほぼ正確になぞっていた。

鹿角は天神の記憶の正確さにちょっと驚きながら、相手の口許を見つめた。

「そのあとで、先生はご自分でその手紙を最初から読まれたんでしたね」

「ええ。意外なことを聞かされ、私は半信半疑でした。蒲生君に読んでみろと言われるままに、その手紙を手に取ったんです。見ると、小さな文字が便箋一面にびっしりと書き込まれていましてね」

と言って、

「ああ、さっきも申しあげましたが、私の視力は最近とみに衰えてはいますがね。眼鏡をかければ、あの程度の文字は楽に読めますよ。ですが、貞子さん独特の癖のある文字で、読むにはちょっと苦労はしましたがね」

　天神は、慌てたようにそう言いたした。

「肝心な真犯人の名前については、なにも書いてなかったんですね？」

「実際、拍子抜けがしましたよ。あそこまで事件の真相を綴っておきながら、真犯人が誰かの説明が抜けていたんですからね。まるで、最後の大団円の章が落丁した推理小説を読まされているような気持ちでしたよ」

　天神は軽く笑って、

「詳しいことは、東京に帰ってから話す――と最後に書かれていましてね。蒲生君にもあのとき言ったのですが、相手をじらせたり、気を持たせたりするところは、いかにも貞子さんらしいと思いましたよ」

「先生と蒲生さんが手紙を読まれている間、誰か書斎を訪ねてきませんでしたか？」

「誰も。廊下を歩く足音は何度か聞こえてきたと思いますが」

「大和航空機の墜落が確認されたのは、先生が手紙を読み終わった直後だったんですね？」

「そうでした。蒲生君が便箋をたたんで封筒に納めたときでしたね。客間にいた女性のカメラマンが、廊下を走ってくると、ドアの前で声をかけたんです――大和航空機が湯西川温泉の山の中に落ちた、と。私と蒲生君は、慌てて書斎を飛び出しましたよ」

「そのとき、手紙は書斎に置いたままだったんですか？」

「そのときは気が動転していたので気がつきませんでしたが、書斎にもどったとき、封筒は蒲生君の上衣の傍に置いてありましたよ」

「紛失した一枚の便箋の件ですが——」

上泉の言葉を、天神はいきなり遮るようにして言った。

「紛失したんじゃありませんよ。誰かに盗まれたんです。蒲生君は大和航空の本社に駆けつける前に、家に寄り、自分の机の抽出《ひきだ》しにしまっておいたんですから、一枚だけが紛失したなんて考えられませんよ。盗んだ犯人は、あのとき客間にいた人間の誰かですよ」

「つまり、誰かが書斎での先生と蒲生さんの会話を立ち聞きしていた、とお考えなんですね？」

「そのとおりです。蒲生君は、私と同じように声が太い。立ち聞きしようと思えば、会話の全部が楽に耳にはいっていたはずです。三枚目の便箋が盗まれたのは、言うまでもなく、私と蒲生君が客間に駆けつけたとき以外には考えられません」

上泉は、和歌子の方に視線を移した。

「和歌子さん、あなたもあのとき、この客間におられたんでしたね」

「ずっと、いたわけではありません。台所や洋間にも何度か出入りしていましたが」

「先生の書斎の前で、誰か佇《たたず》んでいるような姿を見かけませんでしたか？」

和歌子は伏目になったまま、ちょっと考え込んでいたが、

「葛西さんと小田切さんの姿を見かけました。でも、その場で立ち止まっていたかどうかはわかりません。ほんの一瞬、それらしい姿を目にしただけですから」

上泉はうなずき、天神に話をもどした。

「貞子さんの描かれた女性の裸体画をごらんになりましたね」

「もちろん。あの便箋だけが盗まれたのは、その裸体画のためでしょう。顔は麦わら帽子で隠されていましたが、貞子さんはなにか体の特徴をあの絵の中に描き込んでいたはずなんです」

「裸の絵の中に、なにか変わった特徴がありませんでしたか？」

「私には、なにもわかりませんでしたね。ごくありきたりのヌード画だと思いましたが。しかし、実に細かい所までリアルに描いてありましたよ。腋《わき》の下の毛まで描いてあって、絵全体がなんとなくグロテスクな感じがしましたね」

そのとき客間のドアがノックされ、家政婦がリンゴの盛られた大皿を手にして、客間に姿を見せた。

「私の田舎で取れたものです。よかったら、召し上がってください」

和歌子はそう言うと、鹿角たちの名刺を隅にのけ、リンゴの皿をテーブルの中央に置いた。

「同窓会がありますので、私はこれで失礼させていただきます」

和歌子は口早に言うと、家政婦のあとを追うようにして客間を出て行った。

3

「先日、大和田病院に行ってきました」

上泉がリンゴを手に取りながら、そう言った。

「大和田病院に？　妻と会われたんですね？」

「ええ。とても元気にしておられましたよ」

「そうですか。医長とは三日ほど前に電話で話しましたが、妻の容態は少しずつ快方に向かっているということでしたが」

「ええ。それに、記憶障害の方も回復のきざしが見えておりましたよ」

天神は驚いた顔で上泉を見つめた。

「ごく断片的にですが、過去の記憶を取りもどしております」

「知りませんでした。で、妻はどんなことを想い出しているんですか？」

天神は口の中のものを慌てて飲み込み、口早に訊ねた。

「事故に遭った134便の機内でのことをです」

「あの機内のことを――」

「断片的ではありますが、ある部分については、かなりはっきりと記憶を回復させていました」

「どんなことをですか？」

天神は、ちょっと苛立《いらだ》ったような口調で重ねて訊ねた。

「たとえば、奥さんがあの機内で遺書を書いていたことです」

「遺書を……。私の妻があの機内で遺書を書いていた、と言われるんですか？」

天神の小さな顔一面に、驚きが広がっていった。

「奥さんは、ご自分の口からそう言っておられましたよ。死ぬと思い、夫にあてて遺書を書いていた、と」

「私にあてて……」

「死の恐怖と戦いながら、大和航空のパンフレットの余白にボールペンを走らせていた……そう奥さんは言っておられましたよ」

「パンフレットの余白に……」

「そうです。例の遺書も、パンフレットの余白に走り書きされたものでした」

「上泉さん――」

天神は慌てた口調で呼びかけて、

「例の遺書は、私の妻が書いたものだったと言われるんですか？」

「その可能性は、否定できないと思いますが」

上泉は、わざと冷淡に言った。

「そんな、ばかな……」

天神は、やや憤然とした顔を上泉に向けた。

「上泉さん。それでは、私と妻が犯人と言われるのと同じじゃありませんか」

「そうは言っておりませんよ」

「しかし……」

「奥さんは、自分がどんな内容の遺書を綴っていたのか記憶にないと言っておられます」

「記憶にない……なにを書いていたのか、妻は憶えていないのですね？」

「そうです。それに奥さんは、遺書に関して、もうひとつの光景を機内で目撃していたんですよ」

「もうひとつの光景？」

「奥さんのすぐ近くに坐っていた女性が、遺書を書き綴っている光景です」

「もう一人の女性が、遺書を……」

「奥さんと同じように、大和航空のパンフレットの余白に遺書を書いていた、と奥さんは言っておりました」

「パンフレットに……」

「二人の女性が同じパンフレットに遺書を綴っていたわけです。したがって、犠牲者の船川節子さんという主婦のボストンバッグの中から発見された例の遺書は、奥さんが書いたものだとは断定できないのです」

「すると……」

「葛西幸子さんだったかもしれませんし、小田切雪枝さんが書いたものかもしれないのです。いずれにせよ、例の遺書を書いた人物は、蒲生貞子さんを除いた、残りの三人の女性の誰かだったことはたしかです」

「私は、十和田湖の事件とは無関係です。したがって、例の遺書を書いたのは、妻以外の女性です」

「かもしれません。奥さんの遺書の内容は、先生に対する死別の言葉だけのものだったかもしれません」

「しかし……」

天神は複雑な表情を浮かべ、宙の一点を見つめていた。

「妻が、妻が私にあてて遺書を書いていたなんて……信じられないことだ……」

天神は、半ば独りごとのように言った。

「そうは一概には言いきれないと思いますがね。死を目前にした場合、残された近親者になにかを伝えようとする気持ちは、ごく自然なものだと思いますよ。現在までに、遺書は二通発見されていますが、ほかにも何人かがあの機内で遺書を綴っていたと思うのですがね」

「しかし、あの妻が……そんなことをするなんて……」

天神は再びつぶやくように言って、焦点の定まらない視線を宙に置いていた。

天神には、妻の三津子があの極限状態の中で遺書のペンを動かしていたという事実が容易には信じられないようだった。

信じられないというより、その事実になにか激しい戸惑いを持っているようにも、鹿角には受け取れるのだった。

天神は視線を上泉にもどすと、

「妻が想い出したのは、それだけですか？」

と、訊ねた。

「短い言葉を想い出しています。あの機内で耳にされたものですが」

「言葉を……」

「……遺書なんか書いても、手遅れよ。ちゃんと手は打っておいた。もう手紙が着いているころだ……そんな言葉でしたが」

「もう手紙が着いているころだ……すると、貞子さんがその言葉を――」

「そう考えられますね。蒲生貞子さんはあの機内で、一人の女性の傍の座席に坐り、十和田湖事件の真相を語っていたと思われます。その貞子さんの言葉は、その女性に向けられたものだったと思います」

「妻は自分に向けて言われた言葉だった、と言っていたんですか？」

「いいえ。ただ、そんな叫ぶような言葉がすぐ頭の上で聞こえた、としか言っておりません。また、誰がそう言ったのかも記憶していないのです」

「そうですか……」

天神は腕組をすると、背をソファにもたせかけ、じっとなにか考え込むように目を閉じていた。

鹿角はそんな天神を見ながら、ふと例の容子と天神の一件を思い出していた。

天神の別荘の玄関から容子が転がるように飛び出してきた、と言った別荘の管理人、笹沼達子の言葉が、鹿角の頭の中に蘇《よみがえ》った。

鹿角は、その一件で天神岳久を究明しようと決心した。

それを究明したところで事件の解決には結びつかないだろうが、不埒《ふらち》な行為に及んだ天神を鹿角はこのままでは許せないと思ったのだ。

4

「天神先生」

鹿角が声をかけると、天神は驚いたように目をあけ、ソファから上半身を起こした。

「妻の容子のことで、ちょっとお訊ねしたいのですが」

と、鹿角は言った。

「奥さんのことで？　そのことでしたら、さっきもお話ししたはずですが」

「事件とは直接関係のないことですが」

「なんでしょうか？」

天神は、ちょっと憮然《ぶぜん》とした表情を見せた。

なにかに考えを奪われていたらしい天神にとって、鹿角の質問にわずらわしさを感じているようでもあった。

「妻は十和田湖に滞在中、先生に色紙かなにかにサインをお願いしていなかったでしょうか？」

「私にサインを？　いや、記憶にありませんねえ」

「妻は先生の別荘を訪ねる約束をしていませんでしたか？」

「……約束をした憶えはありませんね」

天神は否定したが、どこかすっきりしない言い方だった。

「たしかですか？」

「いや……正直なところを申しあげれば、一度だけ奥さんに声をかけたことはあります。別荘に遊びにきてみないか、と。しかし、残念ながら、断わられましたがね」

天神はそう言うと、心持ち頬を赤らめていた。

「妻は、断わってはいなかったと思うのですがね」

「いや、はっきりと断わられましたよ。しかし、鹿角さん。なぜそんなことを訊かれるんですか？」

天神は不機嫌な思いを、露骨にその顔に現わしていた。

「妻は先生の別荘を一人で訪ねて行ったのです。これは、まぎれもない事実です」

「でも、私は奥さんとは会っていませんよ」

「八月十四日——つまり、妻が亡くなった日の正午ごろのことです、妻が別荘に足を運んでいたのは」

「八月十四日の正午……」

「妻はその日の午後、柏木里江さんに電話を入れています。今度の十和田湖行はまるでついていなかった、さっきもひどい目に遭った、と妻は柏木さんにこぼしていたそうです」

「ひどい目に遭った……どういうことですか?」

「妻はあなたのことを言っていたんですよ」

「私のことを?」

「妻はあなたに理不尽な真似をされたんです、あなたの別荘で。あなたは妻の体を自由にしようとして、あの時間に妻を別荘に呼び寄せていたんですよ」

鹿角は言った。

言葉に出したとたんに、天神に対する憎しみが鹿角の胸に広がっていった。

「鹿角さん。私は、そんなことは……容子さんと別荘で会う約束なんてしていませんでしたよ」

天神は赤らめた顔を慌てたように左右に振ったが、それっきり言葉を途切らせていた。

「別荘の管理人の笹沼達子さんが、その現場を目に止めていたんですよ」

「笹沼さんが……」

「笹沼さんが別荘の裏手の道を通りかかったとき、別荘の玄関のドアがいきなり開いて、私の妻が転がるように飛び出してきたのを、はっきりと目撃していたんですよ。そのすぐあとで、あなたは妻のあとを追いかけるようにして二階の階段を駆けおりてきたはずです」

「そんなばかな……私はあのとき……」

天神は鹿角をじっと見つめたまま、言葉を飲み込むようにした。

その沈黙は、天神の容子に対する行為を雄弁に肯定していると鹿角は思った。

「いまさら、あなたを責めてもどうなるものでもありません。けれど、あなたとのことさえなければ、妻はあんな場所で命を落とさずにすんだかもしれないのですよ。妻があの夜、柏木里江さんの家まで出かけようとしたのは、柏木さんにあなたとの一件を話そうとしたからだったんです」

「――――」

「妻は松口秀明さんのボート転覆事故を湖畔の林の中で見て見ぬふりをしていた人物については、西湖館の泊り客の誰かというだけで、それ以上の確証は摑んでいなかったのですよ。犯人は柏木里江さんの家に向かおうとしている妻に気づき、転覆事故の真相が洩れるのではないかと心配になり、妻のあとを慌てて追いかけたんです」

「――――」

天神は、口をとざしたままだった。

天神が内心かなり狼狽《ろうばい》していることは、その落ち着かぬ視線の配り方からしても、鹿角には理解できた。

気まずい沈黙があったが、鹿角は胸のわだかまりをすっかり吐露したことで気持ちがすっきりしていた。

「先生。お忙しいところを長々とおじゃましてしまい、申し訳ありませんでした。なにか、お疲れになったご様子ですが、大丈夫ですか?」

その場の沈んだ雰囲気を払いのけるようにして、上泉がことさらに明るい声で言った。

「少し疲れました。失礼して、休ませてもらいましょうか」

天神は二人を追いたてるような格好で、自分から先に腰を上げた。

天神がこれ以上話を続けることに苦痛を感じているらしいことは、額に青筋の立った暗い表情からしても明らかだった。

「あ、先生。うっかり忘れるところでした」

腰を浮かしかけた上泉は、そう言って、再びソファに腰をおろした。

「実は、先生にサインをお願いしようと思いましてね」

「サイン……」

天神は腰をおろし、ちょっと迷惑そうな表情で上泉を見守った。

「こんな機会は、二度とはありませんのでね。女房に見せて、自慢してやろうと思いまして」

上泉は紙袋の中から一冊の新書判を取り出し、テーブルの上に置いた。

『摩周湖殺人事件』という題名の、五、六年前に刊行された天神岳久の書下し作品だった。

「観光地シリーズ」と題したシリーズ物の一冊で、北海道の摩周湖を舞台にした本格物である。

　鹿角はこのとき、上泉がわざわざ著書にサインをしてくれなどと言い出した意味をはっきりと摑んだ。

『摩周湖殺人事件』のストーリーは、今回の現実に起こった十和田湖の事件と大きな類似点があったのである。

　観光客の女性の一人が、摩周湖の湖畔で他殺死体で発見され、その女性の夫が警察と協力して事件を捜査し、犯人を追いつめる――というのが『摩周湖殺人事件』のあら筋だったのだ。

　容疑者が湖畔のホテルに宿泊していた人物、という設定も十和田湖事件と酷似している。

　上泉はわざとその著書を天神の目にさらし、相手の反応をうかがおうとしていたのだ。

「先生の本格物は、いずれも重厚で読みごたえがありますが、なかでも私は、この作品のトリックと錯綜《さくそう》したプロットが一番気に入っておりましてね。息もつかせぬストーリー展開と犯人の意外性――先生の作品の中ではピカ一だと思いますが」

と、上泉は言った。

　天神はにこりともせず、テーブルの上の著書を手に取ると、扉を開いて題名を見入った。

　いかに売れっ子の量産作家とはいえ、また、たとえ五、六年前の旧作であっても、自分が書いた作品なら、その題名を見ただけで内容の記述を想い出すはずである。

上泉の子供じみたいやがらせに対し、天神がどう対処するのか鹿角は興味を持った。だが天神は、続けてぱらぱらとページを繰っていたが、その表情にはなんの変化も見られなかった。

上泉のあてこすりを無視している表情とも、受け取れなかった。本のページは大まかに繰り続けていたが、天神の気持ちはその本にはなく、なにかまったく別のことに全神経を奪われている、そんなふうにも鹿角には受け取れるのだ。

「じゃ、サインしましょうか」

天神は大儀そうに立ち上がると、背後のサイドボードの片隅のエンピツ立てから、太い万年筆を取り上げた。

テーブルの前にもどると、天神は本の扉を開き、リンゴの皿の傍に置いた二枚の名刺を手許に引き寄せた。

「上泉三郎さん、でしたね?」

天神は背をこごめ、名刺をのぞき込みながら上泉に確認した。

「そうです。お手数をおかけします」

と、上泉は言った。

天神は名刺に何度となく視線をやりながら、太い万年筆をゆっくりと動かしていた。

サイン馴《な》れしているはずの天神にしては、実に慎重で、どことなくぎこちない感じのする筆の動かし方だった。

鹿角は天神の固く暗い表情を見て、天神がサインとはまったく別のことに気持ちが奪われているのではないか、と再び疑いを持った。

天神を悩ましている事柄とは、いったいなんだったのであろうか。

妻の三津子の記憶に関することではないか、と鹿角は直感的に思った。

如才なく、柔和だった天神の態度が、三津子の記憶に関する話題を境にして一変して硬化したのは、たしかだった。

それは、先日の小田切孝についても同様のことが言えた。

小田切も話題が三津子の記憶のことに及ぶと、その顔から笑みが消え落ち、果てにはその額に大粒の汗を浮かべていたからだ。

天神岳久と小田切孝の二人は、三津子が取りもどしていた断片的な記憶に対し、人には言えない、なにかわだかまりを持っているのは明白だった。

「じゃ、これを」

天神は短く言って、サインの終わった著書を上泉に手渡した。

「ありがとうございます。さすがに、手馴れたものですな。達筆で――」

上泉の言葉が、途中で消えた。

上泉はサインから目を上げ、眼を閉じたままの天神の顔を見つめていた。

上泉が思わず絶句したのは、そのサイン に感銘を受けていたからではない。

鹿角圀唯様　　天神岳久

本に大書されたくずれた文字は、そう書かれてあったのだ。

第七章　盗作の殺意

1

十一月十二日。

鹿角囫唯の浅い眠りを破ったのは、低く聞こえている階下の電話の呼び出し音だった。

鹿角はまどろみの中で、かなり前からその呼び出し音を聞いていたように思った。

枕許の目覚し時計は、十二時十分前を示していた。

鹿角は上野署からの連絡かと思い、慌ててガウンを羽織《はお》ると、暗い階段を駆けおりた。

「はい、鹿角ですが」

鹿角が応対したが、相手の声はすぐには聞こえてこなかった。

鹿角が再度名前を告げたとき、

「ああ、葛西です。文林書房の葛西清吉ですよ」

と、すぐ耳許に男の高い声がした。

「ああ、葛西さん」

「こんな時間に……申し訳ありません。お寝《やす》みだったんですね？　いや、起こすつもりはなかったんですが……明日でもよかったんです」

鹿角は最初に葛西の声を耳にしたとき、相手がかなり酩酊《めいてい》状態にあることを直感した。語尾のあいまいな、間のびした高い調子の声だった。

「いや、かまいません。だいぶご機嫌のようですね」

「ええ、飲みました。A賞の祝賀パーティーがありましてね。天神先生、小田切さん、それに蒲生さんも一緒でしたよ」

「ほう。いま、どちらから？」

「家ですよ。家で飲みなおしたんで、酔ったんですよ。酔ったから、電話してしまったんです。酔う前までは、電話しようかしまいかとずいぶん迷いましたがね」

葛西は呂律《ろれつ》のはっきりしない口調で、時間をかけながらそう言った。

酔っているとはいえ、投げやりな吐き捨てるような口調は、あの葛西清吉からはちょっと想像できなかった。

「私はね。もう、がまんできないんですよ。耐えられないんですよ」

葛西は感情を爆発させるような、荒い口調で言った。

「なにがですか?」

「鹿角さんたちに、疑いの目で見られていることがですよ。いわれもなく、この私が十和田湖事件の容疑者にされていることがですよ」

いかにも、気の弱い葛西が口にしそうな言葉だと鹿角は思った。

「あなたが、容疑者の一人であることは事実です」

鹿角は、わざと少し冷淡に言った。

「容疑者の一人——それなんですよ。私が憤りを感じているのは。私の中学時代のことをお話ししましょうか」

葛西はちょっと言葉を切ってから、

「クラスの修学旅行の積立金の一部が紛失するという事件が起こりましてね。担任教師の偏見的な推理で、クラスの三人の生徒に盗みの疑いがかけられたんですよ。この私も、その容疑者の中の一人だったんです。あのときのみじめな気持ちは、いまでも忘れられませんよ」

「私も小学生のころ、似たような体験をしていますよ」

「そうですか。私はそのとき、濡《ぬ》れ衣《ぎぬ》を晴らす手段はひとつしかないと思ったのです。それは、自分の手で犯人を見つけ出すことでした。そして、そのとおりに、私は犯人を担任教師に突き出して、盗難事件を解決したんですよ」

葛西は荒い呼吸をしながら、言葉を途切らせたが、

「鹿角さん。だから私は、中学時代と同じように、十和田湖事件を自分の頭で考えてみようと思ったんです。そして、自分なりに事件の真相を摑《つか》んだんですよ」

と、言った。

「真相を――」

酔った繰り言として聞いていた鹿角は、このとき思わず緊張した。

深夜に電話をかけてきた葛西の真意が、はっきりとわかったからである。

「とは言っても、別に頭をしぼって考えるほどのことはなかったのです。事件のカギは、最初から目の前にでんと置かれていたんですから」

「葛西さん。もう少し具体的に話してください」

「たとえば、蒲生貞子さんの例の手紙ですよ。あの中の一枚が、なぜ盗まれたと思いますか?」

「それは、あの女性の裸体画の中になにか体の特徴が……」

「そうです。あの裸体画には、はっきりとした体の特徴が描かれてあったんですよ。私はね、あの絵が誰を描いたものなのか、ちゃんと知っています……亡くなった妻の言葉を思い出したからですよ」

「誰なんですか?」

「鹿角さん。しかし、あの便箋を盗んだ目的は、それだけではなかったんですよ」

葛西は酔いにまかせた口調で、一方的に喋《しゃべ》っていた。

「ほかに、なにが?」

葛西はそれには答えず、逆に質問を繰り返した。

「それより、鹿角さん。あの手紙を盗んだ人物は誰だったと思いますか?」

「葛西さんは、ご存知なんですね?」

「もちろん。事件の真相を摑んだと、さっきも申しあげたはずですよ」

「誰ですか?」

「私は興奮しましてね。その真相を思わず相手にぶちまけてしまいましたよ」

「その相手とは、誰なんですか?」

「……天神先生は……やはり、私が想像していたとおりだったんですよ。鹿角さんたちの話を聞いたときも、私には合点がいかなかったんです。先生の視力は衰えてはいなかったんです。ごく正常だったんです……」

「天神先生の視力が、どうかしたのですか?」

「鹿角さん、今夜はもう遅いですから、明日の朝、私の家まで来てもらえますか?　そのとき、手紙をお渡ししたうえで、すべてをお話ししますよ」

と、葛西は言った。

「手紙を？　葛西さん、あの手紙をいま手許にお持ちなんですね？」

鹿角は、思わず訊《き》き返した。

「いや……」

葛西は言って、言葉を切った。

葛西がとっさに沈黙した理由を、鹿角はその直後に理解した。

玄関に鳴り渡る軽やかなチャイムの音が、受話器に流れてきたからである。

「ちょっと、待ってください。すぐ、すみますから」

葛西は口早に言うと、受話器を音立てて置き、足音を残して電話の前を去った。

「やあ。わざわざすみませんね」

とドア越しに言っている葛西の声を、鹿角は受話器からはっきりと確認した。

続いて、玄関のドアの開く音が聞こえた。

葛西は短くなにか相手に言っていたが、その直後に廊下をあわただしく駆け抜けるような足音が、間近に聞こえてきたのだ。

足音が消えると、

「ううっ……」

という呻《うめ》き声が突然起こり、次の瞬間、なにかがぶつかり合うような物音が受話器に響いたのである。

「もしもし、葛西さん。葛西さん。どうしたんですか……」

鹿角は叫ぶように言ったが、部屋の中からはそれっきりなんの物音も聞こえてこなかった。

葛西が来客にいきなり襲われた事態を鹿角がすぐに想像したのは、当然のことである。

「もしもし……」

鹿角は再び呼びかけ、耳を澄ませたとき、受話器にかすかな人の吐息のようなものを聞いたように思った。

2

鹿角は上野署に連絡を入れたあと、すぐに愛車を駆って、葛西清吉のマンションに向かった。

文京区本郷四丁目にある東栄プラザの駐車場に着いたのは、零時四十五分である。

鹿角はマンションの管理人に警察手帳を示し、手短に事情を説明したあと、管理人に案内を求めて一緒にエレベーターに乗った。

葛西清吉の部屋は六階で、長く真《ま》っ直《すぐ》に延びた廊下のちょうど中間あたりに位置していた。

鹿角は手袋をはめ、ドアの把手《とって》を握った。

ドアは音たてて開いて、灯《ひ》のともった玄関で洋間に通じている木造の狭い廊下が目にはいった。

洋間のドアは開いたままになっていて、シャンデリヤが手狭な部屋を明々と照らしていた。

洋間の入口に接した廊下の隅に電話台が据えられ、白いプッシュホン式の電話機が置いてあった。

葛西清吉は洋間の応接セットの傍《そば》にうつぶせに倒れ、息絶えていた。

頭部を再度にわたって強打されたらしく、薄い毛髪の間から幾条《すじ》もの血が頬に垂れ落ちていた。

死体のすぐ傍に長椅子が据えられ、ガラス製のテーブルの上に洋酒のボトルと水割りセットが置かれ、その周辺に酒のつまみ類が乱雑に散らばっていた。

鹿角が葛西の死体の前で腰をかがめていたとき、玄関に上野署の係員たちが到着した。

上泉警部補は検死医と肩を並べるようにして洋間にはいると、

「ごくろうさん」

と、鹿角に声をかけた。

上泉は検死医の肩越しに死体に見入っていたが、やがて鹿角の方に顔を向け、

「被害者と電話で話していたそうだね」

と、言った。

「ええ。十一時五十分ごろ、電話がかかってきたんです。かなり酔っていましてね」

「うん」

上泉は死体から離れると、鹿角の先に立って隣りの部屋にはいった。

床の間のある六畳の和室だが、葛西清吉はここで寝起きしていたらしく、片隅に寝具が二つ折にされて置いてあった。

「葛西さんは自分の身に容疑がかけられているのが苦痛で、事件を自分なりに解決しようとしていたらしいんです」

鹿角はそう前置きして、葛西からの電話の内容をかいつまんで上泉に話した。

「被害者は事件の真相を摑んだ、と言っていたんだね？」

話の途中で、上泉は念を押すように訊いた。

「ええ。酔ってのでまかせとは思えませんでした。葛西さんは、蒲生貞子の手紙の一件について、なにか新しい事実を知っていたようでした。あの手紙の一部を盗んだ目的は、裸婦の絵を隠すためだけではなかった、そんな意味のことを言っていましたが。それに葛西さんは、あの裸婦が誰なのかを知っている、とも言っていました。奥さんの言葉を思い出したとか……」

「名前を言っていたのかね？」

「それについては、触れていませんでした。葛西さんは、手紙を盗んだ人物を知っているような口ぶりでした」

「その人物の名前を言っていたのかね？」

「いいえ。ただ、天神岳久の名前を唐突《とうとつ》に口にしていました。『天神先生は、やはり私が想像していたとおりだった……視力は衰えてはいなかった……』とか」

「視力……被害者は、以前にも、そんな意味のことを口にしていたねえ」

「手紙を盗んだ人物については、明日の朝、この家で私に話すと言っていたんです。そのあとすぐに玄関にチャイムの音がして、葛西さんは話を中断したまま、玄関へ出て行ったんです」

鹿角は、葛西が来客に襲われたと思われるときの様子を上泉に語った。

「葛西さんは、あの手紙の一部を盗んだ人物を知っていたと思われます。明日の朝、その盗まれた手紙を私に見せ、すべてを話すとまで言っていたんです」

「すると、被害者はその盗まれた手紙を手許に持っていたというのかい？」

「私がそう確認すると、葛西さんは、いや、と短く否定していました。玄関のチャイムが鳴ったのは、その直後だったんです」

「来客との話は、聞き取れたのかね？」

「それは、聞き取れませんでした。葛西さんはその訪問客が誰なのかを、あらかじめ知っていたと思うのです」

「なぜ?」

「チャイムが鳴り、通話を中断させるとき、葛西さんは『ちょっと、待ってください。すぐ、すみますから』とか言っていました。それに、玄関のドアを開ける前に、『やあ。わざわざすみませんね』と訪問客に声をかけたんです。普通ならば、あんな深夜の訪問客に対して、ドアを開ける前に相手を確認するはずですが、葛西さんの口からはそんな言葉は聞こえてきませんでしたよ。繰り返しますが、葛西さんはチャイムを鳴らした訪問客が誰なのか、事前に知っていたんですよ」

「訪問客は、被害者と会う約束を交わしていたことになるが、それ以前にも二人はどこかで話をしていたと考えられるね」

「そうです。葛西さんはその人物に十和田湖事件の真相を告げ、その人物が犯人だと指摘していたのかもしれません。葛西さんはそのとき、盗んだ手紙の一件にも触れていたと思うのです」

「その人物は盗んだ手紙を持って、被害者を訪ねることを約束していた、と解釈していいんだね?」

「そのとおりです。葛西さんは、その人物が盗んだ手紙を持って訪ねてくるのを待っていたんですよ。明日の朝、その手紙を見せると言ったのは、そういう含みがあったからです。『わざわざすみませんね』と相手に言っていたのも、手紙を持って訪れた相手の労をねぎらった言葉だったんです」

「うん。しかし、被害者も見かけによらず大胆な男だったんだね。その相手に対しては、まったくの無防備だったんだから」

「その点が、ちょっと釈然としないんですがね。葛西清吉という人間は、私たちが会ったかぎりの印象では、神経のこまやかな気弱な性格だったと思うのですが。あの場合、当然相手に警戒心をいだいてしかるべきなのに。自分なりに事件の真相を見極めたことで、葛西さんは有頂天になっていたとしか考えられませんね」

「そんなところかもしれんね。ところで、問題は、被害者がいつ、誰に事件の真相をぶちまけていたかだが」

「葛西さんはその件に関して、自分の口から言っていましたよ——なにか祝賀パーティーの席上で思わずも真相をぶちまけてしまった、と」

「ほう」

「そのパーティーには、天神岳久、小田切孝、それに蒲生晃也たちも出席していたそうです。この線は、私が当たってみます」

と、鹿角は言った。

3

鹿角が蒲生晃也の住む湯島四丁目の賃貸マンション四〇八号室の前に立ったのは、朝の六時半をまわった時刻だった。

鹿角はチャイムを押しながら、早朝の時刻だったので、蒲生晃也はまだ就寝中ではないのかと思った。

だが、四〇八号室のドアは待つこともなくすぐに開き、黄色いセーターを着込んだ蒲生晃也が顔をのぞかせた。

「ああ、鹿角さん」

蒲生は持前の太い声で、愛想よく言った。

「起きてらしたんですか。朝早くから申し訳ありません」

「いいえ。さ、どうぞ」

蒲生は、玄関のすぐ右手の客間のソファに鹿角を案内した。

蒲生はすぐに台所に立ち、こまめになにやら動いていたが、やがてコーヒーとトーストを皿に入れて運んできた。

妻の貞子とは生前も別居生活を送っていたせいか、台所仕事がすっかり板についたという印象を受けた。

「朝食はおすみですか？　よろしかったら、どうぞ」

蒲生はトーストをすすめ、数を確かめてから、鹿角のコーヒー茶碗に角砂糖を落とし込んだ。

「実は、そろそろお見えになるころだと思っておりましたよ」

鹿角も何度か目にした蒲生の癖だが、蒲生はそう言うと、両手で長髪をかき上げた。

「葛西さんの事件、もうご存知だったんですか？」

「新聞社にいる友人から、少し前に連絡がありましてね。驚きましたよ」

蒲生はその彫りの深い顔を歪めながら、

「昨夜、A賞の受賞祝賀パーティーがありましてね。その席上で葛西さんと会い、久しぶりに話をしたばかりでしたからね。友人の話では、殺されたのは夜の十二時ごろだったそうですが」

「十一時五十分ごろ、葛西さんから私の自宅に電話がかかってきましてね。かなり酔っていましたが、十和田湖事件の真相をつきとめたと言っていたんです」

「あの事件の真相を……」

蒲生はふと暗い表情になり、そうつぶやくように言った。

「私と話しているときに、玄関のチャイムが鳴り、誰か訪問客があったんです。葛西さんは玄関のドアを開け、その直後に殺されてしまったのです」

「つまり、その訪問客に殺されたと？」

「そうです。葛西さんはその訪問客と自宅で会う約束を交わしていたと思われるのです。その訪問客は、受賞パーティーに出席していた誰かだったと思われるのです。葛西さんはそのパーティーの席上で、その人物に自分なりに推理した十和田湖事件の真相を話していたんですよ」

「まさか、葛西さんが、そんな……」

蒲生はそう言いかけて、すぐに口をつぐんだ。

「事実です。葛西さんは、電話でもはっきりとそう言っていました」

「まさか……」

「蒲生さん。昨夜のパーティーのようすを詳しく話してくれませんか」

「話すって、なにを話せばいいんですか？」

「葛西さんのことをです。葛西さんは、誰か特定な人物と親しく話をしていませんでしたか？」

「さあ。葛西さんに注意を払っていたわけではありませんので、よくはわかりませんが。いつものパーティーのように、誰とでも喋っていたと思いますが。私とも話をしましたし……」

「小田切孝さんとは？」

「ええ、話していましたよ。二人とも水割りのグラスを手にしながら、部屋の隅で話しているのを見かけましたから」

「そのときの二人のようすに、なにか変わったところはありませんでしたか？」

「別に……にこやかに談笑しているといった感じでしたが」

「天神先生とは？」

鹿角がたたみかけるように訊ねると、蒲生はその切れ長の目をふと外《そ》らせた。

蒲生の態度に妙に落ち着きがなくなっているのを、鹿角は先刻から気づいていた。これまでの受け答えにしても、どこか歯切れの悪い口調であった。

「どうですか？」

「話をしていました。二人とも壁ぎわの椅子に坐っていて……でも、まさか、そのとき葛西さんが……」

「葛西さんが、事件の真相を天神先生に話していた、と言われるんですね？」

「いや……」

蒲生はいきなり立ち上がると、鹿角に背を向けて窓際に立った。

「蒲生さん。あなたは先生と葛西さんのことについて、なにか知っていますね？　隠さずに、正直に話してください」

鹿角はわざと語気を強め、蒲生の背中に声をかけた。

「隠すつもりなんてありません……隠したところで、この問題はいずれ公《おおやけ》にされるに決まっているんですから……」

「この問題、とは？」

「……信じられないんです。とても、考えられないことです……あの先生が、あんなことをするなんて――」

蒲生は鹿角に背中を向けたまま、低く吐き出すように言うと、また長髪を両手でかき上げた。

「蒲生さん。いったい……」

「お話ししますよ」

蒲生は急にきっぱりとした口調で言うと、窓際を離れて、ソファにもどった。

その顔は、青白く硬《こわ》ばっていた。

「三日ほど前に、私どもの会社から、天神先生の新刊が出たのをご存知ですか？」

蒲生は鹿角の顔を見据えるようにし、ゆっくりと言葉を発した。

「いいえ。おたくから、近々新刊が出るという話は聞いておりましたが」

「そうですか。『鳴子《なるこ》温泉殺人行』というローカル物ですが、発売と同時にすごい売行きを示し、現在、重版に取りかかっているところなんです」

鹿角はあいづちは打ったものの、天神岳久の新作について蒲生がなにを言おうとしているのか、まったく見当がつかなかった。

「天神先生の書下しは久びさですし、それに昨今の温泉ブームにも乗っかって、新刊が好調な売行きを示すだろうことは、私どもも充分に予測できたことでした。ですが、あの『鳴子温泉殺人行』にあんなクレームがつくなんて、まったく想像もしていませんでした」

「クレーム？」

「一昨日の午前中のことでした。文林書房の葛西さんから、私に至急会いたいという電話がはいったのです。そのときは用件は言いませんでしたが、葛西さんはえらく興奮していました。葛西さんが会社に見えたのは正午近くで、天神先生の担当者で編集次長の住友靖夫さんと一緒でした。葛西さんはそのとき、天神先生の『鳴子温泉殺人行』を手にして現われたのです。そして私の顔を見るとすぐに、とんでもないことを口にしたんです……」

「なんですか？」

「先生の『鳴子温泉殺人行』は、他人の原稿を剽窃《ひょうせつ》したものだ――と、葛西さんは言ったのです」

「他人の原稿を？」

「つまり、盗作だと言ったんですよ」

「盗作――」

思いもかけぬ蒲生の言葉は、鹿角に大きな衝撃を与えた。

天神岳久が他人の作品を盗作していたとは、鹿角には容易には信じられなかった。

「まったくの寝耳に水の話で、私も仰天しましたが、先生がそんな真似をするはずがないという気持ちの方が強く、葛西さんが言いがかりをつけにきたんだろうと思いなおしたんです。ですが、葛西さんは自信たっぷりに、盗作であることを繰り返し強調していました」

「葛西さんは、いったいなにを根拠に、そう主張されていたんですか？」

「記憶です」

「記憶？」

「五か月ほど前に目を通した原稿と、『鳴子温泉殺人行』が酷似していると言うのです。ストーリーとその舞台背景、プロット、そして細部の文章にいたるまで、まったくそっくりだと言いました」

「その原稿というのは？」

蒲生は気忙《きぜわ》しそうにタバコに火をつけると、

「松口秀明さんの原稿のことです」

と、言った。

「松口秀明――」

鹿角は、一瞬呆然《ぼうぜん》とした。

「松口さんは五か月ほど前に、葛西さんの手許に二本の長篇原稿を持ち込んでいたんだそうです。葛西さんはその二本の原稿に目を通していて、『鳴子温泉殺人行』がその中の一本の原稿にそっくりだと言うのです。松口さんの原稿には、『盲目の殺意』という題名がついていたそうですが」

蒲生の話を耳にしながら、鹿角は先日の葛西清吉との会話の一部を頭の中に蘇らせていた。

六月の中旬ごろ、松口秀明からコピー原稿の長篇を二本持ち込まれた、と葛西は話し、素人とは思えない筆力で、面白く読んだと感想を洩らしていたはずである。

「松口さんが原稿を持ち込んでいたことは、葛西さんの口から私も聞いていましたよ。天神作品の傾向が強すぎるとかで、採用はしなかったということでしたが」

鹿角は言った。

「そうなんです。葛西さんはその二本の原稿を、上京してきた松口さんに直接返却したと言っていました。松口さんはその処置が気に入らず、かなり怒った口調で葛西さんに抗議していたそうですが」

「すると、松口さんはその不採用になった原稿を、今度は天神先生のところに持ち込んでいたというわけですか？」

「そうです――いえ、葛西さんはそう言っているのです。私はまるで狐《きつね》につままれているような気持ちで、最初のうちは言葉も出ないほどでした」

「天神先生はたしか、手直しした旧作を蒲生さんの編集部に渡したとか言っておられましたが」

「ええ。あの原稿を貰《もら》ったのは、七月の終わり、先生が十和田湖の別荘へ発《た》たれる前日のことでした。実は、先生には四年も前から書下しをお願いしていたんですよ。ご存知のとおりの売れっ子作家ですから、うちの編集部にはおいそれとは順番が回ってはこなかったのです。先生はこのところ創作意欲を失《な》くされたようで、ぷっつりと筆を折っていたのですが、七月に、古い作品を手直ししたものでよければ渡せる原稿があるが、と先生の方から電話があったのです。うちとしては、願ってもない話でしたので、その四、五日後に原稿を頂戴《ちょうだい》にあがったのです」

「その原稿の文字は、天神先生自身で書かれたものだったんですか？」

「もちろんですよ。先生独特の文字で書かれていました」

蒲生は語気を強めるように言って、

「昔の作品と言われたので、古い原稿用紙にそのまま手を加えたのかと思っていましたが、先生はわざわざ新しい原稿用紙に書き直していたんです。初校の校正刷《ゲラ》が出たのは、先生が十和田湖の別荘を引き揚げて一週間も経ったときでしたが、先生は体調が悪いにもかかわらず校正刷に目を通してくれましたよ。もっとも、赤字はただの一字もなく、組み上がったままのきれいな校正刷《ゲラ》で編集部に戻ってきましたがね」

「先生は校正刷に加筆訂正をしなかったんですね？」

「編集部に任せるから、原稿どおりに仕上げてくれ、ということでした」

「その原稿用紙は、まだ編集部に保管されてあるんですか？」

「ええ。葛西さんにも初校のゲラと一緒に見てもらいましたが」

「葛西さんは、なんと言っていましたか？」

「葛西さんは、『鳴子温泉殺人行』が松口原稿の盗作であるという主張をあくまでも曲げませんでした。先生直筆《じきひつ》の原稿は旧作を改稿したものではなく、松口さんの原稿をそっくりそのまま書き写したものだ、と言っていました」

蒲生は咽喉《のど》がかわいたのか、冷たくなったコーヒーを一息に飲みほした。

「葛西さんと一緒だったという、編集次長の住友さんはその件に関してなんと言っていたんですか？」

「葛西さんの前だったせいか、あまり意見はさしはさみませんでしたが、住友さんは盗作に関しては懐疑的だったようです」

「葛西さんは先生の盗作の一件をあなたに指摘し、それをどう処理しようとしていたんですか?」

「住友さんも言っていましたが、盗作の真偽は別として、そんなことが世間に知れたら、天神先生の作家生命は断たれてしまうことになります。そのことは、葛西さんも充分に承知していました。葛西さんはただ、盗作と知ったときのショッキングな気持ちを、私に伝えようとしただけだったんでしょう」

「しかし、蒲生さん。葛西さんはその翌日のパーティーの席で、天神先生にそのことを……」

鹿角が言うと、蒲生は理解できないという思いで、顔を左右に振った。

「わからないのです。なぜ葛西さんはあんな席で先生に……。もっとも葛西さんは、酒がはいると、ちょっと人が変わったようになるところがありますが。しかし、それにしても……」

蒲生は長髪をかき上げ、そのまま暗い表情で沈黙した。

鹿角はそれまで頭の片隅でそれとなく展開していた考えを、順を追ってなぞってみた。

葛西清吉の言う盗作の一件が真実だとしたら、十和田湖事件は一気に解決の運びとなるわけだった。

天神岳久は持病の高血圧症が高じたためスランプに陥り、創作の筆の運びが意のままにならなかった。天神は、彼なりに心中にあせりを感じていたと思われる。

そんな折、松口秀明が二本の書下し原稿を天神の許に持ち込んだのだ。

天神は一読し、その中の一作がかなりの水準作であると知った。

天神がその松口原稿を自分の作品として世に発表しようと思い立ったのは、松口秀明が不治の病に冒されている事実を知った時点からだった。

天神はその原稿を新しい原稿用紙に書き写し、旧作を手直ししたと言って蒲生晃也に渡したのだ。

その一か月ほど後に、天神の目の前に予想もしなかった最悪の事態が持ち上がったのだ。

松口秀明が退院し、十和田湖にいきなり姿を現わしたからである。

天神は慌てた。

松口がこのまま生命を保ち続けていったとしたら、盗作の一件は白日のもとにさらされてしまうからだ。

だが、天神は幸運に恵まれていた。

ボートの転覆事故という不測の事態が起こり、松口秀明はあっけなく天神の目の前から消え去ったからだ。

ボート転覆事故を目撃しながら、それを黙って見守っていた夫婦づれは、天神岳久と三津子に他ならない。

天神と三津子は、そのとき偶然にその近くの林の道を通りかかった容子の姿を見た。

容子は赤い麦わら帽子をかぶった女性としか相手を認識していなかったのに、天神は容子に顔を見られていたと早合点したのだ。

その翌日の夜、天神と三津子は柏木里江の家を訪ねる容子と一緒に西湖館の玄関を出ている。

容子の口を封じるには、またとない絶好の機会だったと言える。

そして天神は湖畔の道を急ぐ容子のあとを追い、達磨岩から容子を突き落として殺したのだ。

だが天神は、松口秀明がそのコピー原稿を文林書房の葛西清吉に持ち込み、葛西がそれに目を通していたことを知らなかった。

葛西清吉は桜書房から久びさに刊行された天神岳久の『鳴子温泉殺人行』を一読し、驚き呆然とした。

松口秀明に返却した「盲目の殺意」とあまりに酷似していたからだ。

葛西は天神岳久の盗作を知ると同時に、十和田湖事件の真相をすぐに見抜いたのだ。

葛西は昨夜のパーティーの席上で、天神に盗作の一件を含めて事件の真相を話し、蒲生貞子の書いた一枚の便箋を提出するように迫った。

その場では事を穏便《おんびん》にすませたかった天神は葛西の申し入れを飲み、手紙を持って葛西を訪ねることを約束した。

そして天神は、葛西が部屋のドアを開けると同時に相手を襲い、殴殺してしまったのだ……。

4

鹿角は蒲生晃也の部屋を出ると、その足で市ケ谷の文林書房に向かった。

編集部次長の住友靖夫という男に会うのが目的だった。

松口秀明の持ち込み原稿について、住友から詳しく事情を聴く必要があると思ったからだ。

天神岳久に会うのは、充分に証拠固めをしてからでも遅くはないと鹿角は思った。

国電を市ケ谷駅でおり、時計を見ると、まだ八時前だった。

鹿角は駅前の早朝営業の喫茶店にはいり、上野署に電話をかけ、上泉警部補に連絡を取った。

喫茶店で一時間ほど時間をつぶし、鹿角が文林書房の受付に立ったのは、九時をまわった時刻だった。

先日と同じ二階の来客用の小部屋に案内され、二十分ほど待たされたあとで、住友靖夫が鹿角の前に姿を現わした。

四十歳前後の小柄ながらがっちりとした体格の男で、眼光の鋭い、見るからに精悍《せいかん》な面《つら》構《がま》えをしていた。

「住友です。葛西部長の件でお見えになったとか、受付の者から聞きましたが」

住友はその容貌に似合った、どすの利《き》いた太い声で、やや横柄《おうへい》に言った。

「ええ。お忙しいところを恐縮です」

「葛西部長のことは、けさ会社の出がけに電話で知りました。いまそのことを、みんなと話していたところです」

と住友は無表情に言って、上半身をそりかえらせるような格好で鹿角の前に坐った。

腰の低い気弱な葛西清吉とは反対に、住友靖夫はどこか人を食ったような高慢そうな男だった。

直接の上司だった葛西の急逝を語る口調の中にも、これといった追悼の意が感じ取れなかった。

「で、この私になにをお聞きになりたいのですかな。大してお役に立てるとは思いませんが」

ちらっと腕時計に目をやり、時間がないことを言外に含めながら、住友はそう言った。

「あなたは先日、葛西さんと一緒に桜書房の蒲生さんを訪ねられましたね?」

「ええ。話というのは、天神先生の『鳴子温泉殺人行』のことですね?」

「そうです」

「で、何を話せばいいんですか？」

「盗作云々の件について、知っていることを話していただきたいのです」

「葛西部長に会議室に呼びつけられましてね。部長は天神先生の新刊を傍に置いていて、ひどく興奮していましたよ。『鳴子温泉殺人行』は、明らかなる盗作だ。松口秀明氏の持ち込み原稿を、そっくりそのまま転記したものだ、と言って」

　住友はまったく表情を変えずに、ひどく冷淡な口調でそう言った。

「あなたは、松口秀明さんの持ち込み原稿の一件をご存知でしたか？」

「知っていました。葛西部長から聞いていましたから。それに、その原稿に目を通している部長の姿を一、二度目にしたこともあります。汚ない字の、コピー原稿でしたがね」

「あなたは、その原稿を読まれたのですか？」

「いいや。長篇の持ち込み原稿は、持ち込まれた担当者が一読し、出来のいい作品だけを葛西部長に回し、採用、不採用を仰ぐ仕組になっていますので」

「葛西さんの口から盗作の話が飛び出したとき、驚かれませんでしたか？」

　住友は悠然とした態度で、首を左右に振ると、

「葛西部長とは見解を異《こと》にしていましたので、別段、驚きませんでした」

と、言った。

「と言われると？」

「あの『鳴子温泉殺人行』は、私も発売と同時に読みました。あれだけの作品を、松口秀明氏の筆では到底書けるわけがない、という極めて単純な理由が、そのひとつです。松口氏の作品は、短篇ですが、天神先生や小田切孝さんの紹介で三、四篇読んだことがありますので、私なりに松口氏の力量のほどは知っているつもりです。葛西部長は逆に、松口氏の作品を以前からそれなりに評価していたこともあって、この私の意見は受け入れられませんでしたがね」

「そのほかには？」

「盗作は盗作でも、立場がまったく逆だったと思ったからです」

「立場が逆？」

「ご存知かどうかは知りませんが、あの天神岳久先生は最近のぽっと出の作家とは違って、有名になるまでに充分な修練を積み重ねてきた人なのです。活字にはなっていない、十年、二十年前に書いたいわゆる習作と呼ばれる古い原稿が先生の部屋にはたくさんあるんですよ。先生自身、なにをいつ書いたのか、またその内容さえ定かに憶えていない古い原稿が、書斎の片隅に山積みされていたんです。松口秀明氏はよく先生の書斎に出入りしていたそうですが、言ってみれば、宝の山に足を踏み入れていたも同然だったと、私は思っているんですよ」

と、住友は言った。

鹿角は、住友の言わんとしている内容をすでに理解していた。

「すると……」

「松口氏は、是が非でも推理作家というレッテルを欲しがっていた男の一人です。なにか世に出るきっかけを、常に求めていたと思うのですよ。天神先生が遠い昔に書いた、その内容さえ忘れている古い原稿の一つ二つを失敬し、適当に書き直せば、と松口氏が考えたとしても、それほど不思議はないと思うのですがね」

と住友は個性的な能面のような顔に、かすかな笑みを浮かべた。

住友という男が口にしそうな大胆な仮説だが、この男の自信に満ちた言葉を聞かされると、いかにも真実らしく思えてくるのが不思議だった。

「この考えも、葛西部長には一笑に付されてしまいましたがね。部長はあくまでも、天神先生の盗作説に固執《こしゅう》しておりましたよ。それに、見せてもらった初校の校正刷に関しても、かなりの不審を抱いていたようでした。帰りの車の中でも、そのことを一人でぶつぶつとつぶやいていましたよ」

「校正刷には、赤字がまったくはいっていなかったそうですね」

「いつも、校正刷が真っ赤になるほどに加筆訂正することで有名な先生にしては、たしかに珍しいことだとは思いますがね。部長は口には出しませんでしたが、あの『鳴子温泉殺人行』に限り赤字を入れなかったのも、自分自身の頭の中で創造した作品ではなかったからだ、とでも理由づけていたんだと思いますがね」

　住友は言うだけのことを言うと、その鋭い目を鹿角に向け、話を促すようにした。

「最後に、もうひとつだけお訊ねします」

　鹿角は話を続けた。

「葛西さんは最近、十和田湖事件について、なにかあなたに話していませんでしたか？」

「いいや。私にはなににも。私は新聞などを読み、あの事件のことは自分なりに理解しているつもりです。葛西部長は気の弱い人でしたから、自分にも容疑がかけられていることで気が動転しておったようです。いつもいらいらし、落ち着きのない素振りだったことは、編集部の誰もが知っていましたよ。それに、このところよく会社を休んでいましたね」

「どこか体でも悪くしていたんですか？」

「心労がつのって、体調をくずしていたんでしょうな。あちこちの病院に通っていたようで、きのうも信濃町《しなのまち》のK大病院に電話をかけていましたね。午後から休暇をとり、大急ぎで出かけて行きましたが」

「葛西さんは、胃弱体質だったとか聞いていましたが」

「ええ、そうです。でも悪くなっていたのは、内臓だけではなかったようですねえ」

「は？」

「別に聞くつもりはなかったんですが、あのとき葛西部長が電話をしていたのは、精神科でしたからね」

住友靖夫は抑揚のない口調でそう言うと、その精悍な顔を小さく歪めた。

5

鹿角は上野署にもどり、これまでの調査を大隅課長と上泉警部補に改めて詳細に報告した。

鹿角が青森県十和田署の徳丸警部に電話を入れたのは、その十分後である。

盗作問題にはっきりと黒白をつける原稿の所在を、明確にしたかったからだ。

松口秀明が葛西清吉に持ち込んだ二本の長篇は、いずれもがコピー原稿だったという。

とすれば、元の生原稿があってしかるべきである。

また、松口秀明が天神岳久の旧作を剽窃《ひょうせつ》していたと仮定した場合、その裏づけとなるのが天神の旧原稿だった。

その原稿を見つけ出せれば、松口秀明の盗作が決定づけられるのである。

鹿角は徳丸警部にこれまでの捜査の経過を説明し、その原稿の調査を依頼した。

徳丸警部から電話がはいったのは、午後の四時ごろだった。

「十和田署の徳丸です」

例のだみ声が、鹿角のすぐ耳許で鳴った。

「奥さんの松口由美は、きのうから家を留守にしてましてね。代わりに母親に手伝ってもらい、さっそく調べてみました。松口秀明は自宅の庭先の物置を改築して書斎にしてましたが、そこからは、お話のあった原稿は見つけ出せませんでした。松口秀明が亡くなったあと、奥さんたちは書斎の遺品にはまったく手をつけず、そのままにしておいたそうですがね。書き損じや書きかけの原稿は部屋のあちこちに散らばっていましたが、まとまった長い原稿はありませんでした。念のため、居間や寝室の押入れなども当たってみたんですが、結果は同じでした」

と、徳丸は言った。

「そうですか」

鹿角は、相手の労をねぎらった。

松口秀明は十和田湖の西湖館に現われる以前に、原稿を処分していたと思われる。

しかし、コピーした元の原稿までどこからも見つけ出せないのが鹿角には合点がいかなかった。コピーしたということは、その生原稿を保管しておくという意味があったと思われるからである。

「それから、これは余分なことかもしれませんが」

鹿角がそんな考えを追っていたとき、受話器に徳丸の声が聞こえてきた。

「松口秀明の二階の居間を調べていたときに、高校時代の古い写真が四、五枚出てきたんですよ。なにげなしに眺めていたんですが、その写真には松口秀明の奥さんの若いときの顔も写っていましてね」

と、徳丸は興味深そうに言った。

「すると、松口秀明と奥さんは高校時代の同級生だったんですな」

鹿角はさして興味がないままに、徳丸の話に応じていた。

松口秀明の結婚相手は、地元に住んでいた幼馴染《おさななじみ》だったという話を、十和田湖の柏木里江から聞いた記憶があった。

だから、松口夫婦が高校時代の同級生だったとしても、さして異とするにはあたらなかったのである。

「それに、鹿角さん。そのとき母親に教えられて、ちょっとびっくりしたんですが、その修学旅行の写真には、もう二人の同級生の顔も写っていたんですよ」

「二人の？　誰だったんですか？」

「一人は、十和田湖の柏木里江です。オカッパ頭の可愛い少女でしたよ」

「柏木さんが……」

「もう一人は、言わずともおわかりだと思いますが、鹿角さんの奥さんです」

「奥さんのお顔は写真でしか拝見していませんが、高校時代と少しも変わっていませんね。あの写真を見て、すぐにわかりましたよ」

「妻が……」

鹿角はちょっと意外な思いで、徳丸の言葉を聞いていた。

妻の容子は、松口秀明の妻、由美とも高校時代の同級生だったのだ。

厚化粧をした、水商売上りといった感じの高慢そうな女——と松口由美のことを評していた西湖館の女将の言葉を、鹿角は思い出した。

十和田湖の柏木里江は、松口秀明の溺死事故の一か月後に、西湖館で偶然に松口由美と出会った。

柏木はそのときまで、松口由美が松口秀明と結婚していたことを知らず、だからこそ、入院中の鹿角にあてたハガキの中に、「思いがけない人に会った……」と書いていたのであろう。

柏木里江と松口由美が、そのときなつかしそうに話を交わしていた理由も、これで理解できるのだ。

鹿角は十和田署の徳丸に礼を言って、電話を切った。

そのとき、鹿角の胸に小さな疑問が浮かんだ。

それは、西湖館で女将から柏木里江と松口由美の出会いを聞かされたときにも生じた、同じ疑問だった。

柏木里江は同級生の松口由美との偶然の出会いを、なぜわざわざ鹿角へのハガキの中に書いて寄こしたのか、という疑問である。

あの短い文面の中に、その出会いを書き綴っていたのは、松口由美が高校時代の同級生だったという事実のほかに、なにか重大な意味があったからではないか、と鹿角は思ってもみた。

「鹿角君。どうしたんだね？」

背後から上泉に背中を叩かれ、鹿角は我に返った。

上泉に徳丸警部からの電話の内容を報告している間にも、鹿角の胸にそんな小さな疑問が時おり頭をもたげていた。

6

「とにかく、天神岳久に当たってみてはどうかね」

鹿角が報告を終えると、大隅課長が鹿角と上泉に言った。

「電話してみます」

鹿角は立ち上がって、課長のデスクの受話器を取り上げた。

鹿角は名前を言い、天神岳久と話したい旨を告げると、島倉は電話の前を離れたようだった。

受話器にしわがれた女性の声が聞こえてきた。家政婦の島倉春子である。

「はい。天神でございます」


天神岳久が電話口に出たのは、それから二、三分も経ってからだった。

「天神です。鹿角さんですね？」

風邪でもひいていたのか、天神の声は少し鼻にかかっていた。

先日とは違って、ちょっと沈んだ不愛想な口調だった。

「葛西清吉さんのことは、ご存知ですか？」

鹿角は余分なことは省略して、いきなりそう訊ねた。

「知っていますよ。蒲生君から、午前中に電話がありましたから」

天神の声は落ち着いていたが、鹿角には興奮をじっと抑えているようにも受け取れた。

「蒲生さんは、そのほかになにか言っておられませんでしたか？」

天神の返事は、やや時間を置いてから受話器に伝わってきた。

「盗作云々の一件ですな」

「そうです。先生のご感想を聞かせていただけますか？」

「ばかばかしい。話にならんよ」

「それだけですか?」

「鹿角さん。私は、いま忙しいんだが、用件はそれだけですか?」

「おじゃまして、お話をうかがいたいと思っているんですが」

「そうですか。実は私も、あなたがたに話したいことがあるんだが」

「話を? なんですか?」

「もちろん、事件のことですよ。葛西君の科白《せりふ》じゃないが、私も事件の真相をお話ししようと思いましてね」

と、天神は言った。

「真相を?」

「誰があなたの可愛い奥さんや葛西君を殺したのか、私にはわかっているんですよ」

「どうしてそれを?」

「私に事件解決のヒントを与えてくれたのは、他ならぬ鹿角さんのあのときの話でしてね」

「私の話が……」

「ご自分では気がつかなかったでしょうがね。鹿角さんの話は、十和田湖事件の核心を衝《つ》いていたんですよ。しかし、鹿角さん。私を責めないでください……私には、いわゆるアリバイがありましてね」

天神の話は脈絡がなく、意味のわからないことを、ちょっと熱のこもった口調で言っていた。

「天神さん。いったい、なんのことを言っているんですか？」

「私はうかつにもまんまと騙《だま》されていたんです。すべては、あの男のしわざです。あんな人でなしだとは思いませんでしたよ。こともあろうに、この私の……まるで犬畜生だ、盗《ぬす》っ人《と》じゃないか……」

天神は息をつまらせ、あえぐようにそう言った。

激しい感情が天神の体を捉えていたことは、語尾の小さな震えからも明らかだった。

「あの男とは、誰のことですか？」

「とにかく、鹿角さん……」

天神は鹿角の問いには答えようとはせず、呼吸を整えているかのようにゆっくりと言った。

「そんなことは、電話では話せませんよ。お見えになったときに詳しくお話しします」

「わかりました。じゃ、これからすぐにおじゃまします」

と鹿角が口早に言って、受話器を耳から離そうとすると、

「ちょっと、ちょっと待ってください、鹿角さん」

と慌てたように呼び止める天神の声が聞こえてきた。

「なにか？」

「いまは困るんですよ。さっきも言いましたが、忙しい仕事に追われていましてね。どうしても、夜までに仕上げなくてはいけない原稿がありまして」

「そうですか。じゃ、いつならよろしいですか？」

「あすの朝にしてください。実は、九時に、その相手とここで会う約束をしてあるんです」

「相手？」

「鹿角さんにも直接、立ち会ってもらった方が、話が手っとりばやいと思いましてね」

「相手とは、犯人のことですね？」

「大丈夫です。相手はまだ、こちらの肚《はら》のうちをなにも気づいていないようですから」

と天神は言って、そのまま受話器を置いた。

第八章　書斎の死体

1

十一月十四日。

早朝から冷たい風が吹きつけ、ひと降りきそうな暗い雲が低く垂れこめていた。

鹿角圀唯は警察車を駐車場に停めると、上泉警部補のあとに従って、大栄湯島マンションの玄関をはいった。

管理人室の前からエレベーターの方へ歩きかけたとき、その前に立っていた背の低い女性が鹿角たちを振り返った。

家政婦の島倉春子だった。

「おはようございます」

島倉は寒そうにコートの襟元を押え、陽気な声で鹿角たちに挨拶した。

「これからですか？」

鹿角が言うと、島倉はうなずき、

「たしか、九時のお約束でしたわね。でも、先生はこんな寒い朝にはお弱いので、まだ寝床の中かもしれませんわ」

と言って、鹿角たちのあとからエレベーターに乗った。

十四階に着くと、島倉は先に立って廊下を歩き、角部屋の一四〇一号室の前でバッグから部屋のカギを取り出した。

「あら？」

ドアにカギを差し込んでいた島倉は小さく声を出すと、小首をかしげ、

「ドアが開いてますわ」

と鹿角たちを振り返った。

「先生は、朝の散歩をよくなさるんですか？」

鹿角が訊ねると、島倉は首を振って、

「このところ、散歩はめったになさいません。それに、あの寒がり屋の先生が、こんな日に外に出られたなんて、考えられませんわ」

島倉はドアを開けると、中を一瞥《いちべつ》し、また、あら、と声を上げた。

「部屋の灯《あか》りが、つけっぱなしですわ。寝《やす》むとき、消し忘れたのね、きっと」

島倉の言ったとおり、玄関と廊下の電灯が薄ぼんやりと灯《とも》されたままになっていた。

島倉は鹿角たちを客間に通すと、奥の書斎の方へ急ぎ足で歩いて行った。

激しい悲鳴が廊下に聞こえたのは、鹿角が客間のソファに腰をおろした直後のことだった。

鹿角と上泉は同時に腰を上げ、慌てて客間を飛び出して行った。

「刑事さん、刑事さん――」

前のめりになるような格好で、島倉が廊下をよろめきながら駆けてきた。

「島倉さん。どうしたんですか――」

上泉が島倉を抱きとめると、

「先生が……先生が、血を流して……」

と島倉は言って、その場にくずおれるように膝を折った。

2

カーテンが閉められた広々とした畳敷きの部屋には、豪華なシャンデリアが明るく灯っていた。

天神岳久は、その肥った小柄な体をあお向けにして、部屋の中央で大の字に倒れていた。

額に傷痕があり、そこから流れ出た血で、天神のちんまりした顔は絵の具を塗りたくったように朱に染まっていた。

目を大きく見開き、歯ぐきをのぞかせた血だるまの形相《ぎょうそう》に、鹿角も思わず戦慄《せんりつ》をおぼえたほどだった。

窓際の隅に据えられた大きな黒檀《こくたん》の机の上には、文字で埋められた原稿用紙とページの開かれた週刊誌、それと囲碁《いご》の棋譜《きふ》が並べられてあった。

机のすぐ傍に、脚付きの立派な碁盤《ごばん》が置かれてあった。

どっしりと重量感のある五寸盤の碁盤で、中盤模様を示す白黒の碁石が並んでいた。

「天神さんは殺される前に、誰かと囲碁《いご》をやっていたんですね」

鹿角が言った。

「いや、違う。一人で石を並べていたんだよ」

上泉は机の上の棋譜と週刊誌をのぞき込みながら、

「この棋譜どおりに石を置きながら、観戦記を書いていたんだね。週刊誌に連載された記事を、二、三度読んだことがあるよ」

と言って、十枚弱の原稿用紙を手に取った。

鹿角が上泉の傍からのぞき込むと、ます目の小さな二百字詰の原稿用紙に、天神岳久独特の崩れた読みにくい小さな文字が綴ってあった。

永井孝明氏は生格的にはヌーボーとした人だが、打つ碁は実に細かな気配りがうかがえる。

逆に土橋民子女史はこまやかな神経の持主にしては、碁が荒い。

黒61は、白62が待ちかまえていて悪手。ここらの土橋女史の打つ手は、小々ちぐはぐな感じ。永井氏にすっかり楽をさせてしまった。

白64は中々の妙手。この一手で土橋女史はすっかりリズムを狂わされていた。


最初の原稿には、そんな文章が書かれてあった。

上泉が指摘したとおり、囲碁の観戦記事である。

天神が無神経だったのか、それとも書きなぐったまま文章を読み返さなかったのかはわからないが、この短い文章の中に二か所も誤字が見られた。

性格的を生格的、少々を小々、と誤記している。

「天神さんが急ぎの用事に追われていると言ったのは、この観戦記事のことだったんですね」

鹿角が言うと、

「そのようだね。急いで書いたせいもあるだろうが、小説家の先生にしちゃ、ちょっとおそまつな誤字があるねえ」

と上泉は、鹿角の思いと同じような感想を洩らした。

机の右隅に、ページがひらいたままの新書判が置かれてあった。

「小田切孝の新刊だね。出版社からの寄贈本だ」

本を手に取った上泉が、そう言った。

本の題名は、先日、小田切孝が言っていたように、『越後路殺人事件』と印刷されていた。

鹿角は書斎を離れると、上野署に電話を入れた。

書斎にもどると、上泉が島倉春子を隣りの和室に呼び入れ、事情を聞こうとしているところだった。

島倉はハンカチを口許にあてながら、書斎の方に怯《おび》えた目を向けていた。

凄惨な殺しの現場を目撃したショックが、まだその顔一面に残っていた。

「天神先生がきのう、囲碁の観戦記を執筆していたことをご存知でしたか？」

上泉が訊ねた。

「はい、知っていました。桜書房の週刊誌の編集部のかた——たしか、清原さんとおっしゃいましたが、そのかたから電話があったのは、昨日の午後四時ごろでした。先生はその電話のあと、すぐに書斎にはいられ、碁石を並べ始めたのです。こちらの鹿角さんからお電話がはいったのは、それから五、六分も経ってからだったと思いますが」

と、島倉は答えた。激しい衝撃を受けていたわりには、喋り方はしっかりしていた。

「原稿は書き上がっているようですが、編集部には連絡なさらなかったんですか？」

「七時までには仕上げておくから、取りに来てくれ、とか先生は電話で言っていたと思いましたが」

「清原さんは、見えられなかったんですね？」

「それは、わかりません。すぐに自宅にもどりましたから」

「すると、あなたが部屋を出られた時刻は……」

「ちょうど、五時でした。いつも、その時間においとまをしていましたので」

「帰られるとき、先生に声をかけられましたか？」

「ええ、いつものように。先生は熱心に原稿を書いておられましたけど」

「最近、先生のようすになにか変わったところは見られませんでしたか？」

鹿角が、代わって言った。

「先日、鹿角さんたちがお見えになった直後ぐらいだったと思いますが、なにかひどく考え込むようにしていることが多かったように思われます。葛西さんが亡くなられたことを、昨日の午前中に蒲生さんから電話で知らされたときも、先生は昼食も召し上がらずに、じっと書斎で考え込んでおられました。事件のことを、あれこれ考えていたんだとは思いますが」

「けさ、誰か訪問客があることを、あなたに話していませんでしたか？」

「いいえ、なにも」

鹿角の質問の途中で、玄関にチャイムの音が聞こえた。

島倉が立ち上がろうとするのを、上泉は片手で制し、自分で玄関に出て行った。

男の訪問客のようで、上泉と交わしている言葉が断片的に鹿角の耳にはいった。

四角ばった顔の若い男と一緒に部屋にもどった上泉は、鹿角に、

「清原さんといって、『週刊毎日』の編集部の人だ。天神先生の囲碁の観戦記事の担当者だそうだ」

と紹介した。

「清原です」

男は部屋の入口の所で深々と頭を下げ、鹿角に挨拶した。

上泉からすでに事情を聞かされていた清原は、蒼白な顔で島倉の傍に坐った。

「お訪ねしたのは、先生からお原稿をちょうだいしようと思ったからです。いま、玄関でお話をうかがいましたが、とても信じられない気持ちです。先生が殺されたなんて……」

と、清原は言った。よほどのショックだったらしく、話す言葉もしどろもどろの感じだった。

清原は恐る恐る書斎の方へ首を伸ばしたが、遺体の一部を目に止めると、慌てて視線をそらせた。

「昨夜はどうなさいました？　先生から原稿を受け取らなかったんですか？」

と、上泉が訊ねた。

「ここへお訪ねしました。七時までには仕上げておくから、というお話でしたので、七時半ごろ社を出たのです。ここへ着いたのは、八時近くでした」

「そのとき、先生とは会われたんですか？」

清原は、緊張した顔を横に振った。

「ブザーを何度押しても、なんの応答もなかったんです。島倉さんがすでに帰られていることは、電話で聞いて知っていましたが、先生まで部屋を空けているとは思ってもいませんでした。念のために、ドアの把手をひねってみますと、ドアにはカギがかかっていませんでした。私は玄関にはいり、書斎の方に声をかけましたが、返事がありません。急な用事でもできて外出されたのかもしれないと思い、一時間ほど近くの喫茶店で時間をつぶしたあと、電話を入れてみたのですが、通じませんでした。それで、仕方なしに社にもどり、今朝改めて出直してきたようなわけなんですが……」

動揺していた清原はうまく言葉が舌に乗らず、話を終えるのにかなりの時間を要した。

「先生に原稿の催促の電話をされたのは、何時ごろでした？」

「きのうの午後四時ごろでした。先生には今年の五月から、文壇囲碁大会の観戦記をお願いしていたんです。先生は碁の実力はアマの二段程度でしたが、とても観戦好きなかたでして、あちこちの雑誌などに以前から観戦記事を書いておられたんです。先生には、四月に行なわれた恒例の文壇囲碁大会の観戦記をずっと続けて書いていただいておりました。準決勝と決勝の三局をお願いしてあったのです。準決勝の二局はすでに終了し、現在は決勝の棋譜にはいっていました。毎週の掲載で、一ページ物でしたが、読者の評判は比較的よく、囲碁好きな先生はとても気をよくしていました。こちらで作成した対局棋譜を先生にお渡しして、自由な記述で肩のこらない読物風にとお願いしてあるのですが、先生はいつも要領よくまとめてくださっていました」

清原は、そんな説明を加えた。

「今回の原稿は、大分急がされておったようですが」

「ええ。この週にはいってからは気乗りがしなかったようで、締切ぎりぎりまで腰を上げてくださいませんでした」

「一回に何枚ぐらい書いていたんですか？」

「二百字詰の原稿用紙七枚程度にお願いしていました。先生は興が乗ると、一度に二回分の原稿を書いて送ってくださったことも再三ありました。その号の誌面のスペースの関係で、編集長の蒲生さんとも相談のうえ、二回分を一度に掲載することもあったのですが、いずれにせよ、先生は一週間に一度、きちんと返信用の封筒で原稿を送ってくださっていました」

上泉は書斎に入ると、机の上の原稿用紙と一緒に棋譜と週刊誌を持って部屋にもどってきた。

「清原さん。これを見てください」

上泉は、二百字詰の原稿用紙を清原の前に置いた。

清原は眼鏡のずれを直し、大ざっぱに原稿を繰っていたが、

「先生にご催促した、今回分の記事です。前回の続きとぴったり合います」

と言って、傍の週刊誌を手に取った。

「作家の永井孝明氏と画家の土橋民子氏の対局で、前回は白60で終わり、これから中盤の攻防にはいるところですが、いつもながら、上手にまとめ上げられておられます」

「それにしても、大分急いで書いていたようですねえ」

「蒲生さんも指摘していましたが、どういう訳か、最近の先生の原稿には誤字が目立ちます。とは言っても、原稿の内容はしっかりしていましたよ。前回の記事を週刊誌で読み返し、その棋譜を碁盤に並べてから書き始めていたからだと思うのですが」

清原がそう言ったとき、玄関に上野署の捜査班の一行が到着した。

「まったく忙しいね。これじゃ、四六時勤務ですよ。きのう仏を拝んだばっかりだってい

うのに」

検死医の磯村は、この場に不釣合いな陽気な声で言った。

3

天神岳久の死因は葛西清吉の場合とまったく同じ、鈍器様の凶器で前頭部を殴打された脳内出血によるものだった。

死後経過時間は、約十四時間。

死亡推定時刻は、十一月十三日の午後五時半から七時半にかけて、と検死医の磯村は報告していた。

「天神岳久が観戦記を書き始めたのは、午後四時過ぎ。書き上がったのが七時ごろと推測されます。殺されたのは七時から七時半の間のことです」

上野署の捜査室で、上泉は大隅課長に向かってそう言った。

「編集部員の清原が天神の部屋をのぞいたのは八時。そのころすでに、天神は奥の書斎で殺され、大の字に倒れていたんです」

「うん。検死医の出した七時半という下限の時刻が、案外そのまま凶行時刻だったかもしれないね」

と、課長が言った。

「鈍器でいきなり頭を殴りつけるという凶行手段もそうですが、天神岳久の事件は前回の葛西清吉の場合とそっくりな点があります」

「被害者が、事件の真相になにか気づいていたという点だね」

「そして、その犯人を自宅に呼び寄せていた点も、まったく同じです。葛西清吉も天神岳久も、十和田湖事件の犯人を知っていたんです」

「実は、そのことなんですが」

鹿角は、思わず口をはさんでいた。

「天神岳久は、あのときの電話で妙なことを言っていたんです」

「まるで犬畜生だ、盗《ぬす》っ人《と》だ、とか天神が言っていたことだね」

上泉が言った。

「それもありますが。天神岳久は、事件解決のヒントを与えてくれたのは、この私の話からだったと言っていたんです。私の話は事件の核心を衝いていた、とも言っていましたが」

鹿角は、電話での天神岳久の言葉を思い起こしながら言った。

「うん。しかし、鹿角君の喋ったことと言われても、ちょっと漠然としているね。あのときの訊問《じんもん》の中に、そんな相手の気を引くものがあったろうか」

「そのことを昨夜も考えてみたんですが。思い当たることと言ったら、天神三津子の記憶に関すること、それにもうひとつ……」

鹿角が言いかけたとき、課長のデスクの電話が鳴った。

課長が受話器を取り上げ、短い受け答えのあとで、

「鹿角君にだ。十和田署の徳丸警部からだ」

と、言った。

4

「ああ、徳丸です。午前中におたくの課長から電話をいただきましたが、驚きましたよ。天神岳久まで殺されてしまったなんて……」

徳丸は例のだみ声で言ったあと、

「松口由美と会ってきましたよ。そのことをお知らせしようと思いましてね」

「そうですか。で、原稿の件はどうでしたか？」

松口由美と会ったところで、原稿が見つけ出せたとは思えなかったが、原稿に関することで彼女の口からなにか新しい事実が聞けたのではないかという期待はあった。

「原稿の件に関しては、前回と同様で、奥さんにもその所在は摑めませんでした。しかし、

松口秀明が分厚い原稿を手許に持っていた事実を、奥さんは認めていましたよ」

と、徳丸は言った。

「ほう。どんな原稿だったんですか？」

「右端を黒いとじ紐《ひも》でくくられた原稿だったとか。原稿は二本あって、二本とも黄ばんだような古い原稿だったとも言っていました」

「古い原稿……」

鹿角の目に、書籍や原稿類が壁ぎわに山積みにされた天神岳久の書斎が浮かんだ。と同時に、文林書房の住友靖夫の言葉が耳許に蘇っていた。旧作が部屋のあちこちに積み上げられていて、松口秀明にとっては宝の山にはいったも同然だ、と言っていた住友の言葉である。

「奥さんが、その原稿を見たのは、いつのことだったんですか？」

鹿角は考えを中断し、徳丸との会話にもどった。

「松口秀明の最初の入院のときだったと言っていましたから、今年の三月か四月ごろのことでしょうね。松口は病院のベッドでも時たまその原稿に目を通し、鉛筆でなにやら書き込んでいたということでした。松口が原稿をいじっていたのはいつものことでしたので、奥さんは別段気にも止めていなかったようです。ですが、退院して二、三日もすると、松口は寝床から抜け出して、まるで人が変わったように、四六時中、庭先の書斎にこもりきりになっていたそうです。そして、その一週間ぐらいあとに、松口は日帰りで上京したんです。そのとき、松口がコピーした原稿を大事そうに角封筒に入れているのを、奥さんが偶然目にしていたそうですが」

「コピーした原稿……」

松口秀明のその上京は六月中旬のことで、文林書房の葛西清吉を訪ねる目的のものだったことは明白である。

「鹿角さん」

徳丸は、ちょっと語調を変えて言った。

「奥さんの記憶によりますと、松口はその三日ほど前にも、松口直筆《じきひつ》の分厚い生原稿をみやげ物と一緒に紙袋に入れて出かけたことがあった、という話なんですが」

「その三日ほど前に？　松口はどこへ出かけたんですか？」

「さあ、それは、奥さんにもわからないんですよ。夜遅く、かなり酒に酔って、上機嫌で帰ってきたそうで。奥さんが言葉をかけるひまもなく、松口は酔いつぶれて寝てしまったということでしたが」

松口秀明が文林書房の葛西清吉にコピー原稿を持ち込む三日ほど前に、分厚い生原稿を持ってどこかへ外出していたという事実は、鹿角の興味をひいた。

その生原稿の中身は、葛西清吉に持ち込んだ原稿のそれと同一のものだったことは、充分に想像されるのだ。

松口秀明はその生原稿をたずさえて、いったい誰を訪問したのだろうか、と鹿角は首をかしげた。

「それからですね、鹿角さん」

と、徳丸は言った。

「事件に関係があるかどうかはわからないんですが、二階の部屋で原稿を捜していたとき、ちょっと面白いものを見つけましてね。机の抽出しの奥に大事そうにしまい込んであったものなんですが」

「なんですか？」

「女の全裸の写真です。少し色あせた古い写真ですがね」

「全裸の写真……」

「そばにいた真弓刑事がそれを見て、どこかで見たことのある顔だと言い出しましてね。八月に十和田湖の西湖館に泊っていた奥さんたちの中の誰かに似ているようだと言っているんです。参考になるかどうかわかりませんが、お送りしておきますよ」

徳丸は話し終えると、またなにかありましたら連絡します、と言って電話を切ろうとしたが、

「そうそう、鹿角さん」

と言って、再び話を始めた。

「先日申しあげるのを忘れていたのですが、柏木源吉さんから署の方に電話がありましてね。私が署を留守にしていて、代わりの者が電話を受けていたんですがね」

「柏木源吉……里江さんの兄さんでしたね」

「ええ。最近、野辺地《のへじ》の住まいを引きはらって、家族と一緒に十和田湖畔の里江さんの家に住んでいたんです。源吉さんは、なにか話したいことがある、とか言っていたらしいんですが」

「話したいこと？」

「妹の里江さんの事件のことだとは思いますが、たいしたことじゃないらしいんです。源吉さん本人も、いまさら事件解決に役立つとは思わないが、と言っていたそうですから。私の方で、ついでのときに十和田湖に寄ってみますよ」

「そうですか」

柏木源吉が妹の死についてなにを話したいのかは知らなかったが、その話がこの一両日に発生した連続殺人事件と直接関連があるとは、到底《とうてい》思えなかった。

目の前の事件に気持ちを奪われていた鹿角は、柏木源吉のやせて陰鬱《いんうつ》な顔をちらっと思い浮かべただけで、すぐに受話器を置いた。

5

「どうやら、はっきりと事件の本筋が見えてきたようだね」

鹿角が十和田署の徳丸警部からの電話での話を語り終えると、上泉がそう言った。

「松口秀明が入院先の病院のベッドで時おり読んでいたという分厚い原稿は、天神岳久の旧作だったと考えて間違いないね。古く黄ばんだ原稿という点なども、条件にぴったりだよ」

「しかし、松口秀明はどうやって天神岳久の旧作を手に入れていたんだろうか」

傍で、大隅課長が不審顔で言った。

「天神岳久はなにかの理由で、松口に弱いしっぽを握られていたと思えるふしがあります。松口に強要されて旧作を手渡していたのか、あるいは松口が無断で失敬していたのかはわかりませんが、いずれにせよ、松口は二本の旧作を天神の部屋から持ち出していたのです」

「うん」

「松口秀明は最初の入院中に目を通し、自分なりに訂正の文字を入れていた原稿を、退院後、庭先の書斎にこもりきりになって、新しい原稿用紙に書き写していたんだよ。そして、一本は『盲目の殺意』、残りの一本に『真紅のアリバイ』と題名をつけ、全部の原稿用紙をコピーした。松口はまず、生原稿をみやげ物のはいった紙袋に入れて、妻には行き先も告げずに家を出た……上京していたんだと思うな。その二本の原稿を売り込むために」

「誰を訪ねていたと思うね？」

大隅が訊ねた。

「松口が無断で旧作を持ち出していたとしたら、天神岳久を訪ねていたとはちょっと考えられないと思います。松口が訪ねていた相手は、何度か自分の作品を出版社に紹介してくれた、親しみを感じていた人物だったはずです」

「推理作家の小田切孝だね？」

「そうです。小田切孝以外には考えられません。松口は小田切に二本の原稿をあずけ、適当な出版社へ紹介してくれるように頼んだのです。そして、その何日後かに、松口はコピー原稿を持って再び上京し、文林書房の葛西清吉を訪ねていたのです。松口がそんなふた股《また》をかけるような真似をしたのは、小田切孝が色よい返事をしなかったのか、あるいは小田切一人だけに任せていたのでは心もとないと思ったのかは知りませんが、いずれにしろ、松口のそんな手の込んだ行為は、結果的には間違っていなかったのです。なぜならば、小田切孝には、その原稿を出版社に紹介の労を取る気持ちなど、まったく持ち合わせていなかったからです」

「小田切孝は、最近、創作の方は壁にぶつかり、スランプ状態だ、という噂《うわさ》だったが」

「そうです。小田切は松口からあずかった二本の原稿を、最初はいやいやながら仕方なしに読んでいたんだろうと思いますが、途中からその目の色が変わっていったことが想像されます。天神岳久作品に匹敵するほどの力作だと思ったからです。その作品が天神岳久の旧作だったとは思ってもみなかった小田切は、一介の推理小説マニアぐらいにしか評価していなかった松口秀明が、実は並み以上の実力の持主であったことに驚きの目を見張ったと思うのです。小田切のその驚きは、やがて道理にはずれた考えに変わっていったのでしょう。小田切は筆がゆきづまり、長いこと作品が書けずに悩んでいました。どうしても、起死回生《きしかいせい》の立派な作品を発表したいとあせっていた小田切は、意を決して松口の原稿を自分の原稿用紙に書き写してしまったのです。松口は確実にこの世から消えさる癌患者であることを知っていたからこそ、それができたのです」

「うん。小田切が『真紅のアリバイ』だけを自分の作品として出版社に渡していたのには、なにか理由があったのかね?」

「小田切孝は、謎《なぞ》とトリックを主体とした、いわゆる本格派の作家です。『真紅のアリバイ』は凝《こ》った本格物だったと葛西清吉が言っていましたが、小田切はおそらく自分の作風に合った方を選びたかったんだと思います。『盲目の殺意』の方も、いずれ機会を見て発表するつもりだったと思いますがね。小田切のこの選択は、結果的には間違っていなかったのです——もう一本の原稿を選んでいたとしたら、ほぼ同じ時期に内容のまったく同じ作品が二作一緒に世に出ることになってしまいましたからね」

「小田切が原稿を仕上げたのは、七月末だったそうだね。その一か月後に、小田切は十和田湖で松口秀明と出会った……」

「松口が十和田湖へ行った理由はさだかではありませんが、小田切孝は松口との出会いをまったく予期していなかったことだけはたしかです。そのことは、西湖館の女将の証言からも、はっきりと裏づけられています。松口が西湖館のロビーにいきなり姿を現わしたとき、少し離れた所で、ひどく驚いたような、不安そうな表情で松口を見守っていた人物を、女将は見ています。それが、小田切孝だったのです。無理もありません。すでに息を引取っていても不思議ではない人物が、いきなり元気に目の前に姿を現わしたんですから。小田切はうろたえ、怯えたことだったろうと思います。思いもかけぬ出来事は、その一時間ほどあとに、再び小田切の目の前で起こっていたのです。ボートの転覆事故でした。その事故を湖畔の物陰から黙って眺めていたのは、小田切夫婦だったのです」

「すると妻の小田切雪枝は、夫の盗作という秘密を知っていたことになるね」

「ええ。小田切から聞いていたと思います。なんの理由もなく、人が死にかけているのを夫と一緒に眺めていたとは考えられませんからね」

「鹿角君の奥さんが目にとめていたという赤い麦わら帽子の女は、小田切雪枝だったんだね」

「そうです」

　上泉はうなずくと、鹿角に視線を移した。

「その一件については、鹿角君から話してもらおうか」

「妻は赤い麦わら帽子と二人の男女のうしろ姿をちらっと見ただけで、相手が誰なのかは確認していません。しかし、小田切は妻の姿に気づき、自分たちのとった行為を目撃され、顔をはっきりと見られていたと早合点していたのです。妻の口から事実が語られた場合、自分に追及の目が向けられ、苦しい立場に追い込まれると思った小田切は、妻の口を封じる必要に迫られたのです。妻が柏木里江の家へ出かけることを知った小田切は、西湖館の裏手から抜け出し、湖畔ぞいに走って、天神夫妻と別れた妻のあとを追って行ったんだと思います」

　鹿角が話し終えると、大隅は再び上泉に向きなおり、

「再度、十和田湖を訪れた蒲生貞子は、柏木里江といろいろと話をして、いかなる理由からかはわからないが、小田切の犯行だと推理し、そのことを夫の蒲生晃也あての手紙に書いたんだね」

「小田切は書斎での天神岳久と蒲生晃也の話を立ち聞きしていたんです。無論、最初から話を盗み聞きしようと思ったわけではなく、トイレにでも立ったとき、偶然に二人の話し

声が耳にはいり、それが十和田湖事件に関するものとわかり、思わず立ち聞きする結果になったと思うのです。大和航空機の墜落事故がテレビで報じられ、天神と蒲生が書斎を飛び出して行った直後に、小田切は書斎にはいって、裏に女性の裸体が描かれてあった三枚目の便箋をポケットにでもしまい込み、客間にもどっていたのでしょう。その裸体画は、妻の雪枝の裸を描いたものだったからです。雪枝の体のどこに、どんな特徴があったのかわかりませんが、蒲生貞子はその特徴をあの絵の中に描き込んでいたことは間違いないと思います。そうでなければ、あの便箋だけを人目から隠そうなんてしなかったはずです。あの一枚の便箋に書き込んであった文章には、小田切孝を犯人と指摘した記述は一行もなかったんですからね。そして小田切は、十和田湖の柏木里江に、鹿角圀唯名義でカステラを送り、柏木里江の口を封じてしまったのです。蒲生晃也が貞子の手紙を警察に提出すれば、柏木里江に調べが及ぶことがわかっていたからです。柏木は貞子の話を聞き、自分なりに推理して、真犯人が誰だったのかを知っていたのです」

「柏木里江は、どんな手掛りから小田切の犯行だとわかったんだろうか」

「さあ。わからないのは、そのことなんです。柏木里江は最初、蒲生夫婦の二人を疑い、脅迫まがいの手紙まで出していました。蒲生貞子にその誤りを指摘され、考えなおした結果だと思うのですが、なにを手掛りにしていたのかはわかりません。ですが、小田切夫婦が湖畔で松口秀明の転覆事故を黙って見ていたという、はっきりとした事実を摑んでいたことは間違いありません」

「次は葛西清吉の事件だが、小田切は松口秀明が葛西にも同じ原稿を持ち込んでいたことを知らなかったんだね」

「そうです。小田切孝がその事実をはじめて耳にしたのは、小田切が大和田病院に天神三津子を訪ねた帰り、我々と病院の近くの喫茶店で話をしていたときだったのです。それまでは明るく話していた小田切の態度が、話の途中から急に暗いものに変わったので、私は最初、天神三津子が大和航空機の機内での記憶を一部取りもどしていたという事実に、小田切がショックを受けたのかと思ったのです。小田切にとって、天神三津子の記憶の一件は大変気がかりであったに違いありませんからね。しかし、小田切にそれ以上の激しい衝撃を与えたのは、その前の話題だったのです。松口秀明が二本のコピー原稿を葛西清吉に持ち込んでいた、という言葉だったのです。小田切はそのとき、実にさりげなく返事をしていましたが、その胸中は決しておだやかではなかったはずです。小田切名義の『越後路殺人事件』という作品は、その後まもなく発刊される予定になっていたからです。小田切はおそらく、その瞬間から葛西清吉をこの世から抹殺することを心に決めていたと思うのです。葛西清吉の口から剽窃《ひょうせつ》の事実が公表されるのは、目に見えていたからです。小田切は葛西殺しの機会を待ち、ぎりぎりのところでその目的を達したのです」

「小田切は、葛西清吉が盗作の一件で天神岳久に疑いを抱いていたなんてことを知らなかったんだね」

「そうです。逆に葛西清吉は同じその盗作の一件で、小田切孝に命を狙われているなんて夢にも思っていなかったはずです。葛西は天神岳久が松口秀明の原稿を盗作したと頭から思い込み、天神に殺人の容疑を向けていたんです。葛西はA賞の受賞祝賀パーティーの席で、酒の酔いにまかせて、天神にそのことを問い質《ただ》したはずです。天神はそのとき、なんの話なのかまったく見当もつかず、のちほどゆっくり話そうとでも返事をしたと想像されます。葛西はそれを、天神がすべてを認め、自分と話合いを持とうとしている、と誤って受け取ってしまったのです。葛西がその夜、自宅で待っていた相手は天神だったのです。だから葛西は、玄関のチャイムが鳴ったとき、訪問客を確認もしないでドアを開けてしまったのです。しかしその訪問客は、葛西が思ってもみなかった小田切孝だったのです」

「小田切が慌てて天神岳久を殺してしまったのは、天神に盗作を気づかれてしまうと思ったからだね」

「天神岳久の机の片隅には、発刊されたばかりの小田切孝の『越後路殺人事件』が、ページを開いたままにして置いてありました。発行元の東洋出版社からの寄贈本ですが、天神がその作品にすぐ目を通していたことは、疑いがありません。天神は読みかけるとすぐに、自分の旧作のひとつにすべてがそっくりなことに気づいたのです。葛西清吉から松口秀明の原稿盗作云々の話を聞かされていた天神は、そのときすべてを理解したのです――松口が持ち出した天神の旧作原稿を、小田切が自分の物にしていたという事実をです。それと同時に、十和田湖畔に始まる一連の事件の真相をも見抜いたのです。それらの真相に気づいたのは、鹿角君が天神に電話をかける少し前のことだったと思います。『犬畜生だ、盗っ人だ』と言っていた天神の言葉が、小田切の盗作の事実をはっきりと裏づけています」

「天神岳久はあのとき、囲碁の観戦記などに取りかからず、上泉君たちの訪問をすぐに承諾していたら、殺されずにすんでいたのにねえ」

「それにしても、たかが推理小説ですよ。たった一冊の本を世に出すために、平然と他人の作品を盗作し、あまつさえ五人もの人間を死に至らしめていたなんて、とても我々の常識じゃ考えられませんね」

そのとき、大隅課長のデスクの電話が鳴り、若い前田刑事が受話器を取った。

「上泉警部補にです。大和田病院の江畑医長からです」

前田はそう告げた。

「江畑医長から？　なんだろうなあ」

上泉は受話器を取り、相手と応対していたが、ほどなく受話器を置いた。

「天神三津子が、全面的に記憶を回復しているそうです」

と、上泉は言った。

「私が会ってきます」

鹿角は、上泉に言った。

「そうしてもらおうか。私は、小田切孝に直接当たってみるよ」

第九章　死者の告発

1

鹿角圀唯が大和田病院の駐車場に警察車を停めたのは、午後五時近くだった。

東京よりはかなり気温が下がっている感じで、車を下りた鹿角は寒さに思わず上半身を震わせた。

東北自動車道を出たころから周囲が急に薄暗くなり、病院に着いたときには、大粒の雨が路面にはね返っていた。

前回の訪問のときも雨に降られたことを思い出しながら、鹿角は病院の玄関をはいった。

「やあ、鹿角さん」

精神科の江畑医長は、医長室のドアを開けた鹿角を例のにこやかな表情で迎えた。

「お電話をありがとうございました」

鹿角は、礼を述べた。

「なにか、お役に立てればと思いましてね」

江畑は鹿角に丸い木造の椅子をすすめながら、

「それにしても、血腥《ちなまぐさ》い事件が続きますねえ。天神岳久さんの事件はテレビのニュースで見ましたよ」

と言って、顔をくもらせた。

「天神三津子さんは記憶をだいぶ取りもどしたということですが」

「ええ。外傷の方は治癒するまでには、時間がかかると思いますが、意識障害の方は、三日前から急速に快方に向かいましてね」

「自分が誰なのか、気がついたんですか？」

「ええ。生活史にはまだ薄くベールのかかった部分もあるようですが、八〇パーセントが記憶を回復しております」

「例の機内での記憶も？」

「ええ。天神さんは、一緒だった三人の仲間のことを私にしつこく訊ねておられましたよ。三人とも亡くなられたという事実が、すぐには信じられなかったんでしょうね」

「そうですか」

鹿角は天神三津子との会談に、大きな期待を持った。

三津子の回復した記憶によって、小田切孝の犯行が決定的なものになると思ったからだ。

「三日前に、蒲生晃也さんという友人が見舞いに来られましたよ」

と、江畑は言った。

「ほう、蒲生さんが……」

「実は記憶の回復が急に進んだのも、ひとつには蒲生さんのおかげだったんですよ。天神さんは相手の顔を見た瞬間に、にこやかな笑顔を見せましてね。いままでにも、こういうケースはよくありました。私は途中で席をはずしましたが、二人はなごやかに、かなり長いこと話し合っておられたようですよ」

と江畑は言って、病室にご案内します、と立ち上がりかけたが、

「天神さんには、夫の天神岳久さんの事件のことはなにも話してはいません。鹿角さんも、そのつもりでお会いになってください」

と、念押しをした。

2

江畑医長のあとから鹿角が病室にはいると、ベッドに上半身を起こしていた天神三津子は、鹿角をみて明るく微笑《ほほえ》んだ。

「鹿角さんですわね」

三津子は、はっきりとした声で言った。三津子が十和田湖の西湖館で会った鹿角のことを思い出したことが、その言葉からも受け取れた。

「上野署の鹿角です。すっかり、お元気になられたようですね」

と、鹿角は言った。

事実、三津子はかなり体力を回復しているように思えた。

前回会ってから、まだ数日しか経っていなかったのに、以前とは見違えるほどに顔がふっくらとし、二重瞼の目許にも生気が漂って見えた。

「天神さん。この前のように、思い出したことを鹿角さんに話してあげてください。でも、記憶の欠けている部分を決して無理に思い出そうとする必要はありませんからね。私は医長室にいますから、疲れたりしたら、いつでもコールしてください」

江畑は三津子の肩口にそっと手を置き、鹿角に会釈して病室を出て行った。

「記憶を取りもどされたそうですね」

鹿角が言った。

「ええ。まだ、どうしても思い出せない部分もありますけど。なんだか、夢を見ていたような気分です。三日ほど前、蒲生さんの顔を見たすぐあとで、頭の中の黒いベールが一枚ずつはがされていくみたいに、以前のことが蘇ってきたんです。ちょっと恐いような気持ちでしたわ」

三津子は前回とは打って変わった、はきはきとした口調でよどみなく言った。

「それはよかったですね。さっそくですが、十和田湖の事件のことは憶えておられますね？」

「ええ……溺《おぼ》れ死んだ松口秀明さんのことと、達磨岩の湖畔で亡くなられた鹿角さんの奥さんのことですわね」

三津子は顔を上げ、遠くを見るような目つきをした。

その頭の中には当時の光景がありありと蘇っているようだった。

鹿角は直接、大和航空機の機内でのことについて三津子に確認しようと思ったが、思いなおして、事件の順を追って話を聞いていくことにした。

松口秀明の溺死《できし》事故と、続いて容子の転落死について訊ねると、三津子は少し途切れがちな口調だったが、当時の様子をかなり克明に語った。

その内容はこれまでの各人の事情聴取から得られたものと大差はなく、小田切孝の犯行を決定づけるような証言はどこにも見いだせなかった。

「松口秀明さんのことで、重ねてお訊ねしたいのですが」

松口秀明に関してのあいまいな部分を、鹿角は三津子の口から聞き出せるかもしれないと思った。

「松口さんと天神先生とは、どういう関係だったのですか？　作家とそのファンという以外の意味でですが」

「それは……」

三津子はちょっと顔を歪《ゆが》め、そこで言葉を途切らせた。

「こちらにも、おおよその想像はついています。天神先生は、松口さんにゆすられていませんでしたか？」

「主人が、そのことをなにか話したのですか？」

「いいえ。しかし、それなりの確証はあります。奥さんの手からも、松口さんにお金を渡されたことがあったはずですが」

三津子は鹿角を視界の片隅で捉えていたが、すぐに両肩を落とすようにした。

「ええ。おっしゃるとおりです。松口さんは主人を恐喝《きょうかつ》していました」

「理由は？」

「……女性問題でした。それも、かなり以前の。主人はそんなスキャンダルを公表されたくなくて、松口さんの言いなりにお金を出していたんです」

三津子はそう言うと、これ以上この問題には触れたくないといった面持ちで、顔をそむけた。

「松口さんは、金銭以外になにか天神先生に要求していませんでしたか？」

「金銭以外に？」

「たとえば、先生が以前に書かれていた原稿です」

「それは聞いていません。ですが、その原稿のことについては思い当たることがあります」

「どんなことですか？」

「主人は体調が悪く、新しい作品に取りかかる意欲を失くしていました。それで、以前に書きためておいた原稿を手直ししてみると言って、書斎の隅から二本の原稿を引っぱり出して読んでおりました。一本の原稿を新しい原稿用紙に書き直し終わって間もなくのころですが、その二本の旧作が書斎から消えてしまっていたんです。主人は最初は慌てていましたが、すぐにそのことは忘れてしまったかのように口にしなくなったんですが、主人はその二本の旧作が書斎から盗まれたこと、そして、誰がそれを盗んだかを知っていたんだと思います」

「松口さんが盗んだ、と先生は考えていたんですね？」

「そうだと思います。私も、松口さんのしわざではないかとうすうす感じていました。その二本の原稿が見当たらなくなったのも、松口さんが訪ねてこられた翌日のことでしたから」

文林書房の住友靖夫の推察どおり、天神岳久の二本の旧作原稿は、松口秀明の手で書斎から持ち去られていたのだ。

「話は変わりますが、十和田湖で私の妻と話をされていたそうですねえ」

鹿角は言った。ひとつだけ釈然としない妻の言動について、三津子に確認を取ろうと思ったのである。

「奥さんと……」

三津子は思い出そうとするかのように、視線を宙に置いた。

「奥さんが天神先生と一緒に別荘へもどられた夜のことです。妻は湖畔に住む友人を訪ねるところでしたが」

「ああ、あのとき。ええ、途中まで一緒でした。そういえば、鹿角さんの奥さんは、私たちと別れた直後にお亡くなりになったんでしたわね」

三津子は、急に暗い表情になった。

「あのとき妻と、どんな話をされていたんですか？」

天神岳久の話によれば、容子はそのとき、三津子になにか喧嘩腰《けんかごし》の口調で声高に話していたというのだ。

容子はめったに感情を表に現わさない女だったので、そんな容子の言動が鹿角には理解できないでいたのである。

事件には直接に関《かか》わりのないことだったが、容子をそんな興奮状態に追いやっていたものがなんだったのかを、鹿角は知りたいと思ったのだ。

「たしか、あのときは……」

三津子はこめかみのあたりを指先で押えながら、鹿角を見ていたが、

「松口さんの溺死事故のことだったような気がします。奥さんがあの事故を偶然に目撃されたときのことを……」

と、言った。

少しあいまいだが、三津子の答えは、天神岳久のそれと同じだった。

容子はしかし、なぜ松口秀明の事故をいまさらのように興奮して声高に三津子に話していたのだろうか、と鹿角の小さな疑念は解消されないままに残った。

「妻はそのとき、ちょっと興奮し、喧嘩腰にあなたに話していませんでしたか？」

鹿角は、重ねて訊ねた。

「さあ……」

「……私の責任じゃない……赤い麦わら帽子……思いがけず、あんな現場を見てしまった、とか妻は言っていたと思うのですが」

「実は、あのときのことはよく思い出せないんです。でも、奥さんが喧嘩腰だったなんて、ちょっと考えられませんわ。あの物静かな奥さんが……」

そう言いながら、三津子は少し顔をしかめて、再びこめかみのあたりを押えた。

三津子のその部分の記憶があいまいである以上、鹿角はこの話を打ち切らざるを得なかった。

「十月の北海道旅行のことについて、お訊ねしたいのですが」

話題が変わると、三津子はほっとしたような顔を鹿角に向けた。記憶の糸をたぐるという作業が、三津子にはやはり負担だったようにみえる。

「泊ったホテルの名前は、思い出せません。蒲生貞子さんは私たちより一日早く出発し、十和田湖に寄ってきたとかで、ホテルに着いたのは、私たちが部屋で着替えをしていたときでしたわ」

「貞子さんは、十和田湖でのことをなにか言っていませんでしたか？」

「いいえ。十和田湖に立ち寄った用向きについては、なにも言っていませんでした」

鹿角が黙っていると、三津子は自分から話を続けた。

「貞子さんはあの夜、なにか精神的に不安定な状態にあったんではないかと思います。一人でよく喋り、かと思うと急に黙り込んだりして。それに、二人の間になにかあったのでしょうか、ちょっと険悪な雰囲気が漂っていたように思うんですが」

「二人？　その相手は誰だったんですか？」

「小田切雪枝さんです」

「小田切……」

「貞子さんは、雪枝さんに露骨に意地悪をしていましたわ。雪枝さんのちょっとした言葉尻を摑まえては、たちの悪い冗談や、あてこすりを言ったりして。だから、座がすっかり白《しら》けてしまって」

小田切孝を犯人とにらんだ蒲生貞子は、共犯の妻の雪枝の反応を見ようとでも思い、わざとそんな態度を取っていたことが想像される。

「大和航空機の機内でのことは、先日もうかがいましたが、もう少し補足していただけますか？」

鹿角はこの訪問の主要な目的である、遺書の一件に話を移した。

「あの機内でのことは、できることなら、もう二度と思い出したくないと思ったのですが。でも、いまでは恐しいくらいにはっきりと一部始終を思い出しました」

三津子はそう言うと、上半身を小さく震わせた。

「恐しかった事故のことは、別に無理してお話しにならなくてもけっこうです。知りたいのは、あなたと同じようにパンフレットの余白に遺書を書いていた女性が誰だったか、ということです」

「釧路空港から乗った飛行機は乗客もまばらで、あちこちの座席が空いていました。私たちは、めいめい窓際の座席にゆったりと坐っていたんです」

三津子は鹿角の問いに直接には答えず、当時の機内の様子をゆっくりと語り始めた。

「離陸して、しばらくすると、貞子さんが私の隣りの席に腰をおろしたんです」

「前回言われていた、あなたの隣りに坐った女性は、蒲生貞子さんだったんですね？」

「ええ。貞子さんは最初、葛西幸子さんの隣りに坐り、なにか短く喋ったあとで、私の隣りの座席にも来たんです。貞子さんはとりとめもないことを話して、すぐに席を立ちました。そして、今度は、私と反対側の、通路際の座席に腰をおろしたんです。その窓際の座席に坐っていたのは、小田切雪枝さんでした。私は、二人の様子をうかがうようにしていたんです。二人の間に、なにかが起こると直感していたからです」

「なぜですか？」

「前の夜のこともありました。貞子さんがなぜ、雪枝さんにばかり意地悪するのかわかりませんでしたが、二人はその朝から口もきいていなかったのです。それなのに、貞子さんは自分から雪枝さんの隣りの座席に坐ったんです。貞子さんはその座席に坐るとき、なんとも言えない笑いを浮かべ、雪枝さんはそれを見て、怯えた表情になっていました」

「二人の話し声は聞こえましたか？」

「貞子さんの声が大きかったので、切れぎれでしたが耳にはいりました。貞子さんは、十和田湖の事件を話していたんです。それを耳にしたときはじめて、貞子さんが十和田湖に寄ってきたのは本当だったんだな、と思いましたけど」

「貞子さんは、どんなことを話していたんですか？」

「鹿角容子さんは、達磨岩から突き落とされて殺されたのだ……あなたたち二人は、あの現場を容子さんに目撃されていた……だから、容子さんの口から秘密が洩れるのが恐《こわ》かったのだ……。そんな言葉でした」

「それから？」

「犯人は、あなたたち二人だ……とも言っていました。雪枝さんは時おりなにか言い返していましたが、声が小さくて聞き取れませんでした。そんなやりとりをしている最中でした、尾翼の方で、ばああん、というなにかが破裂するような大きな音がして、少しすると、機体が揺れ始めたんです。機内は騒然となりましたが、貞子さんは平然として、まだ雪枝さんになにか喋っていました。そのうちに、飛行機は今度は左右に揺れながら、下降しだしたんです。そのときでした――雪枝さんが、いきなり叫ぶような声を上げたんです」

「叫ぶような声……」

「叫び声や泣き声は、そのとき機内に満ち満ちていました。でも、雪枝さんの叫び声は、それとはまったく別のものだったんです」

「なんと言ったんですか？」

「……あなたの言ったとおりよ。よく真相を突き止めたわね。でも、あまりえらそうな顔をしないことね……あなたも私も、もうすぐ死んでしまうのよ……。雪枝さんはそんな意味のことを叫ぶように言ったんです。私は飛行機が墜落するかもしれないという恐怖をほんの一瞬忘れ、そんな雪枝さんを茫然と眺めていました」

三津子は頬をうっすらと染めながら、話を続けた。

「そして、あなたは遺書を書かれたんですね？」

「そうです。もうすぐ飛行機は墜落し、死が確実にやってくると思ったからです。夫に、なにか一言でも書き残して死にたいと思ったんです。私はパンフレットの片隅の余白に、夢中でボールペンを走らせました。機内の揺れと恐しさで、文字が思うとおり書けなかったのは憶えていますが、遺書の内容については、どうしても思い出せないままなんです」

「そのとき、窓際の座席で、あなたと同じように遺書を綴っていた女性を目に止めた、とおっしゃっていましたね？」

「ええ。私と同じように、パンフレットにボールペンを動かしていました」

「その女性は、小田切雪枝さんだったんですね？」

「そうです。雪枝さんでした」

三津子はうなずき、少したってから言葉を続けた。

「雪枝さんは声を出して泣きながら、座席にかがみ込むような格好で、必死にボールペンを動かしていました。そんなときでした。いきなり、貞子さんの声が私の頭のうしろの方から聞こえてきたんです……事件のことを知らせようとしているのね。そんな遺書なんか書いても、もう手遅れよ……と、貞子さんは半狂乱のようすで、大声で雪枝さんに向かって言っていました。そしたら、いきなり笑い声が起こって——」

「笑い声？」

「雪枝さんが笑ったんです。なにがおかしかったのかは知りませんが、かん高い笑いでした。そして、その四、五分後に飛行機はまるで垂直に近い角度で急降下して行ったんです。それからのことは、憶えていません」

三津子は語り終えると、肩で大きく息をつき、頭が痛むのか両の指先でこめかみのあたりを押えた。

長いこと話し続けていたために疲れたのであろう、眼許が薄黒く変色して見えた。

鹿角は礼を言って、三津子のベッドの前を離れた。

病室を出ようとした鹿角の背中に、三津子の呼ぶ声が聞こえた。

「あっ、鹿角さん」

「最近、主人に会われましたか？」

と、三津子は笑顔で訊ねた。

「ええ……」

「この前見えられた蒲生さんの話ですと、また少し肥ったそうですが」

鹿角はあいまいな微笑を返し、病室のドアをそっと閉めた。

3

鹿角が大和田病院から上野署にもどったのは夜の十時をまわった時刻だったが、捜査室には全員の捜査員が居残っていた。

窓際のデスクで上泉と話をしていた大隅課長は、鹿角の姿を認めると、

「ご苦労さん。天神三津子から話は聞けたのかね？」

と、声をかけた。

「ええ。機内でのあの遺書を書いたのは、やはり小田切の妻の雪枝でした」

「ほう」

鹿角は天神三津子の話を、大隅と上泉にかなり詳細に報告した。

「あの機内でのことは、やはり想像していたとおりだったんだな」

と、大隅が言った。

「小田切孝の方は、どうでしたか？」

鹿角が上泉に訊ねると、

「小田切に直接会ってみたがね。松口秀明の転覆事故をはじめ、殺人の容疑はいっさい強硬に否認していたよ。まったく心外だ、と繰り返し言っていた。最初会ったときの印象か

ら、一筋縄《ひとすじなわ》ではいかない相手だとは思っていたがね」

「盗作の一件については？」

「そのことなんだがね。盗作の件に話が及ぶと、小田切は急に口数が少なくなってね。松口秀明から、そんな原稿をあずかった憶えはない、とはっきり言っていたよ。そのことを追及されるのはわかっていたという感じで、態度や言葉つきにも余裕があったが、松口秀明の原稿は天神岳久の旧作だった、と言うと、小田切は急に落ち着きを失くしてね。そのときの小田切の表情は、実に見ものだった。まるで幽霊にでも出会ったかのような、驚きと恐怖の入りまじったような顔をして、しばらくは口もきけなかったほどだよ」

「小田切のアリバイは？」

「その点は、あっけないほど無防備だったんで、逆に驚いているんだがね。推理作家ともなれば、手のこんだアリバイで身を固めていると用心してかかったんだが、実になんの工作のあとも見られなかったんだ」

「小田切は、なんて証言していたんですか？」

「凶行時間の十三日の夜七時から七時半までの間、小田切にはアリバイがないんだ。御徒町《おかちまち》の喫茶店を出て、歩いて自宅へもどっていたというんだからね。彼の自宅は文京区の春日町で、喫茶店から自宅への道のちょうど中間地点に天神岳久のマンションがそびえ立っているんだよ。これではまるで、私が天神岳久を殺しました、と言っているようなもんじゃないか」

「その喫茶店に、小田切は一人でいたんですか?」

「いや、蒲生晃也、それと蒲生の会社の編集部員の二人と一緒だったんだ。駅の近くにある『こころ』という古ぼけた小さな喫茶店なんだが、天神岳久の例のグループの溜《たま》り場《ば》でね。店のマスターの話では、連中はもう十年来のなじみ客だったそうだ」

「小田切が蒲生たちと会っていたのは、なにか理由があったのですか?」

「蒲生は二か月ほど前に小田切に書下しを依頼していて、その進行具合などの打合わせのためだったらしい。小田切は原稿のことはそっちのけで、葛西清吉の事件を口にしていたらしいが、蒲生は編集部員が傍にいたこともあって、葛西から聞いた盗作云々の件には触れなかったと言っている」

「その店でのことは、蒲生たちや店のマスターにも確認してある」

と大隅は手帳を繰りながら、

「蒲生晃也が店に来たのは、午後六時ちょっと前。小田切孝との約束は六時だったそうだが、小田切はその時刻きっかりに姿を現わしている。話は小一時間ほどですみ、七時ちょっと前に三人はそろって店を出た。蒲生は小田切と別れると、編集部員と一緒に会社にもどって仕事を続けた。蒲生の勤めている桜書房は、その喫茶店から歩いて五、六分の所にあってね。一方の小田切は、いま上泉君が言っていたように、湯島通りを歩いて自宅に帰ったと証言している。つまり小田切は、凶行時間帯に殺人現場の最も近い場所にいたことになるわけだ」

と、言った。

「小田切が肝心なアリバイ工作にまったく無頓着だったということは、天神岳久殺しは衝動的なものだったと考えることもできますね。つまり、小田切にはそんなアリバイなどのんびりと考えている時間的余裕がなかったということです」

「小田切の新刊の贈呈本は、すでに天神岳久の手許にも配られていた。天神はその本に目を通し始めていたんだから、まさに危機一髪だったわけだね」

大隅が呼応した。

「とにかく、盗作の一件を私たちに嗅ぎつかれたということが、小田切にかなりのダメージを与えたことはたしかです。参考人として召喚し、さらに追及すれば、すぐに崩れ落ちそうなところまで来ていますよ」

と上泉が言うと、

「遺書に関する天神三津子の証言は、強烈なノックアウトパンチということになりそうだね」

大隅が、そう言い添えた。

4

鹿角がその夜帰宅したのは、零時五分過ぎだった。

着替えをすませ、ちびちびと寝酒のウイスキーを舐《な》めていたとき、鹿角は留守番電話のことを思い出した。

寝酒の前に留守番電話のテープを聞くのが、いつもの鹿角の習慣だったのだ。

留守番電話は、三年前に妻の容子の希望で取り付けたものだった。

容子あての通話が圧倒的に多く、鹿角はその当時からそんな機器には無関心だったが、容子が亡くなったいまは、けっこう役に立っていた。

テープの内容は大半が未払いの集金関係だったが、時おりなつかしい知人の声が混じっていたりして、鹿角の心をなごませることがあった。

鹿角はダイニングルームを離れ、玄関わきの電話の前に立って、留守番テープのボタンを押した。

自治会費納入の催促、家具類のローン払込みの催促、それに在京同窓会への出席を呼びかける高校時代のクラスメートの声などがテープから流れてきた。

テープからの声はそこで途切れ、鹿角がストップのボタンを押そうとしたとき、男の軽い咳《せき》ばらいが聞こえてきた。話の冒頭でしばしば耳にする、ちょっと改まった咳ばらいだった。

鹿角はまたなにかの催促かと思いながら、相手の言葉を待ったが、それは鹿角が想像もしていなかった人物の声だったのである。

「……私は小田切です。小田切孝です……」

相手は、冒頭にそう言ったのである。

そのテープからの声は低く、ややかすれていたが、まぎれもなく小田切孝のものだった。小田切が直接、鹿角の自宅に、それも留守番電話を使って話そうとする真意をはかりかねながら、鹿角は次の言葉に耳を傾けた。

「……鹿角さん。あなたとお話ししたいと思って、少し前に電話したのですが、お留守でした。でも、直接あなたと話すより、留守番電話を使った方が話しやすいと思いなおし、またお電話したようなわけです……」

あの独特な明るさはなく、語尾の震える、緊迫した口調で、ゆっくりと喋っていた。

「……鹿角さん。今回の事件についての事実をあなたにお話しします。今日の午後、おたくの署の上泉さんがいきなり家に訪ねてきましたが、私のことを頭から犯人呼ばわりするあの人の前では、とても本当のことを話す気にはなれませんでした。

……あの一件が、こんな形で結末を迎えようとは、夢にも思っていませんでした。すべてがうまくいく、私はおろかにも、そう信じ込んでいたんです。その考えの甘さを、いまになって呪《のろ》ってみても始まりません。

……松口秀明が二本の原稿を持って私を訪ねてきたのは、六月の中旬でした。原稿を読んで、適当な出版社に紹介してくれ、ということだったのです。極度のスランプに陥っていて、長いこと一行の文章も書けないでいた私は、とても彼の原稿など読む気にはなれませんでした。適当な理由をつけて送り返そうと思っていたのですが、その原稿に目を通すことになったのは、妻の雪枝の口添えがあったからです。妻は、ひまにまかせて、その二本の原稿を読んでいたのです。でも、妻が無理やりに私にその原稿を読むようにすすめたのは、別の意図があったのです。

……妻は私に、その原稿を小田切孝名義で発表することをすすめたのです。道理にそむいた恐しい考えを、妻があえて口にしたのも、私の執筆にゆきづまったみじめな姿を見るに見かねていたからで、妻の非を責める気持ちは毛頭ありません。くどくど話すのはやめますが、私は自分との闘いに負け、松口秀明の原稿を自分の原稿用紙に書き写していたのです。松口秀明は近いうちに、確実に死を迎える人間でした。松口さえこの世に存在しなければ、盗作の秘密は誰にも知られることはない、と私はたかをくくっていたのです。

……その松口秀明が十和田湖の西湖館に姿を現わしたのは、原稿を編集者に渡して一週間ほど経ったときでした。死の淵《ふち》をさまよっていると思っていた松口秀明を目の前にしたときのあの驚きは、とてもこの電話では話せません。私も妻も松口の元気そうな顔を見て、癌を克服し、社会復帰したものと思い込んでしまったのです。

……私と妻は湖畔に散歩に出たとき、達磨岩近くに留めてあったボートに飛び乗る松口秀明の姿を見たのです。松口は私たちの姿を認めると、手を上げて挨拶し、ボートを漕ぎ出したのですが、その数分後にあんな光景を目にするとは思ってもいなかったのです。ボートが転覆し、松口の体が湖に放り出されたのです。

……結論だけを話します。私と妻は、そんな松口秀明に助けの手をさしのべようとはしなかったのです。すぐに救助に当たれば、命は助かるとわかっていながら、湖畔の物陰で事故を見守っていたのです。そんなとき、背後の林の中で人の足音が聞こえてきました。私と妻は慌ててその場を離れましたが、私も妻もその近づいてきた人物が誰だったのかは確認できませんでした。信じてください、本当のことなのです。あとになって、その人物があなたの奥さんだったことを知りましたが、私はもちろん、奥さんには指一本触れていません。

……松口秀明が文林書房の葛西清吉にコピー原稿を持ち込んでいた事実を知らされたときは、目の前が真っ暗になるようなショックを受けました。それ以上にショックだったのは、松口が私に持ち込んでいた二本の原稿が天神岳久の書斎から持ち出された旧作だったことを、おたくの署の上泉さんから聞かされたときでした。まったく思いもよらぬ皮肉な結末でしたが、その事実を知った瞬間、私の作家生命は終わったと思いました。

……葛西清吉、天神岳久の二つの事件にも私は無関係です。たしかに、二人に対する動機はあります。葛西清吉がこの世から消えてくれればいい、と願い続けてはいましたが、それを行動に移したりはしませんでした。私が書き写した原稿が天神岳久の旧作と知らされたとき、私はすべてが終わったと観念していたからです。いまさら、天神岳久の息の根を止めてみたところで、事態がどう変わるわけでもなかったのです。

……鹿角さん。あなたがたの捜査は、その出発の時点において大きな誤りを犯していたのです。つまり、奥さんの事件が松口秀明のボート転覆事故に端を発していると頭から考えてしまったことです。奥さんが殺されたほんとの原因は、ボート転覆事故などとはまったく関係のない、別なところにあったのです。それがどんなことなのかは、私にはわかりませんが、奥さんの転落死から始まった一連の事件が、私の盗作の一件とはなんの関係もないことだけは断言できます。

……蒲生貞子の例の手紙の中に、鹿角容子の事件は松口秀明の溺死事故に端を発している、と書かれてあったそうですが、貞子がどんな推理をしてそう結論づけたのか、私は不思議でなりませんでした。あの冗談好きな貞子のことですから、なにか人をかつぐような含みがあったのではないかと思うのですが、いずれにせよ、あの文章が誤った意味を持っていることだけはたしかです。

……鹿角さん。あの貞子の手紙に関して、私にひとつだけわかったことがあるのです。そのことにふっと気づいたのは二時間ほど前ですが、もっと早い時期にわかっても不思議ではなかったことでした。亡くなった妻が何度かそのことを口にしていたのを、いまごろになって思い出したのです。

……それは、三枚目の便箋の裏に書かれてあったという、例の裸体画のことです。私はその実物を見ていませんが、その裸の女の体には大きな特徴があったはずなのです。目には見えない、大きな特徴がです。私はそれに思い当たったとき、改めて蒲生貞子の特異な性格を思い知らされた気持ちになりました。その特徴は――」

小田切孝の声は、そこでいきなり途切れた。

鹿角は手帳を取り出し、小田切孝の自宅のダイヤルを回した。

時刻は零時半をまわっていたが、鹿角はどうしてもこの場で小田切に話のすべてを聞きたかった。

長い呼び出し音が切れ、受話器に聞こえてきたのは若い女の声だった。

「小田切です」

女は、半分眠っているようなくぐもり声を出した。

「遅い時間に申し訳ありません。上野署の鹿角というものですが、小田切孝さんをお願いします」

「兄なら、いませんが」

女は、愛想のない声で言った。

「どちらへ行かれたんですか？」

「私にも、わかりません。用事があって八時ごろ訪ねてきたんですが、兄は私の顔を見ると、いきなり電話を切り、行先も告げずに出かけてしまったんです。私も帰ってくるのをずっと待ってるところなんです」

と、小田切の妹は言った。

5

電話が鳴ったのは、鹿角が小田切孝の自宅に電話をかけ終わり、ダイニングルームにはいった直後だった。

鹿角は一瞬、小田切孝からの電話ではないかと思い、慌ててダイニングルームを出て受話器を耳に当てた。

相手は、上泉警部補だった。

「鹿角君か。まだ起きていたんだね」

「上泉さん。小田切孝から電話があったんです。と言っても、留守番電話ですが」

「小田切から？　私が電話をしたのも、そのことなんだ。いまさっき、署から連絡がはいってね」

「なにかあったんですか？」

鹿角の背中を、不吉な思いが走り抜けた。

「小田切孝は死んだよ」

上泉は、短く言った。

「死んだ……」

「ホテルの最上階から飛び降りたんだ」

「自殺、ですか？」

「間違いなさそうだね。部屋に簡単な遺書もあったそうだから」

「小田切孝が自殺……」

小田切は死を覚悟したうえで、鹿角の留守番電話に言葉を吹き込んでいたのだろうか。

「場所は、品川の東海ホテルだ。むこうで会おう」

「わかりました」

鹿角は、受話器を置いた。

テープから聞こえてきた、小田切の語尾が震える緊迫した声が、鹿角の耳許に蘇っていた。

第十章　最後の容疑者

1

小田切孝の自殺は、その日の夕刊に報じられていた。

「30階から飛び降り自殺　推理作家の小田切孝氏」という三段抜きの見出しのついた記事を、鹿角囮唯は捜査室の大隅課長のデスクで読んだ。

十六日午後十一時ごろ、東京都品川区品川一丁目、東海ホテル（三十階建て）の最上階から男の宿泊客が飛び降り、五階の張り出した床の冷暖房装置の上に落ちて全身を打ち、即死した。

品川署の調べで、男は東京都文京区春日町二××春日コーポラス三〇五号室に住む、推理作家の小田切孝さん（四三）と判明。

小田切さんは十六日の午後九時半ごろ同ホテルにチェックインし、十五階に部屋を取っていた。部屋のテーブルの上には、「ご迷惑をおかけしました。すっかり疲れはて、生きていく気力を失いました。妻のところへ行きます」と便箋に走り書きした遺書が残されていた。

ホテル最上階の踊り場に部屋のスリッパが残されていたことから、同署では小田切さんが非常階段を昇り、飛び降り自殺を図ったとみている。

小田切さんは中堅の推理作家だが、昨年より創作上の悩みを知人に洩らしており、執筆の行きづまりからノイローゼになり、衝動的に自殺したのではないかとの見方が強い。

なお、小田切さんの妻の雪枝さんは、去る十月二十日の大和航空機遭難事故の犠牲者の一人である。

「小田切孝は、ぎりぎりのところまで追いつめられていたんだね。きのう会ったときには、まだいくらか余裕を残しているような感じを受けたんだがね」

上泉は新聞から顔を上げると、そう言った。

傍から、大隅課長が、

「盗作の一件が、かなりこたえていたようだね。だが、ちょっと気になるのは、小田切が鹿角君にかけた留守番電話の内容だがね」

と言って、デスクの上の留守番電話のテープを手に取りながら、

「小田切は盗作の一件と松口秀明の転覆事故を黙殺していた事実は、はっきりと認めているが、一連の殺人事件については否認しているね」

「小田切の言ったことは、信用できると思います。小田切は本当のことを私に言い残して、自殺したんです」

鹿角が言った。

上泉は疑わしそうな目つきで鹿角を見ながら、

「だが、鹿角君。小田切は人殺しの罪まで着て死にたくはなかったとも考えられるよ。事実を曲げて、君に電話したのかもしれない。電話した直後に自殺すれば、テープに吹き込んだ話が、いかにも真実らしく聞こえるからね。相手は推理作家だからねえ」

「でも、上泉さん。私はやはり、小田切が本当のことを言っていたと思うんですよ。いかに推理作家とはいえ、自殺しようと思いつめた人間が、その間際に、嘘《うそ》で固めたような話をするとは思えないんですよ」

鹿角は、そう反論した。

先輩の上泉と真《ま》っ向《こう》から対峙《たいじ》したことなど、これまでに一度もなかったが、それだけに鹿角には小田切孝の最後の言葉を信じる気持ちが強かったのである。

あの語尾の震える、緊迫した小田切の言葉の中に虚偽が含まれていたとは鹿角には思え

なかった。

「となると、十和田湖畔に始まった四つの殺人事件は、どう解釈したらいいんだね」

鹿角の気勢に気圧《けお》されたかのように、上泉はちょっと遠慮がちに言った。

「小田切も電話で言っていましたが、我々は松口秀明の溺死事故に最初からこだわり過ぎていたように思うんです。私の妻が殺されたのは、小田切が言ったように、松口の事故とはまったく関係のない別の理由からだったのではないのか、と私も考えるようになったんです」

「しかし、あの溺死事故が無関係だったとしたら、容子さんが殺された理由は他には考えられないよ。それに、蒲生貞子の例の手紙のことだが、鹿角容子さんの事件は松口秀明の溺死事故に端を発している、とちゃんと書いてあったそうじゃないか。蒲生貞子の推理は、それを基盤にしていたはずだよ」

「小田切も、その点に疑問を投げかけていたようですが。私にも、その点はどう解釈していいのかわかりません」

「小田切の電話では、冗談好きな貞子のことだから、なにか含みがあったんじゃないか、とか喋っていたようだけど、下手なごまかしだと思うね」

「ともかく、十和田湖での妻のことを、もう一度調べ直してみようと思うんです。私の知らない、妻の隠された行動がどこかにあったと思うんですが」

「それはかまわないが……」

上泉には珍しく、やや憮然とした表情で言って、

「しかし、鹿角君。小田切孝が白だとしたら、四つの殺人事件はいったい誰のしわざだと考えたらいいのかね？」

「葛西清吉、天神岳久の二人が殺され、小田切は自殺しました。残るはただ一人——蒲生晃也だけです」

「蒲生晃也？　君は、蒲生晃也が真犯人だと思っているのかい？」

上泉は驚いたような目で、鹿角の顔をしげしげと見つめた。

「生き残った人間を即座に犯人と決めつけるのは、少し無茶だよ。蒲生晃也に、いったいどんな動機があったと言うのかね。彼が犯人でないことは、天神岳久の事件を考えればすぐにわかることだよ。小田切とは正反対に、彼にはちゃんとしたアリバイがあったんだからね」

上泉は、気色ばんで言った。

「上泉さん。私はただ、単純な引き算の結果を言ってみただけですよ」

上泉の少し高ぶった気持ちをやわらげる意味で、鹿角は笑顔で言った。

「それにだよ、鹿角君。大和航空機の機内で書かれた例の遺書のこともあるよ。君自身が報告していたように、天神三津子は蒲生貞子と小田切雪枝の会話を聞いていたんだ。雪枝

は自分たちの犯行であることを口に出してはっきりと認め、そのことを遺書に綴っていたんだよ。小田切孝が最後まで殺人の罪から逃げおおせようとしていたのとは反対にね」

たしかに、上泉の指摘のとおりだと鹿角は思った。

あらゆる状況証拠が、小田切孝の犯行を裏づけているのだ。

「まあ、ともかくもだ」

大隅が、二人の間を取り持つようにして言葉をはさんだ。

「小田切孝のテープでの証言を、そのままにしておくこともできないだろう。鹿角君にしても、このままでは気持ちがおさまらないだろうしね。奥さんの事件でもあることだし、納得がいくまで自分なりに調べ直してみるのもいいと思うがね」

2

自宅に帰った鹿角は、洋間のソファにくつろぎながら、事件のことに思いをめぐらせた。

容子の十和田湖での行動をもう一度調べ直してみる、とは言ったものの、容子のことについてはこれまでの捜査であらかた調べがついていたはずだった。

いまさら誰彼に当たって再調査してみたところで、新しい事実が浮かび上がってくるとは思えなかった。

また、事件そのものを調べ直すとしても、どこから取りかかっていいものやら、見当もつかなかった。

新しい側面から事件を見直すにしても、どこにその視点を置いたらいいのかもわからなかった。

鹿角はグラスにウイスキーをそそぎ、これまでの事件の経過を再び最初から回想した。

ウイスキーグラスに軽く口をつけたときだった。

鹿角は、再調査の糸口となるかもしれない事実を見つけ出したのである。

それは、天神岳久が殺される少し前に鹿角に電話で言っていた言葉だった。

天神岳久はあのときの電話で、事件の真相を見極め、そのことを話したいと言っていたのである。

「誰があなたの可愛い奥さんを殺したのか、私にはわかっているんですよ」

天神は、そう言っていたのだ。

だが、鹿角の注意を引いたのは、次に言った天神の言葉だったのである。

事件解決のヒントを与えてくれたのは、他ならぬ鹿角のあのときの話だった——と、天神は言ったのだ。

「ご自分では気がつかなかったでしょうがね。鹿角さんの話は、十和田湖事件の核心を衝いていたんですよ。しかし、鹿角さん。私を責めないでください……私には、いわゆるアリバイがありましてね」

天神は、そう言葉を付け加えていたはずだった。

あのときの話とは、鹿角と上泉が行なった事情聴取のことを指していたと考えられる。

鹿角は再び、天神岳久の客間での会話の内容を回想した。

訊問の大半は上泉が担当し、鹿角が質問したのは二つの事項に関してだけだった。

一つは、別荘へもどる天神夫妻と途中まで一緒になった妻の容子のこと。

もう一つは、別荘で容子に不埒《ふらち》な行為に及んだと思われる天神を糾弾したこと。

鹿角は天神が言おうとしていたことは、二番目の話ではなかったかと思った。

容子の一件で天神を追及したときの、相手の返答の一つ一つを鹿角は慎重に思い返した。

天神は最初、鹿角の言葉に戸惑ったような表情を見せ、容子を別荘に呼び寄せた憶えはないという意味のことを口にしただけで、それ以上の反論はせず、奇妙に黙りこんでいたのである。

どこかあいまいな態度だったが、容子との一件を天神が否定していたことは事実だったのだ。

鹿角はその事実をひとまず認めたうえで、考えを進めていった。

容子を別荘に呼び寄せた憶えはない、という天神の言葉を信用するとしたら、容子はいったい誰に会う目的で別荘に向かっていたのだろうか。

容子はそのとき、別荘にいる人間の誰かに会わねばならない必要が生じていたと思われるのだが、容子をそうさせた原因はいったいなんだったのだろうか。

鹿角はウイスキーを口に含みながら、容子が別荘へ向かう以前の状況をもう一度考えてみた。

その前日に起こった松口秀明の溺死事故……。

その事故を目撃し、西湖館の帳場に駆け込んでいた容子……。

警察の事情聴取……。

西湖館に駆けつけた松口秀明の実兄……。

実兄より遅れて、その翌日に西湖館に姿を見せたという妻の松口由美……。

鹿角がそれらの光景を繰り返し思い浮かべていたときだった。ある一齣《ひとこま》の光景が、いきなり鹿角の目の前に展《ひろ》がっていったのである。

それは、松口由美と妻の容子が、向かい合って話している光景だった。

——松口由美だ。容子が天神の別荘に向かっていたのは、松口の妻のためだったのではないか。

鹿角は思わず、心の中でつぶやいた。

松口由美は夫の溺死事故の報《しら》せを受け、慌てて西湖館に駆けつけた。

そして、彼女は西湖館で思いがけない人物——容子と出会ったのである。

松口由美は十和田署の真弓刑事から夫の事故の状況を説明され、転覆事故の最初の発見者が容子だったことを知った。

松口由美はそのとき、容子に疑いの目を向け、その疑惑をはっきりと言葉に表わしていたのではないだろうか。

夫の事故を目前に見ながら、容子がすぐには助けを呼ぼうとしなかったのではないか――という疑惑だった。

松口由美は容子の高校時代のクラスメートであり、容子と同じ秋田県の横手市で育ったのだ。

だとすれば、夫の松口秀明と容子との過去のいきさつについても知っていたであろうことは想像できる。

容子が松口に裏切られ、自殺まで図っていた事実を松口由美が知らないでいたとは思えないのだ。

十年ぶりに偶然に松口秀明に出会った容子が、そんな過去の恨みから、ボートの転覆事故を目撃しながら、それを見て見ぬふりをしていたと松口由美は邪推したのではないだろうか。

鹿角はこのとき、転覆事故について、容子が誰かに涙声で訴えるような口調で語っていたという小田切孝の言葉を思い出した。

転覆現場を最初に目にしたとき、松口秀明は頭を水中に浮き沈みさせながら、大声で助けを求めていた——と容子は西湖館のロビーで語っていたということだった。

その容子の相手は衝立のかげになって見えなかったと小田切は言っていたが、その相手は小田切が想像していたような警察や新聞社関係の人物ではなく、松口由美だったと想像できるのだ。

容子がそのとき、なにかを訴えるような涙声になっていたのも、松口の事故を見て見ぬふりをしていたという濡れ衣を、必死に晴らそうとしていたからとも考えられる。

——容子はあのとき、別荘の管理人の笹沼達子に会おうとしていたのだ。

鹿角は、この考えに確信を持った。

容子が天神岳久の別荘に向かっていたのは、もちろん天神に色紙のサインを貰うためなどではなかった。

別荘の管理人兼家政婦である笹沼達子に会う目的からだったのだ。

松口のボートが転覆したと思われる時間帯に、容子は西湖館の宿泊をキャンセルするために、湖畔の民宿の部屋を捜し歩いていたのだ。

そして容子は、買物に来た笹沼達子と出会い、彼女の知り合いの民宿を二、三軒一緒に当たって歩いていたのだ。

容子が笹沼達子に会おうとした目的は、ボート転覆時の自分のアリバイを笹沼の口から松口由美に説明してもらうためだった。

だが、容子の目的は達せられなかった。

笹沼達子はその日風邪で熱を出し、天神岳久の別荘には姿を見せていなかったからだ。

容子は笹沼達子に会えず、逃げるようにして別荘の玄関を飛び出して行った……。

鹿角はウイスキーグラスをテーブルにおき、天神の別荘の中での光景を思い描こうとした。

容子はあのとき、別荘の中でいったいどんな事態に遭遇していたのだろうか。

容子が天神岳久に言い寄られ、いやらしい行為をされていたという考えを、鹿角はいさぎよく捨てた。

「私には、いわゆるアリバイがあります」と言っていた天神の言葉から、天神はそのとき別荘にはいなかったと考えていいと思ったからだ。

天神岳久が別荘にいなかったとしたら、あのとき別荘の二階の階段を慌てて駆けおりてきたという人物は誰だったのだろうか。

管理人の笹沼達子は、容子が別荘の玄関を逃げるように飛び出して行ったあとすぐに、階段を駆けおりてくる足音を耳にしたと鹿角に話していたのだ。

笹沼達子はそのとき、天神岳久が容子に手をだそうとし、逃げ出してきた容子を二階から追いかけてきたと思い込んだのだ。

鹿角の頭の中で、容子が電話で柏木里江に言っていたという言葉が切れぎれに飛び交っていた。

「……ひどい目に遭った。あのいやらしい声が、まだ耳にこびりついている……」

この容子の言葉を、どう理解すればいいのだろうか。

鹿角がその言葉をゆっくりと反芻《はんすう》していたとき、それまで考えてもみなかった一つの光景が頭の片隅に閃《ひらめ》いたのである。

容子は誰かに恥辱を受けたのではなく、ある場面を目撃したのではないのか、と鹿角は思ったのだ。

ある場面——それは、別荘の二階で繰りひろげられていた男女の情事の場面だった、と鹿角は考えた。

容子はそんな男女の痴態をまのあたりにし、慌てて別荘を飛び出していたのではなかったのか。

鹿角は思いがけず閃いたこの想定に、強い確信を持った。

あのとき、別荘の二階には二人の男女がいたのだ。

これは、あくまでも机上の推理でしかなかった。

だが、容子の死が松口秀明の溺死事故とは無関係なものであり、その死を新たに究明する端緒が摑めたことだけでも大きな収穫であった。

——もう一度、十和田湖へ行って調べてみよう。

調べてみたとしても、自分の推理が明確に立証されるという見通しはなかったが、頭の中で推理を追いまわしているよりは、なにかしらの進展があるはずだと思った。

——まず、柏木源吉を訪ねてみよう。

鹿角は、ふとそう思った。

先日の十和田署の徳丸警部の電話での話によると、柏木里江の兄の源吉は野辺地の家を引きはらい、十和田湖畔の里江の家に移り住んでいる。

そして、源吉は徳丸警部に、妹の里江のことでなにか話したいことがあると言っていたのだ。

鹿角はあのとき、いまさら柏木里江に関する話を聞いたところで捜査に役立つとは思えず、徳丸警部の電話も半ば聞き流すようにしていたのである。

盗作問題の解明が大詰めを迎え、犯人像が眼の前に浮かび上がっていたときだけに、無理もなかったのだ……。

だが、いまは違う。

柏木源吉がなにを話そうとしているのかは知らないが、妹の里江に関する話は鹿角の捜査になにか光明を与えてくれるかもしれないのだ。

鹿角は大隅課長の自宅に電話をかけ、諒承《りょうしょう》を得てから、時刻表を繰って、下りの東北新幹線の発車時刻を調べた。

第十一章　もう一通の脅迫状

1

十一月十八日。

鹿角圀唯は、上野発九時の東北新幹線「やまびこ41号」に乗り、盛岡に向かった。

東京は朝から晴れあがり暖かな気候だったが、盛岡の駅前は肌寒い晩秋の風が吹き抜けていた。

二時間近くバスに揺られ、鹿角が十和田湖畔の休屋に着いたのは午後三時をまわった時刻だった。

十一月四日に訪れたときと比較して、休屋の街はめっきりとさびれた感じがした。

観光客もまばらで、行き交う車も少なかった。

湖は冷たい風に波立ち、すっかり秋の色合いを落とした周囲の山々には、すでに冬の訪れを感じさせた。

鹿角は湖畔の休憩所で遅い昼食をとり、休屋のバス発着所から子《ね》の口《くち》行のバスに乗った。

バスがうら淋しい殺風景な宇樽部の集落にはいると、左手に西湖館の建物が見えた。

宿泊客がすっかりとだえたのか、雨戸を閉めきった古びた建物は、まるで無人の館《やかた》のように映った。

鹿角は西湖館を通り過ぎた次の停留所でバスを降り、湖畔に向けた狭い砂利道を歩いて行った。

鹿角が柏木源吉の玄関で声をかけると、源吉の妻と思われる三十前後の小柄な女が木造のドアを開けた。

女は乳呑《ちの》み児《ご》を抱きかかえ、その傍には二、三歳の丸坊主の子供が泣きじゃくりながら立っていた。

柏木源吉が玄関に顔を見せたのは、鹿角が女に来意を告げた直後だった。

「ああ、鹿角さん……」

源吉は鹿角を認めると、ちょっと驚いたように声をあげた。

「わざわざ、東京からいらしたんですか？」

「ちょっとお訊ねしたいことがありましてね」

「そうですか」

源吉は妻と子供の方にちらっと目を向け、

「ここではなんですから、湖畔の方に出ましょうか。先に行っていてください。すぐにまいりますから」

と言って、奥に引きさがった。

鹿角が湖畔への道をゆっくりと歩いていると、源吉が背後から小走りに駆けてきた。

「事件のことは、新聞で読んでいます。大変なことになってるようですね」

と、源吉が言った。

源吉が事件のことをどの程度に理解しているのかはわからなかったが、その細い顔をくもらせた。

鹿角と源吉は、湖畔の砂浜の所で足を止めた。
七、八十メートルほど左手に達磨岩が見え、その後方に御倉半島が長く横たわっていた。
風がおさまり湖は青く凪《な》いでいたが、底冷えのするような寒さが足許にしのび寄っていた。

「十和田署にお電話をされたそうですね」

鹿角は、話を切り出した。

「ええ。ちょっとお見せしたいものがあったものですから。でも、いまさら、捜査のお役に立つとも思えないんです。わざわざ東京からお見えいただくほどの物じゃないんですよ」

源吉はかぼそい声で、申し訳なさそうに言った。

「なんですか?」

「妹の書いた手紙です」

「手紙……」

「四、五日前になりますが、妹のハンドバッグの奥にはいっていたのを、女房が見つけたんです。妹の身の回りの品は、しばらく手をつけずにいたので、いままで気がつかなかったんですが」

源吉はそう言って、内ポケットから一通の白い封筒を取り出した。

「開封したのは私ですが、見つけたときには、ちゃんと封がしてありました。ですから、ポストに入れるのを忘れていたのかもしれません」

源吉が手にしている封筒の表には、蒲生貞子様、という受取人の名前が書かれてあった。

鹿角はその受取人の名前を見て、軽い失望を味わった。柏木里江が蒲生貞子にあてた、二度目の脅迫状だと思ったからである。

柏木里江は蒲生夫妻に出した例の脅迫まがいの手紙の中に、また繰り返し手紙を出す、という意味のことを書いていたはずだ。

鹿角が失望を禁じ得なかったのは、その文面が前回とほぼ同じものであろうと想像できたからである。

「妹は前にも一度脅迫めいた手紙を出し、また繰り返して手紙を出すとか書いていましたが、妹は、そのとき事実をはき違えていたんですね。ですから、この手紙も前のと同じで、捜査には役立たないとは思うのですが」

源吉は鹿角の気持ちをそのままなぞるように、そう言った。

「とにかく、拝見します」

鹿角は封筒を手にし、中身を取り出した。

柏木里江独特の力強いタッチの太い文字が、便箋いっぱいに書き込まれてあった。

去る八月十四日、十和田湖畔宇樽部で起きた事件のことは、よもやお忘れではないでしょうね。鹿角容子さんという東京の女性が達磨岩から転落死した事件のことです。

——こういう書出しの手紙を二週間ほど前にさし上げましたが、お目をとおしていただけましたでしょうか。

いさぎよく罪を認め、自首することをすすめたはずですが、いまだにそれらしい気配がないようですので、再びお手紙をさし上げるしだいです。

鹿角はそこまで読んで、手紙から顔を上げた。

鹿角が想像していたとおりの書出しで、それに続く文面は読まなくても想像がつくのである。

今回はあなたを説得する意味で、少し具体的に書いてみます。前回の手紙は抽象的過ぎて、あなたが充分に理解できない箇所があったのではないかとも思うからです。

例えば、前回の手紙には「容子さんがある場面を偶然に目撃してしまったので……」と書きましたが、その「ある場面」の四文字の意味をあなたが誤解して受け取っているのではないか、と心配になったのです。

「ある場面」とは、もちろん松口秀明さんの溺死事故の場面を言っているのではありません。

私が言っているのは、その事故の翌日の天神岳久の別荘での場面のことなのです。

鹿角は再び手紙から顔を上げ、思わず傍の柏木源吉の顔を見つめた。

まったく想像もしていなかった文章が、鹿角の目に飛び込んできたからだった。

柏木里江は、松口秀明の溺死事故が事件の発端だと考えていたはずである。

しかし、この手紙の文章は、はっきりとそのことを否定しているのだ。

鹿角は信じられない思いのまま、その文章をもう一度繰り返して読んだ。

柏木里江は、容子の殺された原因が松口秀明の溺死事故とはまったく関係のない、別なところにあったと最初から考えていたのだ。

柏木里江の推理は、鹿角たちがいままで思っていたのとはまったく異質なものだったのだ。


鹿角容子さんの事件から一か月ほど経った九月の中旬に、私は偶然に西湖館で溺死した松口秀明さんの妻、由美さんに会いました。

私はそのときまで、容子さんの死は松口秀明さんの溺死事故が原因だったと、おろかにも信じ切っていたのです。

松口さんを見殺しにした夫婦づれが、容子さんの口を封じたと思い込んでいたのです。

蒲生貞子さん。

あなたを鹿角容子さん殺しの犯人だと推理したのは、この松口由美さんの話からだったのです。

松口由美さんはある事情から、夫の溺死事故は鹿角容子さんが意図したものではないか、という疑念を持ったのです。

容子さんはそんな疑いを晴らすために、天神岳久の別荘を訪ねたのです。

その目的は、転覆事故発生時に一緒にいた別荘の管理人、笹沼達子さんに自分のアリバイを証明してもらうためでした。

しかし、あいにくなことに笹沼達子さんはその日風邪で熱を出し、別荘には姿を見せてはいなかったのです。

鹿角容子さんは別荘の二階に上り、すぐに逃げ出すようにして玄関を飛び出したのです。

私は最初、このことを誤って考えていました。

容子さんがそのとき天神岳久に言い寄られた、と考えたのです。

その誤りを知ったのは、松口由美さんの話を聞いたときでした。由美さんは、別荘からもどってきた鹿角容子さんが「別荘で、いやなものを見てしまった」とつぶやくように言っていたのを小耳にはさんでいたのです。

私は容子さんが電話で言っていた言葉などから考え合わせ、別荘で容子さんがなにを目撃していたかを想像することができたのです。

蒲生貞子さん。

私はあなたが天神岳久とわけありの仲だったと想像しました。

つまり、鹿角容子さんが別荘で目撃したのは、あなたが天神岳久の腕の中に抱かれていた場面だったのです。

鹿角容子さんは偶然にもそんな二人の不倫の場面を見てしまったために、命を落とす羽目になったのです。

鹿角容子さんを達磨岩から突き落として殺したのは、あなたです。

そして、天神岳久が共犯者だったのです。

もちろん、ご承知のことと思いますが、私は前回、あなたにあてたのとまったく同じ文面の手紙を、天神岳久にも出しておきました。

蒲生貞子さん。

悪あがきはやめて、天神岳久と一緒に即刻自首してください。

あと三日の猶予をさし上げます。さもない場合には、上野署の刑事さん――鹿角容子さんのご主人にすべてをお話しする所存です。


柏木里江の投函されなかった手紙は、そこで終わっていた。

2

鹿角は傍に柏木源吉がいるのも忘れ、手紙を手にしたまま、思わず湖水の近くまで歩いていた。

手紙から受けた激しい衝撃で、鹿角はその場にじっと立っていることができなかったのだ。

「なにか、お役に立ったでしょうか」

背後から、柏木源吉が遠慮がちに声をかけた。

「源吉さん。里江さんのあの脅迫まがいの手紙は、蒲生貞子と天神岳久あてに出されたものだったんですよ」

「そうですか」

事情がよくわからない源吉は、素直にうなずいた。

「蒲生晃也にではなく、推理作家の天神岳久にです。蒲生晃也は、大きな嘘をついていたんです。里江さんの脅迫まがいの手紙は、蒲生晃也の手許になど配達されてはいなかったんですから」

「でも、里江は事件のことをなにか思い違いしていたんですね」

「そうです。蒲生貞子が里江さんを十和田湖に訪ねてきたのは、里江さんがこの手紙を投函する前のことだったと思われます。貞子は里江さんを西湖館に呼び寄せ、なぜ自分に疑いをかけるのか、と里江さんを問いつめたんです。里江さんはそのとき、この手紙に書いてあることをそのまま貞子に語っていたはずです。貞子は里江さんの話を根底から否定し、そして、あのとき自分と天神岳久は別荘には行っていなかったことを主張していたと思います。里江さんはその話を聞き、自分の思い違いを悟ったんですよ」

「そうですか」

源吉はあいまいにうなずいたが、鹿角は源吉に話を聞かせているのではなく、自分自身で確かめたかったのである。

「蒲生貞子は里江さんと別れたあと、妻の容子が別荘の二階で目撃した二人の男女が誰だったかがわかったのです。そして貞子は、そのことを西湖館の二階の部屋で三枚の便箋に書き綴ったのです。源吉さん。貞子は、その手紙を誰にあてて書いたと思いますか？」

「私にはよく事情がわかりませんが、普通に考えれば、その受取人はご主人だったんじゃないでしょうか」

「ええ。その手紙を受け取ったのは、たしかに夫の蒲生晃也でした。私もその最初の二枚だけを読ませてもらいましたが、あなた——という呼びかけがありました」

「そうでしたか」

源吉はなにも理解していないままに、鹿角にうなずいて見せた。

「しかし、源吉さん。蒲生晃也はここでも、とんでもない嘘を言って、我々をまんまと騙《だま》していたんですよ。蒲生貞子のあの手紙は、夫の蒲生にあてたものではなかったんです」

「じゃ、誰に……」

「もちろん、天神岳久にですよ。天神は蒲生貞子と同じように、里江さんに犯人呼ばわりされていた一人です。貞子は里江さんの推理が誤ったものであることを天神に知らせるために、天神にあてて手紙を書いたんですよ。貞子の手紙の中の『あなた』という呼びかけは、夫ではなく、幼馴染の天神岳久のことを指していたんです」

「そうですか……」

「繰り返しになりますが、蒲生貞子の手紙には、事件の真相がはっきりと書かれてあったはずです。その真相とは、松口秀明の溺死事故が事件の発端だった、なんてことではなかったんです。あの別荘で私の妻が目撃した出来事が書かれ、そして妻を殺した真犯人の名前もはっきりと書き加えてあったと思うんですよ」

「誰なんですか、その真犯人は？」

「蒲生晃也です。その手紙には、真犯人として、蒲生晃也の名前がはっきりと書いてあったはずです」

「蒲生晃也……妹を毒殺したのも、彼だったんですね？」

「そうです」

「手紙の受取人の天神さんは、その手紙を読まなかったんですか？」

と、源吉は訊いた。

「読みました。天神岳久はその手紙の全文に目を通していたんです」

「天神さんは、その内容について鹿角さんに話されましたか？」

「ええ」

「なんと言っていたんですか？」

「……鹿角容子の事件は、松口秀明の溺死事故に端を発している……一組の夫婦が松口が溺れかけているのを目撃しながら、助けを呼ぼうとはしないで見殺しにしてしまった……そんな現場を容子に見られてしまったために、容子の口をふさいだのだ。こんな内容でした。この内容は、蒲生晃也が天神の前で読み上げたものとまったく同じでした」

「しかし、鹿角さん……」

源吉はそう言いかけたが、首をかしげたまま言葉を途切らせた。

彼の釈然としない気持ちは、そのまま鹿角の疑念でもあった。

3

鹿角は柏木源吉と別れると、湖畔の砂浜ぞいに西湖館に向かって歩いて行った。

急に陽がかげり、湖面には薄い靄《もや》が低く垂れこめていた。

柏木源吉を訪ねたことは、鹿角にまったく予期しない大きな収穫をもたらした。

柏木里江の投函していなかった蒲生貞子あての二度目の脅迫状は、事件の様相を一変させ、急速度に解決の方向に導いてくれたのである。

鹿角の推理の正しさは、この里江の手紙からもはっきりと立証されたのだ。

だが、どうしても説明のつかない事柄が残されていた。

この不可解な問題を解決しない以上、鹿角の推理は机上の空論で終わってしまうかもしれないのだ。

蒲生貞子の手紙は、夫ではなく天神岳久にあてて出したものだった。

それがどうして蒲生晃也の手に渡ったのか——いや、この問題はどのようにも説明づけられるだろうが、どうしても理解できないのは、その手紙の内容のことだった。

手紙には、松口秀明の溺死事故とはまったく関係のない、事件の真相と犯人の名前が綴られていたはずなのだ。

だが、蒲生晃也と天神岳久のその手紙に関する話は、その事実を完全に否定していたものだった。

鹿角は、あのときの天神岳久の書斎での光景を、歩きながら頭の中に思いえがいた。

蒲生晃也が三枚目からの文面を声を出して読み上げ、そのあとで、天神岳久が便箋三枚の全文を最初から自分の目で読んでいたのだ。

そして二人は、その手紙の内容が松口秀明の溺死事故に関するもので、肝心な犯人名が明記されていなかったと、異口同音に鹿角たちに告げた。

鹿角は、自分の推理にどこか大きな欠陥があるのではないか、と不安な気持ちに捉われながら、西湖館の玄関をはいった。

西湖館の中は鹿角が想像していたとおり、静まりかえっていて、鹿角が案内を乞《こ》うても、帳場には誰も姿を見せなかった。

女将の玉崎すみ子が奥から廊下を軋《きし》ませながら姿を見せたのは、鹿角が四度目に声をかけたときだった。

「ああら、鹿角さんじゃありませんか」

女将は鹿角を認めると、肥った下ぶくれの顔一面に笑みを浮かべた。

「今夜、ごやっかいになりますよ」

「どうぞ。事件のことでわざわざいらしたんですね？」

「ええ。柏木源吉さんに会ってきましたよ」

「そうですか」

女将は鹿角を案内しながら、

「大変なことになっていますわねえ。新聞で読みましたけど、葛西さんや天神先生まで殺されてしまうなんて、それに小田切さんまで飛び降り自殺をしてしまって……」

と、言った。

鹿角が案内された部屋は、例によって容子が泊っていた二階の芙蓉の間だった。

「また、ちょっとお訊ねしたいんですがね。少し以前のことなので、記憶にはないかも知れませんが」

鹿角はテーブルの前に坐ると、女将に言った。

「いつのことですか？」

「妻が亡くなった日の、正午近くのことですが、妻は天神先生の別荘を訪ねたんです。そのとき、グループのみんながどこにいたかを思い出してもらいたいのです。天神先生は、この宿に来ていたんですか？」

「ここにはいらっしゃいませんでした。休屋《やすみや》に行っていましたから」

女将は、言下に答えた。

「休屋に？」

「十時半に遊覧船で行かれました。私が船着場まで案内したんで、よく憶えているんですよ。休屋で帰りのみやげ物を買うとかで、みなさんとご一緒でした」

「みなさんとは？」

「天神先生と蒲生さんの奥さん、それに他の二人の奥さんたちです」

「蒲生晃也さんは？」

「一緒には行かれませんでしたね。船着場でみなさんを見送っていました」

「天神先生の奥さんは？」

「別荘で帰りの荷づくりをしていたんだと思いますよ。蒲生さんが宅急便で送る荷物を、二、三度うちの玄関に運び込んでいましたから」

と女将は言って、

「でも、鹿角さん。あの日のことがなにか事件と関係あるんですか？　柏木里江さんも、同じようなことを電話で訊ねていましたけど……」

「柏木さんが……」

「蒲生さんの奥さんが、二度目にここに見えられた翌日のことだったと思いましたけど」

柏木里江は蒲生貞子の主張を聞いたあと、女将にそのことを確認し、容子が別荘を訪ねたとき、そこにいた男女が誰だったかに思い当たったのだ。

容子が別荘の二階で見た男女は、蒲生晃也と天神三津子だったのだ。

「すぐに、お風呂をわかしますから」

やはり宿泊客は鹿角一人だったようで、女将はそう言い残して部屋を出て行った。

鹿角は籐椅子に身を横たえ、湖面に目を向けた。

薄い黄昏《たそがれ》のとばりに包まれかけた御倉《おぐら》半島の先端に、無数の野鳥が群がり飛び、その鳴き声が濃紺の湖面を伝わって聞こえてきた。

鹿角は目の前に天神岳久のちんまりした顔を浮かべながら、新たな疑問を追った。

天神岳久は柏木里江から、蒲生貞子と同じ内容の脅迫まがいの手紙を受け取っていたはずなのに、なぜそのことを最後まで黙り続けていたのだろうか。

貞子も手紙の中で指摘していたが、その場で破り捨て、気にもとめていなかったのかもしれないが、天神は蒲生晃也が幾度となく脅迫状のことを口にしていたのを知っていたのに、なぜそこに疑義をさしはさまなかったのだろうか。

天神が脅迫状を読んでいたとしたら、蒲生貞子の手紙が夫の蒲生にではなく、天神自身にあてて書かれたものであることに、なぜ気づかなかったのだろうか。

鹿角は天神岳久という人間が、途方もなく不可解なものに思えた。

鹿角は天神岳久が示した、ちょっと奇妙な行為をゆっくりと思い出していた。

葛西清吉はなぜかそのことを否定していたが、天神の視力が極端に弱かったことは、鹿角にもわかっていた。

はじめて天神を訪ねたとき、天神は鹿角の名刺の活字が読めず、読み方を訊ねていたほどであった。

しかし、視力が弱いといっても、それは裸眼だったからで、天神自身も言っていたように、眼鏡を使用すれば、なんら支障もなかったはずである。

事実、天神は例の囲碁の観戦記事を、単純な誤字はあったにせよ、あんな小さなます目の原稿用紙に、ことさらに小さな字で埋めていたではないか。

なにかに気を奪われたり、動揺したりしていたときの天神はたしかに突拍子もないことをしていた。

上泉警部補に頼まれて、天神が自分の著書にサインをしたときがそうだった。

天神はそのときなにかに心を奪われていて、上泉三郎様と名前を書くべきところを、鹿角圀唯様と書き、その誤りにも気づかず平然としていた。

その光景を思い出した鹿角は、もしかしたら天神はなにか精神的な病気に冒されていたのではなかったか、とふと疑いの念を持った。

そう思ったとき、続いて鹿角の頭をかすめたのは、葛西清吉の神経質そうな顔だった。

葛西清吉に訊問したとき、彼がなにか奥歯に物のはさまったような、中途半端な受け答えをしていたのを鹿角は気づいていた。

それは、天神岳久の病状について質問したときが一番顕著に現われていた。

葛西清吉はもしかしたら、天神岳久の真の病状をうすうす知っていて、それをなにかの理由から、鹿角たちに隠そうとしたのではなかったのか――。

葛西はあのとき、大学病院にいる高校時代の同級生の医師に、天神のことを相談してみようと思っていると語っていた。

それは、持病の高血圧症に関することではなく、まったく別の病気のことを指していたのではなかったのか――。

その医師を葛西が訪ねたのは、葛西が殺された当日、A賞の受賞祝賀パーティーがあった日ではなかったろうか、と鹿角は思った。

文林書房の住友靖夫は、その日K大学病院の精神科に電話をし、慌てて会社を出て行った葛西を見ている。

住友靖夫は葛西自身が精神科で受診していたような言い方をしていたが、彼が精神科を訪ねたのは、天神のために高校時代の同級生の医師に会うためではなかったのだろうか。

そんなことを考えていたとき、部屋の片隅の電話が高く音たてて鳴った。

八月のときもそうだったが、思わずぎくっとしたほどに、高い響きを持った呼び出し音だった。

4

受話器から女将の声が聞こえ、上野署からの電話だと鹿角に告げた。

「ああ、鹿角君。なにか収穫があったかね」

と、大隅課長の声が聞こえてきた。

鹿角がこれまでのことを報告しようとすると、

「実はね、鹿角君。十和田署の徳丸警部から、例の品が届けられてね」

と、大隅が口早に言った。

松口秀明の自宅の机の抽出しにしまわれていた女性の全裸の写真のことだが、鹿角はそのことを半ば忘れていた。

「どんな写真だったんですか？」

「いかがわしい全裸の写真だよ。松口秀明は過去にその女性と関係を持っていたと思えるね。その写真をネタに、天神夫妻をゆすっていたんだよ」

「天神夫妻？　すると課長、その写真の女は――」

「天神三津子だ。もっとも、若いときのものだがね。その写真を見たときすぐに、蒲生貞子の裸体画の意味するものがわかったよ。貞子は三津子の体の特徴を巧みにその絵に描いていたんだな、なんら筆を動かすことなしにね。つまり、小田切孝が留守番電話で言っていた言葉が、そのまま当てはまるんだよ」

「なんのことですか？」

「小田切は、あの貞子の絵には目に見えない特徴が描かれてあったのだろうと言っていたね。そのとおりだよ。三津子は無毛症だったんだから」

「無毛症……」

鹿角はその言葉を聞き、すぐに蒲生貞子の裸体画の意味を理解した。

大隅の言ったとおり、貞子はなんら鉛筆を動かすことなしに、三津子の下腹部の特徴を活写していたのだ。

「報告は、署でゆっくり聞くよ。明日、帰れるんだね？」

「はい。その前に、調べておいてもらいたいことがあるんです。私の想像したとおりだとしても、役に立つかどうかはわかりませんが」

「なんだね？」

「葛西清吉のことです」

Ｋ大学病院に勤める葛西清吉の高校時代の同級生の一件を、鹿角は大隅に話した。

「Ｋ大学病院の精神科だね」

大隅は電話を切る前に、そう念を押した。

第十二章　偽りの構図

1

鹿角囫唯が病室のドアをノックすると、中から男の低い声が応答した。

午後の陽ざしが明るく差し込んでいる病室には、二人の男女がいた。

天神三津子はベッドに上半身を起こし、傍の椅子に蒲生晃也が坐っていた。

来訪者が鹿角だとわかると、二人は口をつぐみ、短い時間、鹿角を見守った。

「やあ、鹿角さん」

蒲生はことさらに明るい口調で言って、椅子から立ち上がった。

「会社にお電話しましたら、こちらだとうかがったものですからね。もう帰られたあとかと思いましたが、間に合いましたな」

鹿角が言った。

「私になにか用事だったんですか？　だったら、わざわざここまでご足労いただかなくても、東京でお会いしましたのに」

蒲生は例によって長髪をかき上げ、白い歯を見せて微笑した。

「蒲生さんだけではなく、実はお二人とお会いしたかったものですから」

「なにか事件のことでしょうか？」

三津子が言った。

三津子のふっくらとした顔には、薄く化粧がほどこされていた。

「そうです」

「鹿角さん。あの事件はすでに結着がついていたんじゃありませんか？」

椅子に坐りなおした蒲生は、怪訝《けげん》そうな顔で言った。

「小田切孝さんの飛び降り自殺のことを言われておられるんですね？」

「もちろん、そうですよ。今回の事件の犯人は、小田切さんだったんでしょう？」

「小田切さんは松口秀明さんの溺死事故に関しては、殺意があったことは認めています。また、天神先生の旧作をそれとは知らずに盗作していたことも告白しています。小田切さんが自殺したのは、この二つのことが引き金になっていたからで、今回の事件で追いつめられていたからではありません」

「小田切さんは、犯人ではないと言われるんですね？」

「そのとおりです」

「じゃ、誰なんですか、犯人は？」

「お訪ねしたのは、そのことをお話ししたかったからです」

蒲生は鹿角の前に丸い木造の椅子を置くと、

「じゃ、お話をうかがいましょうか」

と、にこやかに言った。

「今回の一連の事件は、八月十三日に起こった松口秀明さんの溺死事故が発端になっていたと、私は最初から信じていました。私の妻は、あの転覆事故を黙って眺めていた夫婦づれに殺されたのだと、私は思い込んでいたのです。しかし、妻が殺された原因は松口さんの事故とは関係のない、まったく別なところにあったのです」

「そう、断定的に言っていいものでしょうか」

鹿角の話が終わるか終わらないうちに、蒲生がすかさず口ばしを入れた。

「小田切さんは、松口さんを見殺しにしていたと自供していたんでしょう？　容子さんにそんな現場を目撃されていたとしたら、そのままにはすませていなかったと思いますが」

「妻がそのとき見たのは、女性用の赤い麦わら帽子と二人づれの人かげだけで、相手が誰なのかは確認できなかったのです。それは小田切さんにも同じことが言えるのです。小田切さんは背後に人の足音を聞き、慌ててその場を離れてしまったために、妻の顔は見ていなかったのですよ」

「しかし、それはあくまでも小田切さんの言い分であって……」

　鹿角は蒲生を無視して、話を進めた。

「蒲生さん。妻が殺される羽目になったのは、転覆事故の翌日、天神先生の別荘を訪ねて行ったことが原因だったのです」

「別荘へ……」

　蒲生の顔からにこやかな表情が急に消え、ベッドの三津子は蒲生の横顔にすばやい視線を送っていた。

「松口さんの事故の翌日、奥さんの由美さんが西湖館に駆けつけてきました。由美さんと私の妻は高校時代の同級生でしたが、由美さんはそのとき、ある事情から妻にあらぬ疑いをかけていたのです――松口さんの事故を妻が目撃しながら、わざと助けを呼ばずに松口さんをむざむざ溺死させていたのではないか、と。妻はそれに抗弁し、ボートが転覆した時間帯の自分のアリバイを証明してもらおうとして、別荘まで出向いたのです――正午近くのことでした」

「別荘の誰に会おうとしていたんですか？」

「家政婦の笹沼達子さんです。笹沼さんはボートの転覆事故が発生した時間帯に、妻と一緒に時間を過ごしていたのです」

「奥さんは、笹沼さんに会えたのですか？」

「いいえ。妻がそのとき笹沼さんに会えてさえいたら、あんな不幸な目に遭わないですんでいたかもしれません。妻は笹沼さんの姿を捜して、別荘の二階の部屋までのぞいてしまったのです。そして、その部屋の中に一組の男女の姿を目にしてしまったのです」

鹿角は言葉を切り、三津子の方に顔を向けた。

「三津子さん。あなたはあの日、別荘で帰りの荷づくりをしていませんでしたか？」

「ええ……そうだったと思いますが……」

三津子は薄化粧の顔にかすかな笑みをつくり、鹿角にうなずいた。

「蒲生さん。あなたも荷づくりを手伝っていましたね。宅急便で送る荷物を、何度か西湖館の玄関に運び込んでいたそうですが」

「ええ……」

蒲生は三津子とは反対に、表情を固くし、伏目がちに答えた。

「つまり、あのとき別荘にいた男女は、蒲生さんと三津子さんの二人だったのです。妻はあなたがた二人を見て、逃げるように別荘を飛び出したんですよ。ただ単に荷づくりをしていた二人を見たのだとしたら、そんな逃げ出すような真似をするわけがありません。妻は、二人が夢中で抱き合っている光景をみてしまったからこそ、慌てて逃げ出したんです」

「ばかな……とんでもない言いがかりだ。こともあろうに、私が先生の奥さんと……」

想像していたとおり、蒲生は語気を荒だて、慌てた口調で反駁《はんばく》した。

「事実です。想像するに、あなたがた二人の関係はかなり以前から始まっていたのでしょう。夏の初めから離ればなれの生活を余儀なくされていたあなたがたは、十和田湖で二人だけになれる機会を待っていたんだろうと思います。お互いの伴侶《はんりょ》がそろって休屋に買物に出かけていたあのときが、その絶好の機会だったわけです」

「嘘です……そんな見当はずれの勘ぐりは、迷惑千万です。第一、なにも証拠がないじゃありませんか。容子さんは、そんな光景を見たと自分の口から言っていたんですか？」

「妻は第三者には、そのことを匂わせる程度にしか言っていませんでした。ですが、その当事者に向かっては、はっきりとその事実を言っていたはずです」

「当事者？　誰にですか？」

「三津子さんにです」

鹿角は、その言葉を三津子に向かって言った。

「私に？」

三津子は首をかしげ、肯定とも否定ともつかない表情で鹿角を見つめた。

「妻が柏木里江さんの家を訪ねようとしていた夜、あなたと天神先生は、別荘へもどる途中の道まで妻と一緒でした。先生の話によると、妻はちょっと喧嘩腰に声高にあなたに話していたそうです。その件について一度、あなたにその話の内容を訊ねたことがありましたね。妻とはどんな会話を交わしていたのか憶えていない、というのが、あのときのあなたの答えでした。三津子さん、いまはその話の内容を思い出しておられますか？」

三津子は笑いのこわばった顔を、また心持ち横にかしげるようにした。

「思い出していないようでしたら、私の口から申し上げましょう。天神先生が断片的に耳にした妻の言葉は、『私の責任じゃない……赤い麦わら帽子……思いがけず、あんな現場を見てしまった……』というものでした。だから先生は、妻が松口さんの事故のことを話していたと即座に思い込んだのです。が、私にはそのことがちょっと解《げ》せなかったのです。妻はなぜ松口さんの事故のことをいまさらのように、興奮し、それも喧嘩腰に喋る必要があったのだろうか、と。その疑問が、やっと解けたのです。妻があなたに向かって言っていたのは、松口さんの事故のことではなく、別荘の二階で目撃した場面のことだったのですよ」

「――――」

「三津子さん。あなたはあのとき妻に、別荘の二階に無断で上がってきたことを批難していたと思うのです。妻はあなたのそんな言葉に対し、激しく反発していたのです。もっと詳しく説明しますと、妻はあのとき、『松口さんの溺死は、私の責任ではない。赤い麦わら帽子をかぶった夫婦づれが、松口さんを見殺しにしたのだ。私は管理人の笹沼達子さんに事情を説明してもらうために、先生の別荘を訪ねた。そのとき、思いがけず、あんな現場を見てしまった……』、という意味のことをあなたに言っていたはずです」

「すると、鹿角さん。容子さんを殺したのは、私たちだったと言われるんですね」

と、蒲生が言った。

「そうです。直接手をくだしたのは、蒲生さん、あなたです。あなたは玄関口まで天神先生を送って行き、妻が西湖館の女将に柏木里江さんの家を訪ねると言っていたのを小耳にはさんでいたはずです。そして、あなたは妻の口から、別荘の二階での事実が柏木さんに洩らされると直感したんです。柏木さんと天神先生はウマが合い、よく話をしていたそうですから、その事実が柏木さんを通じて先生の耳にはいる危険性が大きかったわけです。つまり、あなたは妻が柏木さんの家を訪ねることを阻止しなければならなかったというわけです。あなたは西湖館の裏手から湖畔づたいに道をとり、達磨岩のあたりで妻に追い着き、妻をそこから湖へ突き落としたのです」

「途方もない妄想ですな」

蒲生は無理につくったような笑顔で言って、

「それに、浮気の現場を目撃されたくらいのことで、そういきなり簡単に相手を殺してしまうという考え方にも、ちょっと抵抗がありますね」

「事情によりますよ。天神先生に事実を知られた場合、絶縁とか、出入りさしとめぐらいの処置では済まされなかったはずです。当然、先生はあなたの会社と契約を結んだ『無敵大介捕物控』の再版の話も取り消しにしていたと思うのです。幻の名著といわれたその本の再発行は、傾きかけたあなたの会社に多大な利益をもたらすことは疑いありません。あなたが人を殺してまでも守りたかったのは、そのことだったのです」

蒲生は否定の意味をこめて黙って首を振っていたが、その顔は蒼白なものに変わっていた。

2

「十和田湖の柏木里江さんも、私と同じような推理をたどって、妻が殺された真の動機がわかったのです。九月中旬に、柏木さんは偶然に西湖館で松口由美さんと出会い、話をしたことによって、妻がなんの用事で別荘を訪ねたかを知り、そして、妻がそこでなにを目撃したのかを知ったのです。ですが、柏木さんはそのとき、犯人である男女を思い違いしていたのです。思い違いをしたまま、その男女にあてて別々に脅迫まがいの手紙を出したのです」

「その柏木さんの手紙は、私と妻の貞子が受け取っていたんですよ。柏木さんは私と妻が松口秀明さんをわざと見殺しにしていたと疑い、そんな手紙を書いて寄こしたんです」

と、蒲生が言った。

「それは違います。柏木さんが最初に疑っていたのは、蒲生貞子さんと天神先生だったのですよ」

「貞子と先生を……」

「別荘で情事にふけっていた男女が、貞子さんと天神先生だと柏木さんは早合点していたのです。柏木さんは貞子さんと先生の二人にあて、罪を認め自首をすすめた手紙を送ったのです。繰り返しますが、柏木さんの脅迫まがいの手紙を受け取っていたのは、あなたではありません」

「しかし、私は現にその脅迫まがいの手紙を……」

「あなたは柏木さんの手紙の文面を、実に正確に記憶しておられました。しかし、それは天神先生の許に送られた手紙の文面を読んでいたからなのです」

「どうして私が、そんなことを……」

「三津子さんがその手紙を最初に読み、それをあなたに見せていたのです」

「そんな……。それにですよ、鹿角さん。天神先生に送られたんだとしたら、先生はなぜそのことを最後まで黙っていたんですか？　その点、まったく理屈が合いませんよ」

　蒲生は、やや得意そうに反論した。

「ひとつだけ、はっきり言えることがあります。それは、先生は柏木さんの手紙を手に取っていなかった——いや、かりに手に取っていたとしても、その文面は読んでいなかった、ということです」

「おっしゃっていることが、よく理解できませんね。もう少し、わかりやすく説明してくれませんか」

「そのことに関しては、あとで詳しく話すつもりです」

　鹿角は冷やかに言って、話を続けた。

「蒲生貞子さんの手紙にもあるように、再度、十和田湖を訪れた貞子さんは、柏木里江さんの話を聞き、すぐに事件の真相に気づいたのです。そして貞子さんは、その真相を三枚の便箋に書き綴ったのです」

「ご存知のように、私と天神先生がその手紙を読みましたが」

「ええ。しかし、蒲生さん。あなたは他人あての手紙を無断で開封し、中身を勝手に読んでいたのです」

「なんですって……私あての手紙ではなかったと言われるんですか？」

「そうです。柏木さんの手紙と同じように、貞子さんの手紙も天神先生にあてたものだったんです」

「そんなばかな……鹿角さんにも見せたように、あの封筒の表にはちゃんとこの私の名前が書いてあったじゃありませんか」

「貞子さんは、あのとき西湖館でもう一通の手紙を書いていたんです。それは、あなたにあてたものだったと思います。あなたはあとになって、天神先生あての封筒と自分あての封筒とをすり換えたんだと思いますね」

「無茶苦茶ですよ、あなたの言っていることは……」

「そうでしょうか。あなたは自宅で貞子さんからの手紙を読みました——ちょうどテレビで、大和航空機が離陸後に消息を絶ったというニュースを報じていたときだったと思います。その手紙の内容は、十和田湖事件の犯人を——あなたを指摘したものだったはずです。あなたはそれを読み、貞子さんが天神先生にも手紙を出していたのではないかと心配になり、先生のマンションに駆けつけたのです。貞子さんが航空機事故で死に、先生の許に配達されている手紙を処分してしまえば、なにも証拠が残らないと考えたのだろうと思います。そしてマンションの玄関の郵便受をのぞき、先生あての貞子さんからの手紙を自分のポケットに納めたのでしょう。先生の書斎で上衣を脱いだとき、不注意にもその手紙を畳の上に落としさえしなければ、こっそり処分することもできていたはずでした。畳の上に落とした手紙が運悪く先生の目に止まり、あなたは先生に乞われるままに、三枚目からの便箋を声を出して読み上げる羽目になってしまったのです」

「でたらめですよ、そんなこと。もっとも、三枚目からの手紙を音読していたことだけは事実ですがね。読み上げた便箋の冒頭には、『鹿角容子さんの事件は、松口秀明さんの溺死事故に端を発している……』と書かれてありました。私が読み終わったあとで、先生が全部の手紙に目を通されたんです。このことは、すでに何度も聞き及びのこととは思いますがね」

「私は、貞子さんが事件の真相を書き綴っていたと申し上げたはずですよ。松口さんの溺死事故は、その真相とは無関係なものです。貞子さんの手紙には、別荘の二階での出来事がはっきりと書かれてあったはずです」

「そんな文章は、一行も見当たりませんでしたね。それに、鹿角さん。私はいま、天神先生もその全文に目を通したと言ったはずですよ。先生にも、あなたはその手紙の内容に関しては確認されていたんでしょう？」

「ええ。その手紙に関しての先生の話は、あなたが読み上げたものとまったく同じ内容のものでした。一度しか耳に入れていなかったにしては、実に正確な記憶力でしたよ」

「だったら、まったく問題はないじゃありませんか。先生の正確な記憶がなによりの証拠ですからね」

「蒲生さん。私は、先生が一度しか耳に入れていなかったにしては――と、申し上げたのですよ。読んだ、とは言っていません。つまり、先生の記憶は手紙の中の文字からではなく、あなたの音読からだったという意味なのです」

「――」

「蒲生さん。先生はあの便箋に目を当てていましたが、その文字を読んではいなかったのです。先生のあの手紙の内容に関する証言は、ただ単にあなたが音読したものを、そのまま言葉に出していたに過ぎなかったのですよ」

「実にばかげた話ですな。手紙を手にしながら、先生はなぜその文字を読まなかったんですか？」

小ばかにしたような口調だったが、蒲生の顔には緊迫したものが凍りついていた。

「読みたくても、読めなかったからですよ。あの便箋は、先生にとってはまったくの白紙と同じだったのです」

「なぜ？」

「失語症だったからです」

「――――」

「先生は八月の初めに、十和田湖の別荘で脳卒中で倒れたことがあります。そのとき、失語症を併発していたのですよ」

「考えられませんね、そんなこと。先生はちゃんとペンを握り、原稿用紙に向かっていたじゃありませんか。失語症というのは、書字能力も極端に低下する病気のはずですよ」

「そう言われると思っていました。私は先日、K大学病院の精神科の広田正道さんという医師と会い、天神先生のことをいろいろと訊いてきたのです。先生の失語症は、その症状から判断して、『純粋失読』と呼ばれる病気だとわかったのです」

「純粋失読――」

「その文字が示すとおり、文字を読む――読字過程にだけ障害が見られるものです。自発語、復唱、言語理解などはまったく正常で、字を書くことにもなんら障害は認められないのです。文字が崩れ、多少の誤記はあるにせよ、正常に書くことができるにもかかわらず、自分で書いたものさえ読むことができないという、きわめて不思議な障害なのです」

「――――」

「純粋失読という障害だとわかってみると、先生のこれまでのいくつかの行為が、はっきりと説明づけられるのです。私の名刺を見て、名前の読み方を訊ねていたことや、西湖館の部屋に飾ってあった先生の直筆の掛け軸を見て、誰が書いたのかと女将に訊いていたことなどは、先生が文字を――それも自分の書いた文字すら読めないという、その障害の特徴をよく表わしていたのです。また、私の同僚が先生の著書にサインを頼んだときもそうでした。先生はテーブルの傍にあった二人の名刺の方に目をやりながら、万年筆を動かしていたのですが、書き上げたのは私の名前だったのです。つまり、私の名刺の活字を書き写していたわけですが、先生にはその名刺の活字が誰のかわからなかったのです。文字が崩れ、誤記があるという特徴も、囲碁観戦記の原稿の中によく表われていました。また、思い当たることがあります。あなたが担当された先生の新刊『鳴子温泉殺人行』の初校校正刷《ゲラ》に、先生がまったく赤字の訂正を入れていなかったこともそうです。先生は校正刷の活字が読めなかったのです。だから――」

「しかし、鹿角さん」

蒲生は苛立った口調で、鹿角の話をさえぎった。

「かりに、そんな奇妙な障害に罹《かか》っていたにしても、先生はなぜ治療もせずに、ひた隠しにする必要があったんですか？」

「その障害を公《おおやけ》にはしたくない、先生なりに筋の通った理由があったのです。先生はテレビの討論会にゲスト出演し、現代の不勉強な大学生を称して『読み書きもろくにできない、失語症患者同然の大学生』とか、不用意な言葉を洩らしていたのです。これを口にした先生は、周囲から批難されましたが、先生は逆に、最近の差別的用語の規制は古来の日本語をも規制することだと主張し、批難する側と対峙《たいじ》していたのです。そんな先生自身が、読むことのできない失語症患者になっていたんですから、その事実は公にはできなかったのですよ」

「――――」

「あなたは『純粋失読』という病名は知らなかったにせよ、先生が読字障害に罹っていたことを以前から知っていましたね」

「知りませんでしたよ、そんな病気に罹っているなんて。視力が弱っていたことは、誰も

っただけだ
「いえ、先生の視力は、まったく正常だったのですよ。そんな障害に罹っていた事実を隠すために、視力が急に衰え、読み書きに不自由しているかのようによそおっていただけだったのです」

「――――」

「読字障害のことは、先生の身近で生活していた三津子さんが知っていたはずです。先生は、機内で三津子さんが先生にあてて遺書を綴っていたと告げられたとき、幾度も納得のいかない表情を見せていました。それは、読字障害に罹っていた先生のことを知っているのに、なぜ三津子さんがそんな必死な努力をしてまで、先生あてに文字を書いていたのか、戸惑いがあったからではないでしょうか。あなたはその事実を三津子さんから聞いていたからこそ、あんな大胆な真似ができたのです。あなたが音読した内容は、あの貞子さんの三枚目の便箋には一行も書かれてはいなかったのです。あなたは便箋の文字を読みあげるふりをよそおって、自分ですばやく創作した話を先生に聞かせていたのです」

「……待ってください。すばやく創作したとか言われましたが、私にはそんな創作能力はありませんよ。それに第一、そのときまで私は、松口さんの溺死事故に、そんないわくがあったなんて、少しも知らなかったんですからね」

「いえ。単なる溺死ではないことを、あなたはちゃんと知っていました。さっきも言いましたが、妻が三津子さんに、松口さんの溺死の顚末《てんまつ》を喋っていたのです。あなたはそのことを、三津子さんの口から聞いていたはずです」

「――――」

「その一枚の便箋には、あなたが犯人だと指摘してあり、おまけに、あなたと三津子さんの関係が書き込まれてあったのですから、先生の前でそれをそのまま音読するわけにはいかなかったのですよ」

「――――」

「盗まれたとかいうその一枚の便箋は、もちろんあなた自身が処分したのでしょう。その一枚だけは、第三者の目にさらすわけにはいかなかったからです。その一枚の便箋の裏の、貞子さんがふざけ半分に描いた裸体画は、あなたのそんな工作に思いがけない手助けをしていたのです。便箋を一枚だけ盗んだのは、その裸体画を人目にさらしたくないためだったと、誰もが思い込んでしまったからです」

「――――」

「蒲生さん。十和田湖の柏木里江さんに私の名前をかたって、毒入りのカステラを小包便で送りつけたのも、あなたです。柏木さんは、貞子さんの話から改めて真犯人を突き止めていました。あなたが柏木さんの口を封じなければならなかった理由は、他にもう一つあったのです。あなたは音読していた蒲生貞子さんの手紙が、自分にあてて書かれたものだと周囲に信じ込ませ、そうすることによって、容疑の目をそらせていたのです。だからあなたは、柏木さんの口から、脅迫まがいの手紙が、あなたにではなく天神先生にあてて出していた事実が明らかにされてしまう事態を回避しなければならなかったのです。貞子さんの手紙の中の『あなたも柏木里江から脅迫まがいの手紙をもらっていたのですね』の文章の中の『あなた』が、先生を指していた事実が判明することによって、あなたの欺瞞《ぎまん》は、たちどころに露見してしまうからです」

3

「私の妻と柏木里江さんは、あなたにそれなりの警戒心を抱いていたと思いますが、文林書房の葛西清吉さんはあなたに対してはまったくの無防備だったのです。あなたに殺されるなどとは、おそらく死ぬ寸前まで思ってもいなかったはずです。葛西さんが強く疑っていたのは、天神先生だったからです。葛西さんは天神先生が松口秀明さんの原稿を盗作していたと頭から信じ込み、松口さんを溺死に追い込んだのは先生だったという考えに凝り固まっていたことが、死を招くに至った一つの原因でもあったのです」

「――――」

「葛西さんは以前から、先生の容態に注意の目を向けていたことは確かです。葛西さんはやがて、先生が文字が読めない病気に冒されていたのではないか、と感づくようになっていたのです。葛西さんは再度にわたり、先生の視力が弱っていることを否定していました。視力には関係なく、文字そのものが読めなくなっていた、と気づいていたからです。先生が蒲生貞子さんの手紙の全文を自分で読んでいたと告げたとき、葛西さんが驚き顔になったのも、そのためでした。そして葛西さんは、殺された日の午後、K大学病院の精神科に勤務している高校時代の級友で、さっき話した広田正道さんという医師に、先生の容態をつぶさに話していたのです。医師はその話から、先生が純粋失読という障害に罹っているのではないか、とその場で疑いを持ったそうです。医師は後日、詳しく検査をすれば、よりはっきりした結果が出るはずだと言ったのですが、葛西さんにはそれだけで充分でした。ついでに言いますと、私との電話で言っていた『天神先生は、やはり私が想像したとおりだった』という言葉は、医師から確認した病気のことを指していたのです。あの貞子さんの手紙を、先生は読もうとしても読めなかった、と葛西さんは判断したのです」

「――――」

「葛西さんはその夜のA賞の受賞祝賀パーティーの席で、天神先生と話し込んでいたそうですが、葛西さんはそのとき先生に盗作の一件を洩らしていたわけではありません。葛西さんは、あなたと話をしていたはずです。精神科医から聞いた話を、あなたに打ち明けていたはずです。違いますか？」

「――――」

「蒲生さん。葛西さんはそのときも、あなたのことは少しも疑わず、逆にあなたが天神先生の罪をかばっていると思い込んでいたのですよ。つまり、あなたは天神先生の読字障害を知っていたので、あの貞子さんの手紙に天神先生が犯人であると明記されていたのにもかかわらず、あなたがその事項だけを読み上げていなかった、と判断したのです。そして葛西さんは、あの一枚の便箋をあなたが隠していると信じ、それを読ませてくれとあなたに要求していたはずです」

「――――」

「葛西さんはあの夜、殺される少し前に私に電話をかけてきました。翌日の朝に、その一枚の便箋を私に見せ、事件の真相を話すと言っていました。つまり、犯人は天神先生であり、その事実をあなたが知っていながら先生をかばっていた、ということを私に話すつもりだったのです。あの夜、葛西さんが自宅で待っていたのは、あなたでした。葛西さんは玄関のチャイムの音を聞くと、『わざわざすみませんね』と言って、相手を確認もせずにドアを開けています。来訪者があなたで貞子さんの手紙を持ってきたと葛西さんは思ったのです。しかし、あなたは葛西さんに、あの一枚の便箋を読ませるわけにはいきませんでした。それに、葛西さんは天神先生が文字が読めない障害に罹っているという重大な事実を知っていました。あなたには、放ってはおけない相手だったのです」

「――――」

「葛西さんが天神先生を犯人だとかたくなに信じていた理由は、盗作に関する疑いの他に、もう一つあったのです。それは、あの便箋の裏に描かれてあった裸体画です。このことはあとでも触れますが、葛西さんはかつて奥さんの幸子さんから聞いた言葉を思い出し、その裸体画が天神先生の奥さん――三津子さんの体を描いたものであることがわかったのです」

「――――」

「天神先生があなたに疑いの目を向け始めたのは、私と話をしたあとだったと思います。別荘を訪ねた私の妻が先生に理不尽な真似をされたと思い込んでいた私は、そのことで先生を追及したのです。先生は私の話から、そのとき別荘でなにが起こっていたのかをいろいろ思い出し、私の妻が男女の情事を目撃していたのではないかと思いついたのでしょう。そして、そのとき別荘に出入りしていた人物があなただったと知ったのです。殺された日の午後、先生が憤然とした口調で『盗っ人だ、犬畜生だ』とか言っていたのは、もちろん小田切孝さんの盗作のことではなく、あなたの不倫に対する怒りの言葉だったのです。先生の書斎には小田切孝さんの新刊がページがひらいたままに置いてありましたが、先生がそのページを繰っていたとは考えられません。先生は小田切孝さんの盗作については、まったくなにも知らなかったのですから」

「――」

「天神先生は私との電話で、事件の真相を話すから、明日の朝来てほしい、相手を呼んである、と葛西清吉さんと同じようなことを言っていました。そして、その日のうちに、真相を語ることなく殺されてしまいました。先生が真相を語ろうとしていたことを、あなたは事前に察知していたと思います。あなたが葛西さんの死を先生に電話で知らせたとき、先生は、事件の真相を見抜いていて、そのことをあなたに匂わせ、そして翌日の朝、自宅に来るようにと言っていたはずです」

「しかし、鹿角さん。私は事件のあった日、天神先生のマンションには行ってはいませんでしたよ」

蒲生は長い沈黙を破り、刺々《とげとげ》しい声で言った。

「アリバイのことですね？　犯行時間と見なされる七時から七時半までの間、会社のデスクで仕事をしていたあなたには、文句のつけようのないアリバイがあります」

「だったら、どうしてこの私を犯人扱いにするんですか」

「しかし、蒲生さん。先生が殺されたのは、もっと早い時刻だったのですよ。あなたが御徒町駅近くの『こころ』という喫茶店にはいる三十分ほど前――つまり、五時半ごろに先生はすでに殺されていたのです」

「いったい、なにを根拠にそんな時間を割り出したんですか？　先生が殺されたのは、あの囲碁の観戦記の原稿を書き終えたあとのことじゃなかったんですか？」

「観戦記の原稿を書き終えたあとで殺された——そう思わせるのが、あなたの計画だったのです。先生が殺されたのは、原稿用紙に向かって観戦記を書き綴っていた最中だったのですよ」

「ばかな。現に先生の机の上には、書き終えた次回分の原稿が置いてあったじゃありませんか」

「ええ、たしかに次回分の原稿でした。ですが、蒲生さん。先生がその七枚の原稿を書き上げたのは、あの日ではなく、もっと以前だったのですよ」

「——」

「担当の編集部員の話によると、先生は興が乗ると、よく一度に二回分の原稿を書いていたことがあったそうです。つまり、先生はその前の週に、二回分の原稿を書いていたのですよ」

「——」

「編集長であるあなたがよくご存知のように、編集部では、その号の誌面のスペースの関係で、二回分を二つには分けず、一度に掲載することもあったそうですね。先生は編集部から次回原稿の催促電話があったとき、前の週に渡した二回分の原稿が一度に掲載されていたものと思ったのです。しかし、蒲生さん。編集部に渡っていたのは、二回分ではなく、一回分の原稿だけだったのです。残り一回分の原稿は、担当の編集部員の手に渡る前に、返信用の封筒の中から、あなたの手によって抜き取られていたのです」

「――――」

「先生の机の上に置いてあったのが、その原稿でした。つまり、編集部員が催促した次回分の原稿です。編集部員の話では、先生は前号の週刊誌の記事を読みながら次回の原稿を書いていたそうですが、正常な体のときならともかくとして、読字障害に罹っていた先生にはそんなことはできなかったのです。つまり、先生は自分の記事が載った週刊誌など手に取ったこともなかったのです。したがって、前の週に渡した二回分の原稿が、一回分しか載っていなかった事実にまったく気がついていませんでした。あなたの狙いは、そこにあったのです」

「――――」

「観戦記の一回分の原稿を抜き取り、機会を待っていたことからしても、天神先生殺しは以前から計画されていたものだったと言えます。あなたは一連の殺人の罪を小田切孝さんになすりつけようとしていたのです。葛西清吉さんから盗作の話を聞いたとき、あなたは編集次長の住友靖夫さんと同じ見解を持っていたのではないでしょうか。つまり、松口秀明さんが先生の旧作を盗み出していた、と。そして、松口さんが生原稿を小田切孝さんの手許にも持ち込んでいたと考えたのです。あなたは小田切さんの新刊が天神先生の旧作を盗作したものであることを知り、小田切さんを犯人に仕立て上げようとしたのです。小田切孝さんの新刊を、ページをひらいたままにして机の片隅に置いたのは、無論、あなたのしたことです。あなたは五時半ごろに先生を殺し、その足で喫茶店『こころ』に行き、小田切さんと会いました。小田切さんと別れたのは、七時ごろ。犯行時間は七時から七時半ごろと見なされ、そのころ殺人現場付近を歩いていた小田切さんに、いやおうなしに嫌疑が向けられたのです」

4

「三津子さん」

鹿角は、天神三津子のベッドの方に向きなおった。

「最初にこの病室で聞いた、まだ完全に記憶を取りもどしていなかったときのあなたの話は、真実でした。でも、二度目の、記憶を取りもどしたときの話は、すべてがでたらめでした。見舞いにこられた蒲生さんの話を聞いていたあなたは、小田切孝さんを犯人に仕立てる手助けをするために、あんな証言をしたのです。貞子さんが北海道のホテルで雪枝さんに意地悪くしていたこと、大和航空機内で貞子さんが雪枝さんに十和田湖事件の真相を語っていたこと——すべてが嘘でした。つまり、あなたの話の中の貞子さんの相手というのは、雪枝さんではなく、あなた自身だったということです」

「――――」

「小田切雪枝さんが機内で遺書を書いていたのは、事実だったとしても、十和田湖事件のことを遺書に書き綴ったのは、もちろんあなたです。その遺書の受取人は、夫の天神先生ではなく、愛人の蒲生晃也さんでした。遺書を書いた目的の一つは、貞子さんが天神先生あてに投函した手紙を早く処分することを蒲生さんに伝えることだったのです」

「――――」

「あの便箋の裏に描かれてあった女性の裸体画は、あなたの体の特徴を描いたものだったのです。一緒によく旅行していた葛西幸子さんと小田切雪枝さんの二人も、そのことを知っていて、御主人たちにも話していたんでしょう。小田切孝さんと葛西清吉さんはその特徴に思い当たったのですが、小田切さんはあの裸の体の中には目には見えない大きな特徴があったはずだ、と言っていました。つまり、三津子さん。あなたは、無毛症だったのです」

「――――」

三津子はこのとき、驚いたような表情で鹿角の背後を見つめていたのだ。

「姉さん……」

鹿角が振り返ると、半開きのドアの前に、浅見和歌子が茫然とした表情で立っていた。

「お見舞いに来たわけじゃないわ。あなたに事件のことを話そうと、やっと決心がついたのよ。でも、もう遅すぎたわね」

と、和歌子は言った。

「姉さん……」

「鹿角さんのお話は、途中からドア越しに聞かせてもらったわ。鹿角さんのおっしゃったとおりよ。犯人は、あなたと蒲生さんだわ。そのことは、ずっと前から知っていたのよ。でも、口にするのが恐くて……」

「姉さん……どうして、そのことを知っていたの……」

「私もあのとき、蒲生貞子さんの手紙を読んでいたからよ」

浅見和歌子は、つぶやくようにそう言った。

エピローグ

その一　大和航空機134便の機内

十月二十日。

大和航空機134便は、定刻を五分過ぎた十四時五分に、北海道の釧路空港を離陸した。

……………

……………

……………

天神三津子は右主翼をすぐ目の前にした座席に坐り、眼下の風景をぼんやりと眺めていた。

……………

……………

……………………

「隣りに坐ってもいいかしら」

頭の上で、いきなり蒲生貞子の声が聞こえ、三津子は思わずぎくっとして背後を振り返った。

貞子は、その細い顔に笑いとも怒りともつかない複雑な表情を刻んでいた。

……………………

……………………

「で、その確証というのは？」

「まだ、時間はたっぷりあるわ。いきなり結論をさらけ出したんじゃ面白味がないわよ」

貞子は、楽しむような目つきで三津子を見た。

……………………

……………………

……………………

「落ち着きなさいって。私の話は、これからなのよ。いままでのは、単なるプロローグよ。これからの話を聞けば、あなたの顔はもっともっと蒼くなるはずよ」

と、貞子は言った。

貞子は、今度は少し改まった口調で話し始めた。

「これまでの私の話を聞いても、あなたは顔色ひとつ変えないわね。あなたは、私がまったく見当違いをしていると考え、安心してるからじゃないの？　これまでの話は、事件の真相とは関係ないことなのよ。あなたをちょっとかついでみたかっただけよ。本当のことを知ったときの、あなたの驚く顔が見たかったのよ。そうでもしなければ、腹の虫がおさまらないわ——人の亭主を寝取っていたあなたなんですもの」

スチュワーデスが通路をよろけるように走って行き、正面の操縦室の中に消えた。

「鹿角容子さんが殺されたのは、松口秀明さんの溺死事故の現場を通りかかって夫婦づれの姿を目撃していたからじゃないのよ。容子さんは松口さんの事故で自分が疑われる羽目になり、自分のアリバイを証明してもらおうとして、天神先生の別荘に家政婦を訪ねたのよ。容子さんは家政婦の姿を捜して、別荘の二階へ上がって行き、思いがけない光景を目撃してしまったのよ——あなたと、うちの亭主が抱き合っている光景をね」

機体の揺れは先刻よりも激しくなり、三津子の上半身は不安定に左右に揺れ動いた。

…………………………

…………………………

「あなたたちは、そんな現場を目撃されてしまったために、鹿角容子さんを殺してしまったのよ」

その間も、蒲生貞子は憑《つ》かれたような口調で休みなく喋っていた。

…………………………

激しい揺れに襲われ、三津子の体は通路にはじき出されていた。

体を起こしたとき、三津子の視界に、窓際に坐っていた小田切雪枝の姿が映った。

雪枝は三津子と同じように床に両膝をつき、紙片にボールペンを走らせていた。

泣きながら、遺書を書いていたのだ。

…………………………

…………………………

…………………………

「事件のことを知らせるつもりね。そんな遺書なんか書いても、手遅れよ。ちゃんと手を打っておいたわ。もう、手紙が着いているころよ」

「手紙？」

「それを読んでもらえば、あなたたちの罪は明るみに出るわ」

三津子は思わず、声を出して笑った。

死に臨んで、こんな笑いが口を衝いて出たことを、三津子自身不思議にさえ思った。

「なにが、おかしいの？」

「私の主人が、その手紙を読むとでも思っているの？　主人があなたの手紙を手に取ったとしても、開封して中身を読むことは絶対にないわ」

「なぜ、なぜなの？」

…………

…………

三津子が足許に転がっていた茶色のボストンバッグの外ポケットに、遺書をしまい込んだ直後だった。

機体は垂直に近い角度で、頭から急降下して行った。

「あなた——」

三津子は何度も蒲生晃也の名を叫び続け、その途中で意識が遠のいた。

その二　天神岳久の書斎

天神岳久のマンションの客間には、浅見和歌子を含めた六人の男女がテレビの画面に見入っていた。

…………………

…………………

…………………

「蒲生君。手紙の続きを読んでみたまえ」

「はい……」

「いや、蒲生君。読んで聞かせてくれないか。その方が手っとりばやい」

と、天神が性急な口調で言った。

…………………

…………………

…………………

「犯人の名前は？」

「書いてありません」

「しかし……」

「どうぞ、ご自分でもお読みになってください」

「うん。失礼して読ませてもらうよ。すまんが、机の上にある眼鏡を取ってくれないか

……」

……………………

……………………

浅見和歌子は中身を抜き出し、その三枚の便箋に急いで視線を走らせた。
十和田湖事件のことは、最後の三枚目の便箋に書かれてあった。

まずはじめに、真犯人の名前を書きます。
真犯人――それは、あなたの妻の天神三津子と、私の夫である蒲生晃也です。
三津子と蒲生は、私とあなたを裏切り、以前から情を通じ合っていた仲だったのです。
そのことを思うと、腹わたの煮えくりかえるような思いがします。

……………………

……………………

……………………

私は十和田湖の西湖館で、夫の蒲生にあてても手紙を書きました。
その中に、私があなたに事件の真相を手紙で知らせたと付け加えておきましたが、いまごろ夫はそれを読み、慌てふためいていることと思います。

……………………

…………

読み終わった浅見和歌子は、額から落ちる大粒の汗を涙と一緒に拭った。

信じられなかった。

…………

…………

…………

墜落した134便の機内で、蒲生貞子が確実に息絶えていることを、浅見和歌子は心に祈り続けた。

解説

辻　真先

「推理作家は嘘《うそ》つきで、SF作家はホラ吹きである」

……だそうです。誰の言葉かは忘れました。

推理作家を手品師にたとえる人もいましたが、ぼくはそれは違うと思っています。一度タネを明かされた奇術を再度見せられては白《しら》けますが、よくできたミステリはたとえ犯人がわかっていても、トリックを知っていても、再読三読に値《あたい》するのです。いやむしろ、二度三度読んだときの方が、「ああ、ここに伏線が張られていたのか」「だから犯人は、こんな台詞《セリフ》を吐いたのだな」とあらためて納得でき、ミステリ読みならではのカタルシスを覚えるからです。

手近な例をあげれば、中町信の作品がソレ、といっていいでしょう。

彼の長編第一作『模倣の殺意』（最初の刊行時には『新人賞殺人事件』）が出版されたのは1973年で、同業者であるぼくの初長編『仮題・中学殺人事件』は1972年に出ていますから、それ以降長きに亙《わた》ってわれわれはミステリ界で雁行《がんこう》していたことになるようです。ただし、ぼくが書いたミステリはラノベ（当時そんな呼称はなくジュヴナイルといった）だったので、おなじミステリでもグラウンドが違っていました。それにぼくの主戦場はまだテレビアニメのころで、顔馴染《なじ》みになった活字畑の人もほぼSF作家でした。そんなわけで中町信の名は存じあげていながら、ついに一度もお目にかかることなく終わりました。

はじめて彼を知ったのは、どんなきっかけであったものか。半世紀前のおぼろな記憶をかきたてて、辛口だった評論家の文章を思い出しました。

「新進の長編を読んで驚いた。大事な箇所が誤記されている。編集の不手際に腹をたてながら最後まで読んで、またびっくりした。そう見せかけた作者の罠《わな》であったのだ」

作品名も覚えていない不勉強なぼくでしたから、鮮やかなトリックメーカー中町、と刷りこまれたのですが、のちに彼の作品を読む都度その印象は改まってゆきました。

どんな風に？　そう、そいつを書かせていただきます。

「次はどんなトリックですか」「どういうきっかけでトリックを思いつくのですか」

よく聞かれる言葉です。ミステリ＝トリックと思っている人が多いのにはつい憮然《ぶぜん》としたします。トリックは推理小説のパーツのひとつにすぎないのですから。ここでミステリと呼ぶのは、謎と論理を主体とした本格ものの意味ですが、トリックさえあれば一丁上がり、といった安直な代物ではないはずです。

仮に前人未到のトリックを発明したところで、それをなんの芸もなく小説に書いてしまえば、令和世代のうるさい読者（あ、失礼）の餌食《えじき》となって炎上、ひと握りの灰と化して終わります。トリックをひねり出す努力以上に求められるのが、そのトリックをどう隠して幕切れまで読者を牽引《けんいん》してゆくか、という工夫です。

ミステリ作家中町信の本領は、まさしくそこにあります。

文章のアヤで事件の真相を見誤らせる叙述トリックは、今でこそ長編のタイトルになるほどポピュラーですが、この趣向を早い時期からお家芸として縦横に使いこなしたのが、中町信でした。作品を飾るトリック自体も大技に小技を絡めて読者を迷宮に誘うのですが、そんな彼の手並みはミステリファンならご承知でしょう。

せっかく同業のぼくが解説を任されたのだから、ここでは少し違った角度から読み込ませてください。

中町作品ではしばしばプロローグを据えて、物語をはじめます。本作もその例に漏れませんが、予備知識ぬきで初読したときのぼくは、大和航空機134便に人妻らしい四人が乗っている場面に接して、（ははん、この人たちの間でドラマが起きるんだな）と予想、しかもそのひとり〝私〟の視点で話が進行しはじめたので（主役は彼女）と、あっさりきめつけてしまいました。同業者として作者の先を読んでやろうというスレっからしの読者だったのです。果たせるかな早いテンポで、〝私〟と女のひとりが湖中の変死事件を話題にして緊迫感を高めます。おおっ、たちまち本題にはいるぞと思ったら、どっこいそこで事態は急展開！　なんとこの134便が大事故に遭遇するのですから……。

なんて調子で書きつづけてはネタバレを叱られるので以下省略しますが、スリリングな発端はこのご紹介からもおわかりになるでしょう。

そんな激烈な場面だというのに、描写が寄り添うのは常に〝私〟と女性たちにとどまることにご注意を。ドラマの画面にたとえれば、カメラは人物中心の接写と近写が主で、航空機のトラブルというエキサイトした事件は背景に押しやられています。必要以上に大袈《おおげ》裟《さ》な形容をすべて封じ、〝私〟は自分を最後まで醒《さ》めた目でみつめながら、プロローグが終わるのです。世間の耳目をゆるがす大事故の裏側で、走り書きされたような登場人物の内なる葛藤《かっとう》。それを描出する作者の筆に浮ついた箇所はまったくありません。印象はむしろ実直で、じゅんじゅんと語りかけてゆく文章は誠実といっていいでしょう。

ここでぼくが最初にご紹介したコトバを想起してください。そう、推理作家は嘘つきです。優秀な嘘つきは相手に嘘を嘘と気づかせません。絹ではなく木綿のような手触りの、誠実な文体で描かれるのですから、読者は語られた欺瞞《ぎまん》においそれと気付かないのです。

叙述の手練手管がどう鮮やかな瞞着にむすびつくか、二度読み三度読みしていただければわかることですが、ただし中町作品の味はそうした叙述だけではありません。

ぼくは映像ジャンルの出身ですからつい我田引水いたしますが、「箱書き」という用語をご存知でしょうか。シナリオの構成技法のひとつで、たとえばA4くらいの紙を一枚ずつ使って、場面ごとに盛り込む人物の行動や会話の概略をメモしてゆきます。ラストまでできたところで、最初に考えた構成通りにテーブル（床でも畳《たたみ》でも）に俯瞰《ふかん》できるよう並べます。これが箱書きです。

いざ眺めると構成のアラがわかってきます。ABCと並べたものの、（ショッキングな出だしの方がキャッチーだ。それにこの人物は途中から登場させた方が意外性が出る）とばかり、CABと並べ換えたりするのです。そんな作業を繰り返して構成をひきしめてから実際の執筆にかかるのですが、ここまでできれば脚本は完成したも同然という作家がいるほど重要な作業です。小説ならプロットの練成にあたるとおわかりですね。

この作業に十分な手間暇をかけるから、数多い登場人物と錯綜《さくそう》した人物関係で、真相を韜晦《とうかい》してみせる中町ミステリが、独特の輝きを放つのではないでしょうか。

ぼくの想像に過ぎませんが、中町信はプロットを組み立て崩しまた組み直す、気の遠くなるような作業をたゆまず繰り返したことでしょう。その結果得られた騙《だま》しの構図を、見回すミステリ作家の満足げな笑顔を、どうかイメージしてあげてください。

またやられたと思いながら、読者に確実にミステリを読む楽しさを届けてくれる中町信を、だからぼくはトリックメーカーというより、プロットの達人でありたくらみの名手——という尊称を捧《ささ》げたいと思っているのです。

二〇二二年十月

本書は1992年3月に徳間文庫から刊行された『十和田湖殺人事件』を著作権者の許可を得て改題いたしました。作品はフィクションであり実在の個人・団体などとは一切関係がありません。なお、本作品中に今日では好ましくない表現がありますが、著者が故人であること、および作品の時代背景を考慮し、そのままといたしました。なにとぞご理解のほど、お願い申し上げます。

（編集部）

徳間文庫

死の湖畔 Murder by The Lake 三部作 #2

告《こく》発《はつ》(accusation)

十和田湖・夏の日の悲劇

2022年12月15日 初刷

著者 中《なか》町《まち》信《しん》

発行者 小宮英行

発行所 株式会社徳間書店

東京都品川区上大崎三−一−一
目黒セントラルスクエア 〒141−8202

電話 編集〇三(五四〇三)四三四九
販売〇四九(二九三)五五二一

振替 〇〇一四〇−〇−四四三九二

印刷 大日本印刷株式会社
製本

ISBN978-4-19-894804-7 (乱丁、落丁本はお取りかえいたします)